华北抗日根据地及解放区文艺大系

陈　晋　郑恩兵　主编

《晋察冀日报》
文艺文献全编

散文报告文学

第九卷

关小彬　编

河北出版传媒集团
河北教育出版社

图书在版编目（CIP）数据

《晋察冀日报》文艺文献全编．散文报告文学．第九卷 / 关小彬编．－－石家庄：河北教育出版社，2023.12
（华北抗日根据地及解放区文艺大系 / 陈晋，郑恩兵主编）
ISBN 978-7-5545-7641-0

Ⅰ．①晋… Ⅱ．①关… Ⅲ．①文艺－作品综合集－世界－现代②散文集－中国－现代③报告文学－作品集－中国－现代 Ⅳ．① I11 ② I266 ③ I25

中国国家版本馆 CIP 数据核字 (2023) 第 064022 号

书　　名	《晋察冀日报》文艺文献全编·散文报告文学·第九卷
	JINCHAJI RIBAO WENYI WENXIAN QUANBIAN SANWEN BAOGAO WENXUE DI-JIU JUAN
编　者	关小彬
责任编辑	刘亚飞
装帧设计	郝　旭
出　　版	河北出版传媒集团
	河北教育出版社　http://www.hbep.com
	（石家庄市联盟路705号，050061）
印　　制	石家庄众旺彩印有限公司
开　　本	787毫米×1092毫米　1/16
印　　张	15.75
字　　数	200千字
版　　次	2023年12月第1版
印　　次	2023年12月第1次印刷
书　　号	ISBN 978-7-5545-7641-0
定　　价	98.00元

版权所有，侵权必究

丛书编委会

顾　问
陈平原　刘跃进　王长华　李　扬

编委会主任
吕新斌

编委会副主任
彭建强　孟庆凯　刘　月

主　编
陈　晋　郑恩兵

副主编
董素山　向　回　汪雅瑛

编　委（按姓氏笔画排序）
马春香　王少军　田浩军　包来军　吉　喆　刘书芳　刘贵廷
关小彬　杨　程　杨春生　宋少净　张　辉　张川平　赵　华
高露洋　郭义强　阎晓宏　梁晓晓

编纂说明

在中国共产党百年发展历程中，文艺始终是党领导人民开展进步事业的有机组成部分，是党在各个历史时期的中心工作的实时反映和重要推动力量。"华北抗日根据地及解放区文艺大系"，是一部全面展示抗日战争和解放战争时期华北地区党的历史创造、奋斗风采和形象建构的大型革命历史文艺文献丛书，对于深入研究华北地区革命文艺史、红色新闻史，弘扬伟大建党精神、梳理中国共产党人精神谱系，是必不可少的第一手资料，是我们在新时代坚定树立文化自信的重要思想资源。

一、编纂缘起

抗日战争及解放战争时期，华北地处各方政治与文化力量激烈博弈的前沿，这种特殊政治、军事、文化、地理环境中产生的革命文艺，具有鲜明的地域性特征，是五四新文化运动以来的革命文艺发展史上的突出标识。

但一直以来，由于史料文献整理不足，对华北抗日根据地及解放区文艺的研究，始终未能深入，其独特的地域性实践价值和蕴含的文化创新意义被严重遮蔽。这些史料文献主要以党报党刊的形式呈现，梳理汇编这些党报党刊中的革命文艺史料，借之以探索华北革命文艺的发展路径、发展方向、创造机制和创新经验，是深入贯彻习近平总书记关于"把红色资源利用好、把红色传统发扬好、把红色基因传承好"，"用好红色资源、赓续红色血脉"等系列重要讲话精神的有力举措，也是新时代文艺研究者不可推卸的责任。

2017年6月左右，我们去中国社科院文学所拜访时任所长刘跃进先生，协商合作研究事宜，寻求中国社科院文学所的帮助。请教过程中，刘先生建议我们结合地方特色，做好地方红色文艺文献的搜集整理与编纂出版工作。经过一段时间筹备，2017年底，我们以"河北红色经典系列丛书"为名，正式申报"2018年度河北省省级宣传文化发展专项资金"项目并成功立项，旨在通过选定刊行河北红色经典作品、梳理汇编河北红色经典研究资料、系统阐述河北红色经典发展历史等基础性工作，打造一个集大成式的河北红色经典文献资料库。

项目最初设计共二十四卷，包括六大板块：《河北红色经典史》一卷、《河北红色文艺作品选》六卷、《河北红色经典作家作品索引》三卷、《河北红色经典研究资料汇编》四卷、《〈晋察冀日报〉副刊文学作品全编》六卷、《晋冀鲁豫抗日根据地文艺作品及〈新华日报〉太行版文艺作品汇编》四卷。但在项目实施过程中，我们充分吸收专家意见，认为网络时代和大数据背景下的科研活动有了很大变化，《河北红色经典作家作品索引》与《河北红色经典研究资料汇编》的编纂工作，在当前学术生态中价值不大，并予以取消。同时，在项目实施过程中我们发现，《晋察冀日报》《人民日报》等党报除刊发大量文艺作品外，还有大量记录边区文艺工作者行迹，反映边区戏剧、音乐、文学、美术、舞蹈、曲艺活动与报刊书籍出版发行等各方面情况的文艺史料，以及体现我党文艺方向、方针变化的政策文件与重要领导讲话，是华北地域党和人民对敌作战的重要宣传武器，更是飘扬在华北地区军民心中一面旗帜。这些史料是华北地域革命文艺发生、发展与壮大的真实记录，对我们正确认识革命文艺的特点与历史地位有重要的决定性作用。

为此，我们精心整理了《〈晋察冀日报〉文艺文献全编》《晋冀鲁豫〈人民日报〉文艺文献全编》《〈晋察冀画报〉文艺文献全编》《晋察冀日报社人物志》（共五十一卷），同时收入全国抗战时期和解放战争时期与河北地域相关且被广大群众所喜爱并广泛传唱的红色文艺作品，结集为《河北红色文艺作品选》（共六卷），至此形成丛书目前的五大板块，而且将名称由"河北红色经典系列丛书"改为"华北抗日根据地及解放区文艺大系"，方便以后在此基础上做进一步拓展。

二、地域范围及文艺特质

华北抗日根据地包括当时山东、河北、山西、察哈尔、绥远、热河全部及豫北、苏北、皖北部分地区，分晋绥、晋察冀、晋冀豫、冀鲁豫、山东五大块。1941年，冀鲁豫合并到晋冀豫，称晋冀鲁豫。其中晋察冀抗日根据地作为开辟最早、地域最大、人口最众的模范抗日根据地，是华北抗日根据地的坚强堡垒，牵制和抗击了三分之一以上的华北日军和二分之一的伪军。

在河北及其邻省周边地区开辟与创建华北抗日根据地，是红军长征到达陕北之后党中央迅速做出的重大战略决策。这些根据地地处对日武装斗争最前线，不仅打开了抗战的新局面，成为华北敌后抗战的主战场，而且进行了新民主主义社会的实践探索，对解放战争的历史进程产生了巨大影响，成为我党开辟东北解放区的前进基地和逐鹿中原的战略后方。随着抗日根据地的开辟，延安文艺工作团、西北战地服务团、东北促进纵队干部队、八路军总政治部前线记者团等大批文艺工作者，随同党政干部一道陆续抵达华北，东北、平津的青年学生也纷纷冒着生命危险来到边区。他们一手拿枪，一手拿笔，深入农村与抗战前线，切身体会工农兵的生活，深刻了解工农兵的需求，从而根本上克服了艺术至上主义思想倾向。所以，华北抗日根据地及解放区文艺，既响应了伟大的民族抗战对文学艺术提出的时代要求，亦充分兼顾到广大人民群众的接受习惯和欣赏水平，真实地反映了华北人民火热的战斗与生产生活。很多作者本身就是农民、战士或基层工作者，他们把自己的经历和熟悉的人和事，通过小说、戏剧、诗歌、报告文学、歌曲、绘画、舞蹈等文艺样式记录下来，语言通俗平实，富有生活气息。由于产生于特定时代、特定区域而又适应特定需要，故而无论是题材、语言还是风格，在体现革命大众文艺共性的同时，又具有强烈的华北地域特性。

华北抗日根据地及解放区文艺的繁荣发展，是专业文艺工作者与工农兵群众共同创造的结果。人民群众不仅是革命文艺运动的主导主体、推进主体、受益主体，还是一切成败得失的评判主体。华北抗日根据地及解放区文艺，归根结底，是"以人民为中心"的文艺。

三、学术价值

今天的河北在抗日战争、解放战争时期是晋察冀、晋冀鲁豫两大根据地的中心区域，有着悠久的革命历史传统和丰厚的红色文化底蕴。据不完全统计，抗日战争和解放战争期间，仅晋察冀边区专区以上就办有报刊四百余种，编印图书五百余万册。如果将这种统计扩大到环绕河北的整个华北抗日根据地及解放区，时间扩展至从中国共产党成立到中华人民共和国成立，数据更为可观。这些红色图书、报刊的出版发行，团结了一大批来自全国各地的著名革命文艺家和专业文艺工作者，其中有大量文艺相关信息，是研究近现代中国革命文艺的重要史料。但因受当时物质条件及复杂局势影响，它们传播范围有限，保存困难，如今已普遍出现老化或损毁现象，面临着消失、断层的危险。

长期以来，由于对抢救、整理和利用红色文艺文献的意义认识不足，现行的科研评价、出版机制亦难以有效刺激科研工作者积极从事老旧报刊等红色文艺文献的系统整理，大量有待整理的红色文艺文献尚未进入学界的视野。特别是华北抗日根据地及解放区的文艺文献，有很多甚至还是学术盲区。如《冀中导报》《救国报》《边政导报》《冀南日报》《团结报》《前进报》《新察哈尔报》《冀热察导报》等各类党报，以及《冀热辽画报》《冀中画报》《北方文化》《五十年代》《新长城》《新群众》《诗建设》《诗战线》等期刊，虽有部分学者对其办报（刊）历程、思想以及传播等方面予以研究，但均无系统的文艺文献整理本。"华北抗日根据地及解放区文艺大系"整理的《晋察冀日报》、晋冀鲁豫《人民日报》、《晋察冀画报》，是当时华北抗日根据地及解放区党报党刊的典型代表，是党的理论和实践同文艺结合的主要媒介和载体，是华北革命文艺重要的传播平台。这些报刊，既客观记录了华北革命文艺的传播与发展，也完整展现了华北革命文艺的特殊使命与风格特征，具有极其重要的史料价值。在此基础上，我们还会将视角延伸到《晋绥日报》《新华日报·太行版》《新华日报·太岳版》等党报，不断地充实这套大型文献史料丛书，以此来系统建构华北抗日根据地及解放区的"文艺史料学"。

四、丛书特色

这套丛书的编纂，主要以抗日战争及解放战争期间华北境内各根据地、解放区出版、发行、制作之图书、期刊、报纸等红色文献中的文艺资料为内容。编纂特色主要包括：

（一）抢救珍贵历史文献，弘扬伟大建党精神。

华北抗日根据地及解放区的红色文献发行于条件艰苦的战争年代，数量少，印制质量粗糙，历经岁月的洗礼，留存下来的品相完好者已经很少，有些到今天已成孤本。这些文献作为特定历史时期和区域的产物，见证了中国共产党领导华北人民争取民族独立和人民解放的伟大历程，反映了华北近代社会的巨大变化，蕴含着珍贵的史料价值和鉴往知来的现实意义，是中国共产党领导的文艺事业、新闻出版事业与意识形态建设发展的历史见证。它们诠释了党的初心和使命，蕴含着坚定的理想信念与崇高的革命精神，到今天仍然具有强大的感染力与说服力，是陶冶情操、磨炼意志，走好新时代长征路的有效精神资源。抢救性搜集、整理与研究这些珍贵历史文献，有利于增强党政干部政治信仰，弘扬伟大建党精神和践行社会主义核心价值观。

（二）文艺与党史密切融合，拓展革命文艺与党史研究的新视野。

革命文艺作品的创作、发表和传播，和党的历史任务和奋斗实践是分不开的。在艰苦卓绝的革命岁月，奋斗前行的中国共产党始终强调，既要拿"枪杆子"，也要拿"笔杆子"。革命的文艺工作者，一手拿枪，一手拿笔，深入农村与抗战前线，以人民大众易于接受和欣赏的形式，宣传党的政策，推行党的方针，为中国共产党顺利完成不

同历史阶段的中心任务和伟大使命发挥了独特而重要的作用。本套丛书收入的文献史料，主要是抗日战争与解放战争时期党报党刊中的文艺作品与文艺史料，它们鲜明生动地体现了党的历史，党领导人民争取民族独立、人民解放的奋斗历程和精神面貌，从而为学界从文艺角度研究党史和从党史角度研究文艺提供了有力支撑。

（三）作品汇编与史料梳理并行，还原革命文艺的历史场域。

"华北抗日根据地及解放区文艺大系"的编纂，全面辑录华北抗日根据地及解放区党报党刊上刊登的诗歌、小说、戏剧、报告文学、散文、歌曲、版画等文艺作品，并系统梳理当时文艺发生、发展、传播以及社会各界文艺活动的各类消息和报导，同时选编了大量的河北红色文艺作品作为补充。这种文艺史料与文艺作品的配合整理，还原了革命文艺的历史场域，有利于构建对革命文艺的科学认识。

五、丛书内容

（一）《〈晋察冀日报〉文艺文献全编》共三十八卷：

诗歌三卷

戏剧一卷

小说二卷

文艺评论三卷

文艺史料九卷

外国文艺二卷

散文报告文学十七卷

歌曲版画一卷

（二）《晋冀鲁豫〈人民日报〉文艺文献全编》共十一卷：

诗歌一卷

戏剧、小说、文艺评论一卷

散文报告文学五卷

文艺史料四卷

（三）《〈晋察冀画报〉文艺文献全编》一卷

（四）《晋察冀日报社人物志》一卷

（五）《河北红色文艺作品选》共六卷：

诗歌一卷

戏剧一卷

散文一卷

小说三卷

六、编纂体例

（一）整套丛书题材丰富、门类众多，在体裁上不做强行统一。

（二）丛书中所录作品均为当年报刊发表的原文。为确保丛书的文献性、学术性、专业性和资料性，丛书编辑加工的总原则为保持文献原貌，内容上不做改动。

（三）文字的使用

1. 丛书中文字的使用以2013年教育部、国家语言文字工作委员会公布的《通用规范汉字表》为准。

2. 丛书中的古体字、通假字、俗体字，以及所涉及姓名字号、职官地理等专用字，均予保留。

3. 丛书原文字迹模糊残损，但仍可辨认或可依上下文校正，以字外加方框"□"表示；原文缺字或无法辨识，且无法校补，每字以一个方框"□"表示；如无法统计所缺字数，则以"☒"表示。

4. 丛书中数字的使用，保持原貌。

（四）标点符号及其他符号的使用

1. 丛书在不改变原文意义的情况下，将旧式标点改作现行标点符号。

2. 丛书原文中出现代表文字的符号，如"×""△""○""▲"等，保持原貌。

3. 丛书原文中的着重号、专名号等不再保留。

（五）其他

1. 丛书原文中的注释，保持原貌；编者亦出部分注释，供读者参考。

2. 因为原始文献本身产生于战争年代，保存不易，漫漶不清处较多，丛书疏误之处在所难免，希望专家读者批评指正。

七、鸣谢

本套丛书得以顺利面世，要特别感谢中共河北省委宣传部、河北省社会科学院、河北教育出版社的资金支持，以及北京大学陈平原教授、中国社科院文学所刘跃进研究员、南开大学文学院李扬教授、河北师范大学文学院王长华教授等，为丛书编纂提供了多方面的学术支撑；晋察冀日报社老报人及报史研究会诸位老师，中国社科院文学所现代室、中国丁玲研究会、中国现代文学馆各位专家，也在丛书编纂过程中提出了许多建设性意见；院内外的数十位年轻科研工作者，在原文录入和校对方面付出了艰辛劳动，确保了项目的顺利进行。在此一并致谢。

把艺术交给大众（代序）
——祝贺"华北抗日根据地及解放区文艺大系"结集问世

中国社会科学院　刘跃进

由河北省社会科学院文学研究所编纂、河北教育出版社出版的"华北抗日根据地及解放区文艺大系"结集问世，值得庆贺。

文艺是时代前进的号角。1937年7月7日，卢沟桥事变爆发，全面抗战由此而起。广大的爱国知识分子和青年学生，表现出同仇敌忾的民族气节，走出书斋，走出校园，用知识，用智慧，用不屈的精神力量唤醒民众，用实际行动担负起抗日救亡的历史重任。在此后的岁月里，延安文艺和华北抗日根据地及解放区文艺，是中国共产党领导下的两大主体，双峰并峙，展示着那个时代的风貌，引领了那个时代的风气。

随着抗日根据地的开辟，延安文艺工作团、西北战地服务团、东北促进纵队干部队、八路军总政治部前线记者团等大批文艺工作者，随同党政干部一道陆续抵达华北，东北、平津的青年学生也纷纷冒着生命危险来到边区。他们一方面积极创作大量街头剧、活报剧、街头诗、墙头小说、木刻版画、歌曲、舞蹈等革命文艺，开展抗日救亡宣传运动；一方面也通过开办文艺干训班，开展各行业、各阶层甚至全民的文艺创作与评选活动，吸引工农兵群众加入文艺队伍，掀起了"晋察冀一周""冀中一日"等具有深化性质的群众写作运动，以及"创造模范村剧团""穷人乐"等群众戏剧运动，为晋察冀文艺史添上了浓墨重彩的一笔。

　　说到这里，我想起2009年参加《北平学生移动剧团团体日记》捐赠仪式的一段往事。从1937年到1938年，在中国抗战史上唯一以大学生组成的"北平学生移动剧团"在长达一年半的时间里，历尽艰难，转辗于国民党第五战区的各个战场，演出话剧，创办报纸，宣传抗日，鼓舞斗志，谱写出响彻云霄的时代赞歌。移动剧团的成员每人一周轮流记述，用日记形式记录了那段不平凡的岁月，《北平学生移动剧团团体日记》就是这部历史的记录。它不是写给个人看的私密记录，也不是为将来面世扬名。作者完全出于一种历史责任，真实客观地记录了那段鲜为人知的历史，体现出强烈的史家意识。日记封面上有这样一段题记，"北平学生移动剧团·愿我永恒·中华民国二十七年二月二十三日始·璧华"。孤立地看这部日记，也许没有什么轰轰烈烈的战斗业绩，也没有什么感人肺腑的情感纠结。客观、平实是它的本色，正是这种本色，为那个历史年代留下一段真实。"北平学生移动剧团"的抗日活动，是文艺工作者投身抗日洪流中的一个历史缩影。

　　随着抗战的胜利，察哈尔省会张家口解放，晋察冀文协、晋察冀剧协、晋察冀音协、晋察冀美协、晋察冀通讯社、晋察冀边区剧社、晋察冀日报社、晋察冀画报社等文化团体随中共晋察冀中央局和军区领导先后开赴华北根据地，一大批文艺工作者也随之来到华北，开展丰富多彩的文艺活动。他们坚持毛泽东《在延安文艺座谈会上的讲话》中指出的方向，一手拿枪，一手拿笔，深入农村与抗战前线，既为切身体会工农兵的生活，也为深刻了解工农兵的需求，从而在根本上克服了自身相当普遍和严重的艺术至上主义思想倾向，为工农兵而创作，为工农兵所利用，以人民大众易于接受和欣赏的形式，普遍写人民大众的生产战斗故事。譬如左翼作家邵子南，于1938年10月随西战团到晋察冀，主持战地社日常工作，主编《诗建设》；1943年整风运动后，他到阜平任小学教员，在反"扫荡"中与群众、民兵一起转移、战斗，还直接在五丈湾跟随李勇的游击组对日寇展开地雷战；1944年5月随团回延安，在鲁艺任教，后调陕甘宁文协搞专业创作，开始大量创作反映晋察冀边区生活的小说。他以亲身体验为基础创作的短篇小说《李勇大摆地雷阵》（后改为《地雷阵》），运用阜平农民群众的语言，以口语化方式讲述了爆炸英雄李勇的抗日故事，明显吸取了民间说唱文学的优点，特别是在白话叙述中还插入不少快板式的韵白，更适合群众的喜好，因而在当时广为流传，家喻户晓，起到了很大的宣传鼓动作用。其他作品，如《荷花淀》《太阳照在桑干河上》《漳河水》《赶车传》《王九诉苦》《孟祥英翻身》《新儿女英雄传》《白求恩大夫》《我的两家房东》《穷人乐》《李殿冰》《戎冠秀》《没有共产党就没有中国》《团结就是力量》《没有土地的人们》《白毛女》等，都是成功的文艺典范，在现代中国文学史上占据比较重要的位置。

在华北抗日根据地及解放区的文艺创作成果中，还有数以万计的文艺作品和极具研究价值的文艺史料刊发在根据地及解放区所办的报刊上。很多作者，本身就是农民、战士或基层工作者。他们把自己的经历和熟悉的人和事，通过小说、戏剧、诗歌、报告文学、歌曲、绘画、舞蹈等文艺样式记录下来，语言通俗，富有生活气息。人民既是历史的创造者，也是历史的见证者；既是历史的"剧中人"，也是历史的"剧作者"。让故事中的人物自己编词、自己表演的创作方式，很好地反映出人民的心声，并让人民群众从生动活泼的艺术作品中得到教育，这确实是一个成功的尝试。

配合党的中心工作，"把艺术交给大众"，通过文艺唤醒大众，这已成为华北文艺工作者的自觉意识。他们积极响应伟大的民族抗战对文学艺术提出的时代要求，充分兼顾到广大人民群众的接受习惯和欣赏水平，创作了大量的作品，真实地反映了燕赵儿女火热的战斗与生产生活，起到了良好的宣传教育与鼓动激励效果。刘萧无编排新闻报道剧《李殿冰》，编剧与演员一起住到李殿冰家里，以便于熟悉主人公的生活，搜集真实生动的群众语言，还模仿他们的动作，理解他们的心理，甚至还让主人公李殿冰等直接参与剧本的修改和编排。描写群众的生活，邀请群众参与创作，这是当时文艺工作者走群众路线的生动体现。该剧演出后获得当地老百姓的极大赞赏，鲁中实验剧团还专门学习该剧的创作方法，创编了三幕五场话剧《过关》。艾思奇《前方文艺运动的新范例》更是誉其开创了前方文艺的新范例。抗敌剧社的《王老三减租小唱》、冀中火线剧社的话剧《我们的母亲》，也都具有这种特色。

这些文艺作品，可能略显仓促，有的甚至急就于战火中，所以在素材提炼、人物形象塑造以及语言的使用、细节的刻画等方面还有很多不足。但是，这不是一般意义上的创作，而是燕赵大地为争取民族独立、人民解放的集体记忆和行动号角，是中国革命事业的重要组成部分。华北抗日根据地及解放区的文艺，有很多这样未经沉淀的纪实作品，不管其艺术性如何，但在发动群众、组织群众、铸就抗击日寇和国民党反动派铜墙铁壁方面，发挥了无可替代的作用。20世纪五六十年代，河北地区涌现出大量的红色经典，便是华北抗日根据地及解放区文艺的传承和发展。

2017年6月，河北省社科院文学所郑恩兵所长来京与我们协商合作研究事宜。我根据所了解的信息，建议他们结合地方特色，做好地方红色文艺文献的搜集整理与编纂出版工作。"华北抗日根据地及解放区文艺大系"就是那次商讨的成果。全书由五个部分组成：第一部分为《晋察冀日报》文艺文献全编，第二部分为晋冀鲁豫《人民日报》文艺文献全编，第三部分为《晋察冀画报》文艺文献全编，第四部分为晋察冀日报社人物志，第五部分为河北红色文艺作品选。全书收录各种文体的作品六千余种，包括小说、诗歌、文艺评论、戏剧、报告文学、散文、文艺通讯、美术、书法和音乐、文艺史料，还有文艺信息、文艺广告，基本涵盖了华北抗日根据地及解放区的文艺创作情况，具有很高的研究价值。

时值中华人民共和国成立七十五周年之际，我们有机会阅读这部皇皇五十余册的"华北抗日根据地及解放区文艺大系"，更加深切地感受到新中国的建立真是来之不易，她是无数条战线的可歌可泣的人们不懈奋斗的结果。在这样一个特殊的日子里，我们感念当年那些有名无名的作者，感谢参与整理工作的学者，当然，更要感激我们这个伟大的时代。

目 录

阜平模范女教员李翠珍 1

万民庄的伏击战 3

论晋察冀边区的吴满有方向 10

陕甘宁边区青年运动中的一个基本问题 14

向国际和平医院护士们致敬 18

锦热路北的血战 20

晋东北敌伪军的穷丑相 25

伪治安军十五团的覆败 27

恐慌、苦闷、逃亡 33

铁的肃宁子弟兵 37

洛唐哥更光荣了 39

我军积极配合正面作战攻入新安保定城关逼退清风店大据点 43

战斗、生产、拥政爱民 45

王庆彩和南峪小学 47

顽强与果决创造的胜利 50

攻进察南重镇——矾山堡 54

勤俭的隗老太太 59

女劳动模范张巧莲 61

悼念赵乃禾同志 63

在平山麦收战线上 65

日人解放联盟盟员对共产党八路军观感 68

知懒改懒不算懒 知懒不改真没脸 70

祁六	72
跃进中的崞县	75
智取安国城外据点	77
武强护麦出击大捷	80
百炼成钢的晋察冀边区	83
"囚笼政策"的毁灭及其他	100
夏天，战斗在沟外	110
战斗中成长的晋绥边区	114
新山东的成长	127
游击小队长康福山	139
八路军拯救了他们	145
血战外长城	149
光荣的报复	152
拿小章	154
再克武强城	157
对国事的呼吁	160
今天和辛亥	163
人间地狱——上饶集中营	168
西南暴风雨	173
海上的游击队	179
葛存村的一日	182
毁灭禅房据点	187
荣誉军人——康福山的前后	191
韬奋先生哀词	200
中秋访回舍	202
一个村子，两种炮楼，三块地区	204

"丰收"	206
获鹿顺城关伪警察所的摧毁	212
双十节在昆明	215
槐树庄选英雄	219
邢同芳的转变	222
向渤海边挺进	225

阜平模范女教员李翠珍

宣□迪

阜平模范女教员李翠珍，她是个活泼又能干的青年，在八区大车沟小学里教书。她抓住了教书应该和生产结合起来的方法，抓住了儿童们的心理，肯自己耐心得像姐姐爱护小弟弟们一样的，教育着她的学生，所以在教学上得到很好的收效。去年她领导三十几个学生，光开荒就开了十亩半，种菜园半亩，其他还打柴拾粪，做了许多事。但重要的是她能把调皮的孩子教好了，把懒惰的教成勤劳了，把不懂得科学的生产道理的也教懂了，把识字的教育也做好了，这也就达到了教育的任务。譬如有个小女生名张殿阁，好闹，不好好读书生产，和小同学闹不团结，刻了一个小棺材，和谁闹意见，就把小棺材埋在地里，还说："我把谁谁埋在地里了！"小孩子还缺乏科学知识，以为这一埋就会生病了，害怕起来，甚而不去上学了。李翠珍发觉了这件事，并没有对张殿阁发脾气，更没有打她，而是很亲切地说服她，还抓住她的特长，让她参加木工组，领导孩子们做简单的木工——修桌椅，做小板凳一类的事。同时又把过去害怕小棺材的同学找来上学，说明"神鬼"是迷信的事。又如村里有个懒汉，成天蹲在墙根下晒太阳。李翠珍看见了，就让学生去问他今天做了什么，天天去问，那懒汉就有些不好受；又叫小学生在他晒太阳的地方写了"懒汉滩"，他移在别地方去晒，还是不干工作，孩子们又唱《懒汉歌》；在孩子们的不断催促下，他终于到地里生产去了。李翠珍在领导学生生产方法上，是自己和孩子们一起干。孩子们好闹，不好好地做，"小矛盾"特别多，有时把一大筐粪抬着抬着也倒在河沟里了，她亲自和孩子们在一块，"小矛盾"也就好解决了。在栽树以及其他生产的时候,她都一面做,一面又向学生讲解其中的道理,这样学生接受得快,她教得也有兴趣。她和学生之间□建立起很亲切的联系。她天天记着这些孩子们,到区里开会,天气怎样晚了也要回去,不愿耽误功课。今年她响应区教联会的号召,要努力争取解决自己半个月粮、两季菜、两个月柴等生产。她青年有为,今后继续努力,在教育工作上将有新的贡献。

(《晋察冀日报》1944 年 5 月 4 日)

万民庄的伏击战

本报特约记者 辛毅

晚上三点钟,天黑乎乎的,队伍从花皮"炮楼"根儿悄悄走过去,住在离"炮楼"不远的一个村庄。

天刚透明,战士们听见治安军的起床号,像开了锅的小米子似的,在房子里沸腾起来,急等着冲锋的信号。连长和三排的机枪班,在一所离开村子十五米突出的孤房子里,窗户对面三百米突横着一条公路,花皮敌人每天早晨必须在这条公路上跑步,连长就计划在这里打伏击。

天大亮了,射手赵风早把机枪架在窗户上,连长不断地把头伸出窗户观察"炮楼"上的动静。

屋外传来口令声。

"预备——刺!"

"喳……喳……呀!"治安军刺枪的声音。

"嗳!敌人上操了,准备!"连长对大家说着,用驳壳枪换了通信员的三八大盖,上了刺刀,说:

"这次战斗连部一定要缴歪把子回来。"

"缴歪把子,比赛比赛看!连长!"战士们说。

两翼隐蔽在房子的战士们,闹腾着缴机关枪,也互相提出捉俘虏竞赛。三排长蒲如明拍了拍王金棠的肩头说:

"老西,今天比比看谁们枪打得准。"

"比就比,怕甚,不瞄准跑步射击才算本事。"王金棠说。

日头两杆多高了,早听不见刺枪的声音,战士们仍然聚精会神地等着,急得心里直念叨。

"出来吧！快出来吧！"

"娘的蛋，盼他出来他偏不出来，真让人干着急不出汗。"战士们半玩笑地说着，就这样焦躁地直等到太阳偏了西，还不见动静。

"怎么回事，发觉了吗?!"连长也怀疑着。

下午三点钟，治安军七连一部送九连到花皮换防，接八连回正定，很鬼滑，怕吃八路军的亏，不敢顺原道回去，要绕路走。算盘打错了，选择的这条"平安路"，恰好就是子弟兵的埋伏圈，消息很快地传到连长耳朵。

"去！通知各排，准备战斗，要快。"连长果决地说。

通信员走了。命令电流似的传遍每一个战士。机枪射手赵风重新在窗户上架起机枪，枪托紧紧抵在肩胛上，大叉开两条腿，准备着射击的架子，战士们紧握着枪，静悄悄地偏着头随着连长的视线盯着窗户外面。

"咚！咚！"脚步声越来越近。

"注意，不要暴露，敌人尖兵过来了。"连长说。

五个斥堠兵，端着枪鬼鬼祟祟地从窗前过去。离斥堠三十米，八九十个治安军，排着二路纵队来了，三挺机枪端在手里，步枪上着刺刀，带着十足的惊慌倒霉相儿。

"第一挺机枪已经走入了射程，打吧！连长。"

"别别！打中间。"

"看第二挺机枪快过去了，不打坏事，连长。"赵风沉不住气地说。

"瞄准放吧！……"

"哒哒哒……哒……"机枪一响，扑通扑通，敌人在公路上栽倒七八个，队形混乱了。

"不要乱！目标正南土岗子，跑步占领呀！土岗子。"敌人指挥官慌乱地叫着。

"哒哒哒！"一排机枪跃进在公路上照着敌人屁股突然又一梭子，随着嘎嘣脆的声音，敌人扑通扑通滚倒四五个，步兵已拉开散兵线，两挺机枪占领土岗子开始射击。

二连正面的突击排呀呀地冲上来。

"卧倒！隐蔽呀！"连长喊着。

战士们直冲过公路听连长的命令很快地卧倒匍匐前进，敌人机枪和步枪齐射过来，一阵猛烈的子弹在战士们的身旁乱窜，一个战士刚一低头，正好一颗子弹过来把帽子给打飞了，连长挥起手指挥着两翼战士跑步迂回，指导员带着三排已经迂回到敌人右后侧开始射击，掷弹筒在正面发挥着很大的威力，炮手发出去的小型炮弹，像飞出一群黑色的燕子，一个紧跟一个地在敌人的机枪阵地上开花了，右边敌人的机枪射手，被一颗炮弹打滚了，敌人再也不敢抬头。

冲锋号一吹，正面的战士们像有弹簧顶着似的突地跳起来，跑步跃进，散兵线上的敌人又开始射击，赵风从窗户看得真真的，孙昆山被打倒了。他端起机枪用超越射击，压制敌人的火力。

"哒哒哒！"正面冲锋的战士们只觉得子弹一条火绳似的飕飕从头顶上飞过去，敌人机枪阵地上突然冒起一阵土烟，从土岗子上被打得滚翻下去的不少。趁着赵风换梭子的工夫，敌人机枪射手又准备射击，刚露头，被三排长蒲如明一枪打得连枪带人滚蛋了。阵地上再也听不见敌人的机枪声音，只有二连的两挺机枪骄傲地咆哮着。

土岗子上敌人一部分准备向后撤退。

"同志们！冲吧！夺机枪呀！不要让敌人跑掉了！"连长喊着冲上去，战士们也呀呀地向着敌人机枪阵地冲锋。

"缴枪吧！缴枪是好朋友。"战士们边跑边喊。

"轰！轰！"

"哒哒哒！"

炮、机枪、步枪、杀声，结成一片，把人耳朵要震聋似的叫着，阵地上黑烟冲天，尘土扬起来罩着什么都看不见。就在这样混乱的阵地上，王振林、赵风这两个出色的机枪射手，在两翼以间隙射击掩护正面冲锋，敌人这时候被机枪压制得头都抬不起来。在这一阵弥天的土雾中，战士们活□□出枪口的子弹一个赛一个地向前跃进着。

"同志们！快冲呀！不要让机枪跑脱呀！"这是指导员的声音。

伙夫班长郝大雨听见缴机关枪，就急得嘴里要冒火似的，拼命地向前跑，差两三步远，左边的机枪被陈云抢去，右边的机枪被薛明其抢去。他噘起嘴不服气，向战士们要了一支新缴来的三八大盖，兴奋地说：

"有这物件，我比你们谁也不差，管保能揍倒狗日的几个。"

敌人大部分被消灭，剩下的一股撤退到柏树坟，拉开阵线，又继续挣扎抵抗。

"机枪跑步前进呀！同志们！冲锋！"连长喊着。

"同志们，跟我冲吧，消灭呀！"指导员喊着领头冲上去，优秀的子弟兵在战场上始终保持着八路军光荣的传统，他们在许多敌人的遗尸身上只是很快地拣起武器弹药，不顾一切地开始第三次冲锋。

机枪射手王振林，端着机枪，边跑边忙着装压子弹，因为弹药手拼命地跑也赶不上他。他简直活像一只老虎，动作猛得怕人，跳上土包一脚蹬开一个死人，架起机枪，正要射击，突然心里一热，眼前飞着数不清的金星，"哇"地吐出一口鲜血，眼前变成一团漆黑，身子轻轻地趴在机枪身上，静了静，稍有点清醒，又开始他的射击。

敌人最后守着的一座孤坟，将要被战士们冲破。可是那个指挥官，还要用手枪迫着他的士兵抵抗。

"娘那皮，打，打呀！谁要退！枪毙！"敌人指挥官扣起手枪迫着。

敌人排子枪还是打得很凶。

"哒哒哒！"子弟兵用四挺机枪同时开火儿，打得柏树叶子飞得满天空都是。

"治安军听着，你们不缴枪，我们就不再客气了。"战士青波喊着，一枪揍倒了一个，又问：

"缴不缴？说话！"没有回答，他又一枪揍倒两个。

"不缴枪，同志们打，冲吧！"连长喊着。

"轰！"

"哒哒哒！"机枪掷弹筒四面堵着同时叫起来，战士们像一窝蜂似的一下子冲上去，敌人的阵势像散了的羊群样，混乱得不可收拾，躲在树背后，趴在坟旁边，恨不得钻进坟墓里去，有的乱跑乱窜，被柏树碰地栽倒在那里，一个一个的脚朝上，真好笑得很。

"跑跑！娘那皮！跑！"敌人指挥官发火儿了，"砰砰"毙了两个治安军士兵，但这并镇不住这崩溃了的阵容，他也扭屁股就跑。

"好狗日的，这样可恶！"王金棠紧跟着这位指挥官的屁股追了半里多路，追不上，端起枪"巴嗒"一下子，把这位指挥官打了个狗吃屎，少了半个脑袋，趴在那里不动了。

特等射手管计来，已经负了三处重伤，坚决不愿下火线，还趴在那里瞄准，又打倒了一个敌人，缴一支三八大盖，这时伤口疼得不能再支持。王士义跑过来，背他下火线，他说：

"我的伤很重，别管我，你快冲吧！等把敌人完全消灭，晚上来找我。"

战士们端着枪冲进坟堆里。治安军有的已经撅撅地跪下，枪口对着自己缴了枪；有的看见刺刀像刀林似的，明晃晃地围上来，吓得乱跑乱钻。

"不要跑！缴枪不打人。"战士们喊着，开始了各个追击。赵永兴把一个治安军追"草鸡"了，返回来打了一枪，子弹从赵永兴的肚皮上擦过去，他摸了摸伤口说：

"你打不死我，不缴你狗操的枪，完不了。"直追了一里多路，这个治安军终于跪在他的面前缴枪了。

集合号响了，伙夫同志们早把俘虏收拢来，带到集合点，伤员也随着抬下来。

花皮"炮楼"上的敌人瞪着眼珠子，干瞧着外面的伪军们被消灭，无可奈何。等子弟兵转移以后，为了顾全面子，不得不来个马后炮，申冤似的空放了一阵机枪，战斗就这样结束的。

二十三个俘虏和子弟兵在一个院子里休息，老乡们围上来捏着这位二十二岁的青年连长的手说：

"打得好！可算给咱们老百姓出了口气。"

被俘虏的治安军被这一句话刺激得一个个羞愧地低下头。老乡们忙着烧水做饭准备慰劳子弟兵，看热闹的人也越来越多。孩子们俏皮地玩笑着向治安军说：

"你们七连八连这一下子给八路军'包圆'了吧！"

"谁说不是！八路军是'关门战'，治安军是'羊羔吃奶'。"一个治安军说。

大家都摸不透这两句话的意思，一个京油子腔调儿的治安军过来说：

"关门战是说八路军像自来火,一打就胜,保险。羊羔吃奶,是说我们这批嘎渣子,在战场看见八路军,只能下跪,和跪着两条前腿吃奶的小羊羔子是一个模样儿。"

战士和老乡们都笑起来。

一九九四年四月十七日于前线

编者按:作者来信说,此稿写好后,给参战的战士们读过,得到不少意见,经过五六次修改,这种写作方法,值得普遍采用。

(《晋察冀日报》1944 年 5 月 5 日)

论晋察冀边区的吴满有方向

历时七日的边区党政军民生产联席会,已经在四月二十五日胜利结束了。

在会议上许多报告和发言中,说明了自大生产运动开始以来,在晋察冀北岳区,不论群众和机关部队,都有了焕然一新的气象,群众的生产热情空前提高了,去春曾经严重存在的逃荒现象在今年已经基本上克服了,机关部队的生活已经开始改善了。在许多地区,由于实行毛主席"组织起来"的结果,劳动力不足的困难大大减轻了,这就是我们二个多月来的成绩。这些成绩,证明了机关部队与广大人民的大生产运动不仅能在陕甘宁开展,而且能在敌后的晋察冀开展,证明了吴满有方向不仅是陕甘宁全体农民的方向,而且是晋察冀全体农民的方向。

吴满有是怎样的一个人?吴满有是陕甘宁的一个富农,但他是新民主主义政权下的新型革命富农,是和旧式的半封建的富农有本质上的区别的。"因为吴满有之所以成为今日的吴满有,是得到革命利益而发展起来的。他曾经是因受半封建社会的压迫,吃树皮吃糠秕,逃到边区参加革命斗争的难民……因此,他在经济上虽然是富农,但在政治上却是共产党员,他对革命是坚决拥护的"(一九四二年三月十日《解放日报》编辑部《关于吴满有方向问题的答复》)。如果吴满有不是这样一个新型的富农,如果他不是由贫苦的劳动人民得到革命利益而上升的,如果他不具备一定的政治条件,他就没有可能成为"经济上努力劳动和发展生产的模范,政治上拥护革命和公私兼顾的模范"。他的方向也就不可能代表全体农民的方向。因此我们在晋察冀选择培养吴满有一类的典型的时候,应当首先全面地认识吴满有式的新型富农的特点，和这个典型应有的经济政治条件，不能仅仅片面地看他是不是刻苦勤劳，不能仅仅看他一时的政治表现。晋察冀的吴满有，必须同陕甘宁的吴满有一样，是过去受压迫，现在得到革命的利益而变为富裕的千百万劳动人民中的一个代表，是千百万勤劳人民所钦慕、所爱戴的典型人物。有些同志曾经选择一些旧式的富农（由地主阶级下降的或抗战前原有的）作为培养吴满有与培养劳动英雄的典型，是不对的。

晋察冀边区虽然不像陕甘宁那样经过彻底的新民主主义的经济改革，但在六年来新民主主义的经济政策之下，在大部地区减租减息已经实行，封建剥削已经削弱，广大农民群众的经济生活已经改善，在政治上他们更获得了充分的民主自由，提高了社会地位。六年来晋察冀广大农民群众所走的道路，正是循着吴满有所走的道路前进，他们的方向，也正是吴满有的方向。因此，在晋察冀边区新民主主义政权下，也同陕甘宁边区一样，存在着两种富农：一种是旧式的富农，一种是新型的富农（吴满有式的富农）。对这两种富农我们在适当改善工人生活条件下都要加以帮助，都要鼓励他们发展。但由于新型富农在政治上是革命的，在经济上也是进步的（一般不带有半封建性），我们自然要特别着重提倡它，要号召与帮助全体农民向着这个方向前进。

吴满有是个在发展中的新型富农，吴满有的富农经济还在发展，我们要帮助与鼓励他的发展，但是更重要的还是为了在吴满有运动中，向全体农民指出努力的方向，号召与帮助全体农民，特别是基本农民群众向吴满有看齐，领导他们向着吴满有的方向前进，跟着吴满有所走的道路前进。因此，吴满有虽然是一个富农，但吴满有方向并不是单纯的富农的方向，而是全体农民走上富裕道路的方向，吴满有运动并不是仅仅帮助富农发展，而是要帮助全体农民发展，主要是帮助基本农民群众发展，使他们变成许多吴满有，这样虽然不可能每一个农民都变成富农，但将会有更多的新型富农出现，会有更多的雇农贫农中农上升，却是无可置疑的。有些同志把吴满有方向单纯当作富农的方向，把吴满有运动看成只是帮助几家富农作计划，或唯一的帮助富农发展，而不去帮助基本农民群众，使他们走上富裕的道路，这种观点显然是完全不正确的。

怎样才能产生晋察冀边区的吴满有？吴满有是劳动农民走向富裕的道路上涌现的，只有把他们组织到大生产运动中来，使他们向着吴满有方向前进，才能够从千百万人民中，选拔这种典型和代表。我们不要把眼光局限到现有的少数新型富农之中去找吴满有的典型，而应当在广大群众向着吴满有方向前进的道路中，找到在政治上、在经济上能够成为"努力劳动、发展生产"和"拥护革命、公私兼顾"的模范，找到这一类的劳动英雄，他们是真正劳动群众中涌现的，为广大群众所钦慕所爱戴的典型人物。

这种劳动英雄，不仅在新型富农中可能涌现，而且在各阶层农民之中都可能产生出来。他们并不就等于"吴满有"（吴满有也是一个劳动英雄，但是已经从贫困而走上富裕的劳动英雄），但他们的方向却是吴满有的方向，在新民主主义政权下，他们正在向着吴满有看齐。因此这些劳动英雄们是我们应当培养成为"边区吴满有"的主要对象。我们要在这些劳动英雄中去培养晋察冀边区的吴满有，而不是单纯找寻现成的吴满有。

晋察冀的吴满有方向是敌后吴满有方向。敌后吴满有在政治上、经济上的标准和陕甘宁边区是相同的，不同的地方就在于敌后是战争的环境，"敌后军民今后的道路，就是把武力与劳力结合起来，把战斗与生产结合起来"（《解放日报》）。因此敌后的吴满有运动，必须是"武力与劳力结合，战斗与生产结合"。敌寇破坏着我们的生产，我们必须用战争来掩护我们的生产，用妥善的坚壁清野工作来保存我们生产的成果。因此敌后的劳动英雄，就不仅应当成为努力生产与公私兼顾的模范，而且应当成为战斗与生产结合起来的英雄，才能真正在严重的敌后战斗环境中，用战斗保卫生产，用战斗保卫收获，才能真正向着吴满有的方向前进。我们在选拔劳动英雄中，应当重视战斗与生产结合的条件，但又不能墨守这一条件。真正在劳动上有特殊成绩的，还是应当成为劳动英雄，并帮助他们进一步适应当前的斗争环境。

（《晋察冀日报》1944 年 5 月 6 日）

陕甘宁边区青年运动中的一个基本问题

《解放日报》社论

　　陕甘宁边区的青年运动具有很光荣的传统，从内战时期开始，边区的共产主义青年团和青年救国会，曾经培养了大批干部，进行了许多的工作；但无可讳言，边区的青年运动又曾在其发展过程中，由于没有掌握边区的具体特点，公式地搬用了过去的和在外面读书的老一套作风，以致脱离群众，走了许多弯曲的路。

　　在边区压迫人民的旧统治已不再存在，代之而起的是完全代表人民利益的新民主主义政权，假使在另一种环境下的青年运动（如五四运动等），曾经是以坚决反抗一切旧制度作为其奋斗方向，着重对于旧的破坏；那么，在我们边区的青年运动，相反的，却应热烈拥护这个将社会引向进步的新秩序，努力参加新的建设，这是两个截然不同的环境和工作方向，这是显而易见和无可争辩的事实。但在边区的青年工作中，却曾有一时期，在实际上忘记了这两者中间的显然区别，而张冠李戴了。当时一般地提出"独立自主的、全体全面的青年运动""保护青年特殊利益，反对家庭压迫"等口号。在这种方针下，于是就使得青年工作在各方面都独树一帜，自成系统，不能正确地在边区党政指导下面配合工作；又使得青年和成年对立，子女和父母摩擦，家庭不和谐，不能更好地发展生产，如此，对于边区的新民主主义建设，青年运动曾在客观上起了一些消极作用。此外，边区又是地广人稀的农村环境，交通既不方便，社会分工也不发达，青年很早就从事劳动生产，成家立业，他们的要求和兴趣，和外面脱离生产的青年学生有很大差异，而和本地成年人的分界反而并不明显，这也本是显而易见和无可争辩的事实。但这个显然的事实，也同样曾有一个时候为边区的青年工作者所忽视了，当时热烈号召建立所谓"民主的、青年的、活跃的青救会",雷厉风行派遣了下乡工作团,专门推动工作,把忙着掏地的青年农民拖出来开会、上操、唱歌、游戏,名之曰"青年化"。但生活在落后的分散的乡村中的青年农民,究竟不像过去大都市中许多闲情逸致的大中学生,农村青年们首先需要的是发展生产,改善经济生活,而不是与实际生活无关的唱歌、游戏等的"青年化"活动,这也已为事实所证明了。

那么,边区青年工作的方针应该是怎样呢?它的主要任务是什么?又应通过什么样的组织形式来完成这一任务呢?

"一般的青年的任务,尤其是共产主义青年团和一切其他组织的青年任务,可以用两个字总括起来:'学习。'"这是一九二〇年列宁在苏俄共产主义青年团的三次全国代表大会上的指示。列宁所指示的这个原则,不但对于当时的俄国青年是适合的,而且对于今天处在比较稳定的根据地,"整个地区,现在已有可能开始从事各种建设"的边区青年,也是同样适合的。不同的是具体的学习内容——他们是要在全国范围内,学习建设共产主义社会的实际知识;而我们是要在农村环境中,学习建设新民主主义社会的实际知识。

因此,边区青年工作的中心任务,基本上是一个教育问题,我们要在帮助而不是妨害生产运动与建设的前提下,解决边区青年的教育问题。首先,是切实有效地改造和发展国民教育,使在边区生长起来的青年后代,都能受到新民主主义的教育,都能为边区的建设做最好的服务;而小学、夜校、冬学、半日校、识字组、读报组等各种教育组织,也即是边区青年的基本组织形式。边区的青年运动要通过这各种不同的组织形式,逐渐将边区的青年和儿童组织起来,进行新民主主义的教育。

我们的教育,绝对不是孤立的,而是必须和边区的生产紧紧联系起来;青年学习的地方,也不仅是学校,而且还有比学校更重要的实际生产岗位。假使一个青年直接参加了生产而没有进学校,这虽是一个缺憾，但还容易补救，因为他仍可以在实际的生产工作中学习到生产的知识；反之，假使一个青年上过了学校，而却始终没有参加生产，那倒成了不可容忍的严重问题。因为他在学校所念的一点书本知识，纵然念得不差，但既和实际生产不发生关系，那也就只能成为一堆无用的废物了。所以我们边区的国民教育，应该是服务并服从于生产的。我们除了普通小学以外，还要特别重视冬学、夜校、识字组等教育形式，也正是为了使教育不耽误生产。边区的青年是应该到学校中去，但是更应该到实际的生产中去。过去某些地方，强迫动员青年劳动力到学校去，正是忽视了这一点。这样是不是降低了教育的地位呢？不是的，教育不脱离生产，相反正是使教育能够在实际上发挥更大的作用。

边区的国民教育，同样曾走了许多错路，没有完全改正：第一，是缺乏阶级观点。在我们国民教育中，从学制到课程，基本上还承袭了外面资产阶级学校的旧传统，缺少新的创造，不能适应边区生动丰富的实际生活和实际斗争，因之也不能真正达到为工农兵服务的目的。这是教育上的保守主义，它是严重地阻碍了教育和革命实践的结合的。第二，是缺乏群众观点。在分散的农村办集中的学校，用强迫命令的方式动员学生，毫不考虑群众的意志和实际困难，教育的实际效果又很低下，有些学生读书数年，还不会开一个条子、记一笔账，完全不能满足群众的要求。这种"学校我自办之，对群众如何一概不管"的官僚主义态度，就是在我们开展边区国民教育的道路上面，放下的最大障碍。第三，是缺乏劳动观点。教育本是为了帮助发展生产，但由于受了资产阶级学校的教条主义遗毒，书本和实际完全脱节，小学校出来的学生，关于庄稼方面的知识，远不及自小在地里劳动的儿童，甚至还染上了一些旧社会轻视劳动的习气。

改革边区国民教育，使之符合于边区的实际需要，已成为今天的迫切任务。而这种改革，在党和政府的指示下面，现在已有某些开始,边区的青年运动正应从下而上地积极配合这一运动,动员干部到实际的教育工作中去,做小学、冬学、夜校教员,组织识字组、读报组,以行动来响应党的号召,贯彻新的方针。

在这一工作中,首先必须搞通干部的思想。

有些教员,常以外面资产阶级的雇佣眼光来看边区的教育工作,视小学教员为单纯的教书匠;还有一些则受了"家有二石粮,不当小孩王"的歌谣的影响,把小学教员看作不得而已的糊口职业。对于这些教员,应当采取适当方法,使他们在思想上发生转变,认识本身工作的重要性。

另外也有许多同志,他们放下知识分子的架子,抱了深入群众的满腔热情,积极愉快地走到农村去做小学教员,为一群农民的子女(他们过去是很难得到教育机会的)辛勤工作,夜以继日,忘记了疲倦,他们这种深入下层为群众服务的精神,是值得称道和学习的。他们的工作,很快地收到成效,并且得到了老百姓的热忱欢迎。

对于教育工作者来说,虚心学习和长期学习的精神也是决不可少的,要在边区乡村中做一个比较好的小学教员,并不如一般想象得那么容易,他除了讲解教科书而外,至少还得知道一点生产建设方面的,与边区新民主主义政治经济方面的知识,这就需要虚心学习和长期学习;特别是外来的知识分子教员,对于边区知道得很少,他们更应当努力学习生产建设方面的必要知识。

在农村里从事青年和儿童的教育工作,看起来好像是平淡无奇,可是在实际上,今后边区的青年运动,正需要在此平凡而持久的工作中发挥它的真实力量。我们希望在边区各种形式的学校中,能够涌现出更多的埋头苦干、虚心学习的教育工作者,深入群众,把学校办好,教育出许多有知识、能劳动的好学生,形成广大的模范教师群体与模范学生运动。

(《晋察冀日报》1944年5月13日)

向国际和平医院护士们致敬

——为纪念国际护士节而写

王潭

国际和平医院的护士们，以最大的热情忠实于自己的职务，严肃认真、紧张活泼、埋头苦干，凡是在这里休养过的人，没有不受感动，而对他们表示最高的敬意的。

天刚亮，休养员们还没醒，护士们就来到病房，扫了地，扫了院子，打来洗脸水，才轻轻地喊休养员们起床，胳膊有病的同志，他们给你系腰带，不能起床的同志，他们把洗脸水送到床头，亲自替你擦洗。一天他们保证不断开水，给重伤员打四次"营养食"，给轻病员打三次"软饭"或二次"硬饭"，总是从早一直忙到晚。说起吃饭来，分类是那么多，新来休养的同志往往连自己也闹不清，可是吃饭时，护士们早把一切准备好了。如果你不能动的话，护士们就一碗碗地送上你的嘴边。

早饭后，护士就端着药盘到外科病室来换药。换药的时候，十分细心，叫人很少感到痛苦。患内科病的人，医生诊断开方以后，你就别再操心，到时候护士就送来了药和开水。

第七病室里住着一个老乡，他被驴踢断肋骨和肠子施过开膛剖肚大手术，他老婆在守护他。有时，他老婆倒长时间离开他到别处去了，而护士石国军却很少离开他的床边。他呼唤着"靠背支高了""右腿痒痒"的时候，往往是石国军同志动起手来，他老婆却在一边呆望着。第五病室住着一个浑身被炮弹炸伤的青年石树义，当他和他弟弟石小朵要吃这吃那的时候，小朵就会发脾气，甚至赌气回来不再去看他了。但往往在这样事情发生不久，护士们就给石树义把饺子或煮鸡蛋端去。有一次，护士哀求似的同石小朵说："小朵，以后别跟你哥哥嚷了，惹他生了气，对他的伤是很不好的。"一天傍晚，我和护士张石旦在房檐下聊天，不到半点钟，石树义就叫了他六次，我当时早有些烦了，但细察张石旦的声色，却一次比一次更和蔼、更耐心。当时，我被感动得说不出话来。护士们除去给伤病员检温、灌肠、按摩、热敷、填病历表外，还毫不厌烦地打水打饭、端屎端尿。病室护士换班的时候，连哪个人要喝水，哪个人还没大便也成了应该交代的任务。在夜里，坐夜护士提着个小红灯笼来了，他提着开水，谁想喝就喝，他唤醒每一个重伤员："小便不？"有一次，一个割痔疮的老乡刚睡着又被叫醒，他有点发火，怒冲冲地说："刚小便啦！"醒着的同志听见都笑起来，护士也笑着走出去。

  护士们每天八小时工作，两点钟课，一点钟自习，确实够忙了；但生产却一点也不弱，男的编席、打毛衣、做豆腐，女的已全部学会纺线。他们抽五个人到煤窑推小车，家里变工，大家分担他们的工作。他们还经常背炭，来回三十里，连女护士们每次都在八十斤以上。自从搞开大生产，他们已经交公一万多元，每人分了六十多块钱的红利，并从整个生产盈余里抽出一部分钱，一月给每个休养员增加四两猪肉。

  他们为什么这样好呢？关于这个问题，我曾问过一个护士，答案是令人满意的。他说："我为什么不安心呢？革命工作不就是一件件又琐碎、又具体的工作吗？"事后我问别人，才知道他已经做了四年护士，是一个很好的共产党员。的确，在护士里有着不少这样老老实实的同志。跟护士们聊天，他们时常提起院长陈淇园和主治医生邢竹林（军直战斗英雄）来，他俩多么虚心、多么负责、多么吃苦、多么爱护休养员，他们能讲出很多关于这类材料的动人的故事，他们是受了最大影响的。

一九四四年五月十二日

（《晋察冀日报》1944 年 5 月 18 日）

锦热路北的血战

殷洲

二月十三日,长城外喀喇沁的大雪还没有融化,气候还在华氏表零下十度,从七老图山脉的高峰刮下来的大雪风,像几千万把尖刀,穿过密密的森林,穿过这一带山地里的居民区。滦河支流各处山谷里仍旧堆满着坚冰。但是承德平泉和建平的敌人就在这时出动了。情况很快地紧张起来,指挥部通知各部队迅速准备应对残酷的大战,全体子弟兵和老百姓立刻进行了紧急的动员;十五日开始,大规模反"扫荡"的战火就从七老图山脉的东北部山麓,从这冰雪连天的喀喇沁山地里燃烧起来了。

敌人大部分是从附近各"省"抽调来的,其中有伪"满洲国"的正规军七千多人、伪讨伐队三千人、加上敌关东军五千余人,包括驻平泉的南坡大队和驻防承德的木本大队的主力,总共是一万五千多兵力,以绝对的优势向我们进攻。敌人企图趁着这样恶劣的天气,抓住我们御寒装备不足的弱点,而以三十倍于我的兵力,要来消灭我们。这个"扫荡"的毒辣与残酷的程度,谁都会想象得到,那是空前所未有的。

野兽一般的"日满军"从四周向我们恶狠狠地冲过来,它们是为了报复来的,它们恨死了我们,因为我们给予它们的打击太严重了。你想,在敌人统治了十二年多的伪"满洲国"西南的腹地,南面起于万里长城,东面到那柳□边墙,北面越过了赤峰,使在敌伪奴役下的人民翻起身来,使他们从那被压榨得穿不到棉布、吃不到油盐,破烂不堪的生活中抬了头;我们在这一带举起了十多年来父老们已经看不见了的祖国的旗帜,让他们看到了新的光明,得到了祖国胜利的希望；就是坚持苦斗在那白山黑水边多年得不到外援的东北抗日联军的弟兄们也都兴奋起来了。这在敌寇和"伪满"傀儡们的心目中是多么可怕呀！我们的队伍，常常在这热河的省城附近打仗，那承德城里就驻着敌寇关东军的防卫司令部和"伪满军"第五军防区的司令部，它们近来愈加感到被威胁的不安，它们几次向我们进攻都吃了亏回去。最近，就在这二月的六号，我们一股劲就打进了宁县城里，那几个警察和警官不是活活地被我们捉来了吗？汽车被我们炸得稀烂，我们的弟兄还背出了二百多匹布和十万元"伪满"钞票，还有那一堆军用品。敌人和它的傀儡简直想不到我们来了这么一下子，它们怎能不害怕呢？这一次敌人动员了这样空前优势的兵力来进行报复性的"扫荡"，完全不是偶然的，那是在恐慌到发抖的时候，一定要有的一阵疯狂的镇压。

现在大战展开了，敌人从东面、南面和西南方向山地压缩，在平泉和承德之间，喀喇沁山地的南段，沿着七沟、大店子、六沟、三沟通到头沟的这一条公路线上，敌人依靠着它那十几个堡垒据点和四通八达的公路网，迅速推进。这里是不便于我们作战的，我们决定要选择有利的地方来打击敌人。我们要以分散的游击动作，到处牵制敌人，而不断寻找有利的战机。敌人也想尽办法要"捕捉"我们，它驱使着由东北人民的叛徒新编成的伪"讨伐队"深入接近我们，不断追赶，企图逼迫我们跟它决战；同时敌人又新编了一个"行动队"，把那些特务坏蛋集合在一起，进到凌源西北的山地里，到处寻找我们，到处抢掠和欺压老百姓。但是，这些脓包是经不起一打的。战役刚刚开始的十四日的晚上，我们就在下埠子的东山上等着它们，一个钟头的火力杀伤和猛烈的冲锋，就把它们打垮了，活捉了七十四个，战场上打扫了它们的二十三具尸首。野兽们的血狼藉在冰雪洁白的地面，没有跑掉一个。这个歼灭战更把敌人激怒了，各路敌伪军就很快集结增援,大举推进。我们也立刻机动转移,准备长时间的反"扫荡"战斗。

环境日益艰苦了,战斗一星期又一星期地继续下来,事实完全证明我们的估计是正确的。敌人这次"扫荡"计划是长期的,它们有着较优越的御寒的装备,它们沿村抢掠,见到妇女就强奸,见到"烧锅酒"就抢着喝,醉醺醺地就爬山。特别是那伪"讨伐队",在冰雪盖满的山头上,拼命地长途追赶我们。我们的部队,以不良的装备,昼夜不停地和这一批野兽们周旋搏斗,冰天雪地里,饥饿困顿是不用说了;行动的时候,浑身紧张出汗,扑面却是刺骨的雪风,在山头上停下来不到十几分钟,手足就完全失掉了知觉,有的再也走不动了,在紧急的情况中失掉了联络。我们有一个单位,光是冻坏手足和失掉联络的就超过了五十人。当我们进入村庄,老百姓让我们取暖,帮我们做饭、烧水,给我们招呼伤病员的时候,同志们没有不感动流泪的。三岔口据点附近的村庄里,老百姓带领我们进屋去,对我们说:"你们忠心报国,出死命来救我们,叫我们不当亡国奴,好心人!我们也该好心报答你们!"他们说话的声音都发颤了。他们告诉我们:"这儿的'官家'要逼我们死,据点上又下了命令集家并村,不让我们在这儿住。"第二天,我们侦察了情况,决定要攻打三岔口据点,同志们奋不顾身地按着预定的计划出发了。这个战斗又是完全胜利了,三岔口据点被攻下了。不久,樱桃沟据点被我们攻克的捷报也传出了。总计这两处的战果是:打死敌伪军七十余名、俘虏七十余名。老百姓和战士们都高兴起来说:"有死的,有活的,一半一半的!"我们还缴获了九十一支步枪和许多军用品。在这样困难的条件下,这些胜利的获得,完全证明了我们部队战斗的精神是异常顽强的。这胜利的消息立刻轰动了这一片山地,全体军民反"扫荡"胜利的信心更加提高了。

敌人在"扫荡"的过程中，利用它便利的交通条件，曾经不断对我进行奔袭合击，因此我们的部队一直没有休息的机会。在战术上敌人也偷窃我们的游击战术，组织了游击的部队，采取轻装的长途奔袭与尾追，并攻击我们被合击时可能的退路，预先设伏堵击。但是因为敌人始终得不到群众条件的配合，它的游击也就只有失败了。有几次我们的部队都处于相当不利的地位与敌人作战，但是依靠了我们全体指战员的英勇和果断，给予敌人有力的回击，仍然取得了许多胜利。我们的几个战斗单位，先后在平泉以北二百里的十八台、在承德以北二百里的碾子沟、娘庙、石拉子沟各地，在老哈河以东建平西北的沙梅以及长松树台、长朝白沟、七家子、小梁子各地进行了十几次的战斗，敌伪绝对优势的兵力被消耗了，并没有达到它消灭我军的目的。最后证明敌人的无能与失败的事实就是它采取了最野蛮的手段对待热河的人民，它们终于在它们自己夸称为"王道乐土"的"满洲国"境内大规模实行杀人、放火、洗劫村庄的毁灭政策。在喀喇沁三旗的区域，在热南广大的山地上，敌人加紧制造着"三光"的"无人区"，进一步实行集家并村。这是多年来日寇与伪"满"傀儡政府所谓"固边"的"国防政策"，而现在它的"边防"却已经移到它的"国境"以内的热河的腹部来了。

热河的人民，眼看自己的房屋被敌人烧光，几十个几百个村庄被毁成一片荒场，十几年来被敌伪苛捐杂税和大烟毒化百般蹂躏着的垂死的生命，现在又要马上被逼向死亡，他们是绝不能忍受，不但那些穷苦的农民，就是地主们也不愿集家并村，不愿到那指定的"人圈"里去。所有人民自卫队、各村的人民武装班，他们始终要与八路军在一起战斗下去、生活下去！

现在最紧张的反"扫荡"大战，经过一个半月的时间，已告一段落。四月一号起敌人也暂时休息了。但是敌人对于这个控制着锦热铁路、叶峰铁路、峰多铁路的重要地区，我们所给予它的致命的威胁是极为不安的，它还不会就此罢休。重新调整兵力，再做一番部署之后，它还要蠢动的。敌人不是扬言要继续"扫荡"到七月吗？我们热南的八路军和热南的人民正在准备跟敌人再做长期的周旋。我们是从血泊里长大的，是从敌伪的锁链下挣脱出来的，我们是一定要胜利的！

一九四四年四月十二日

（《晋察冀日报》1944年5月18日）

晋东北敌伪军的穷丑相

李冲

在东条狂叫着"战局严重"的时候,我们来看看晋东北敌伪的穷丑相,就会知道日本法西斯感到怎样的一种悲哀。

椿树底御枣口的敌人,每天在大路边上抢劫,强剥来往行人的衣服,公开说:"皇军衣服的没有,给了的顶好!"盂平各据点的日本新兵,都穿着破得开花的军装,寿东的伪军冬天不发棉衣,冻得整天病倒着四五十人。

这里的敌人最近二年,一直是吃不饱的,现在就更厉害!牛村一个日本兵,趁着小队长不在,便偷偷地跑到伪村副家要饭吃:"馒头的有?!"伪村副说:"没有!"他接着就问:"馒头没有,糠饼子的有?"伪村副回答:"还有一点。"于是他高兴地接过两个糠饼子走了。敌人抢来的黑豆,新兵白天偷偷装在饭包里,抽空便用饭筒煮熟吃。一个日本兵看见伪军做面,跑上去就抢了一块生面,装在口袋里面偷偷地吃。五台高洪口的日本新兵,做好饭先让官长吃饱,自己只能吃一小洋瓷碗,有一次吃饭掉地下一点面片,新兵赶快跑去拾起来吃了。伪少军团看见了,开着玩笑说:"灰鬼!那上面有土你就吃了!"新兵回答:"没有关系,肚子困难,什么东西也顶好。"寿东的伪军,每顿只发两个小窝窝头,一百多人,每顿只吃四斤米的稀饭。石佛寺的"娃娃兵",经常偷老百姓的窝窝吃。去年十月,椿树底一个日本新兵,因肚子饿,偷了伙房的东西吃,结果被队长把衣服剥光,放在山头上冻了一天。去年十二月,寿东日军,因生活困苦而厌战自杀者七人,因放哨打瞌睡而被杀一人,椿树底一个日本兵跳滹沱河自杀。

另外在我军不断地打击与围困下，敌伪非常恐慌害怕。代县郭家寨的伪军，整天不敢下炮楼，没粮食吃，只好站在炮台上大喊大叫："寨上家泉岩村长，唉！快送来些吃的吧，今天下午没法揭锅啦！"村里的人不理他们，他们就哀告："过去你们上炮楼来，也吃过我们的呀！现在就算还我们吧！"崞县上庄敌人被我部队围困，没有粮食，只好哀告地说："曾区队长，可怜可怜我们吧！别再打了！"

由于敌伪军不断增长着的不安稳的情绪，官长对士兵的统治更厉害了，敌人对伪军加强特务的监视，不准自由行动，父母兄弟来看看，也不许见面，想出去玩玩更是根本不可能。伪军中流传着："不是战死鬼，便是狱中囚。"下社的一个日本兵，因为偷看了我们的宣传品，被官长非刑拷打以后，押起半月还未放。官长对士兵的打骂本已是平常事，现在就更添了一些新花样。二月十二日，牛村两个二等兵打靶，三发皆空，小队长即叫他们在雪里卧五分钟，另外二个五发都未命中，小队长逼令他从深雪里爬回炮楼去，手冻裂了，只能背后啼哭。他们对挑水的民夫说："队长的大大地坏了，我不能回家了，见不到妻子的！"也曾对伪干部说过："你的顶好，我家里也有父母和爱人……"说着就哭起来。

上面这些穷丑的事情，还只是一个开头。"耗子拉木锨——大头还在后面哩！"

（《晋察冀日报》1944 年 5 月 23 日）

伪治安军十五团的覆败

——行唐线外沟里伏击战报道

辛毅 周游

春天以来，子弟兵在行唐线外，把伪治安军打苦了。它的十六团接连吃了好几次败仗，丢了枪，丢了人，最后闹得破破烂烂，没法担负起第一线、第二线的守备。三月下旬，十五团开过来，接替了十六团的防务。

十五团是治安军的一支"精锐"，他们很相信自己的战力。一来就吹开了牛皮："我们不像十六团，我们决不丢枪！"好吧，光说大话不算数，还是战场上见吧。

五月二日，我们在行唐、曲阳边界上的沟里镇，打了一个出色的伏击战。我们的对手不是别人，正是说大话的伪治安军十五团。不丢枪吗？他们丢下了五挺轻机枪、五十一支三八式步枪、三支盒子枪、六支手枪、四架望远镜……这还不算，他们的团长被活捉了，他们团里的医务主任、两个连长、一个排长和四十二个士兵也都做了俘虏。他们的三营营长、日本指导官、八连连长及排长以下士兵共三十五名被打死了，打伤的有七连连长以下四十三名。

五月一日，伪治安军十五团团长带着第三营全部和第一营一部，共四五百人，从行唐城开到圪垯头据点宿营。他们经过玉亭的时候，曾抢了那里的集市，劫去老百姓二十几口猪和许多粮食布匹，这时我们的部队早已伸到沟线外，在那里等候着打猎，准备打击那些经常糟践老百姓的恶狼。当天晚上，我们知道了上面这样的情况，估计这股敌人可能在第二天从圪垯头到黄台去。我们的团长和参谋长便连夜部署战斗，在他们必经的道上——科头、沟里一线，设下了面积约十方里的伏击圈。

第二天拂晓以前,我们一切都准备好了,专等着敌人来。我们的正面就是沟里镇,左翼在铺上(沟里东南),右翼在科头西北山地(沟里西南)。部队很好地隐蔽着,伪装了的观察哨两只眼睛不住地瞭着科头通沟里的汽车道。

上午九点,科头堡垒上升起了旗子,敌人已经过来了。他们的行进,称得起谨慎小心,最前面是骑兵尖兵,三十米过后又是一个排的前卫,后面才是一长列的大队人马——他们的主力,在主力的两侧,还伸出部队进行严密的搜索。

敌人沿着汽车路向沟里前进着,尽管它搜索严密,到底还是瞎子摸鱼,什么也没有发现。藏在沟里村南院子里的我们部队,让过了敌人的骑兵,当敌人尖兵排进到沟里村南河滩对岸的时候,我们预先架在围墙上的轻机枪,便"嗒嗒"地响起来了。

这就是我们发起战斗的号令,立刻三面的埋伏部队一齐动作,像狂风一样地向敌人扑过去。正面的部队从沟里村边冲出来,左右两翼也迅速向敌人迂回冲击。当敌人主力向南溃退的时候,我右翼阵地上的重机枪也"咚咚"地发射出密集的弹火。战斗已经全面展开,我们三面冲锋,到处都是喊杀声和呀呀声,到处都是"缴枪不杀"的口号声,轻重机枪夹杂着步枪、手榴弹和掷弹筒的叫响,热烘烘地闹成一片,这方圆十方里的小平川,整个地震动起来了。

在正面,开始的时候战斗最激烈。围墙上机枪一响,战士们就猛力冲锋出来,敌人趴在河滩对岸打机枪也不管。一排长王光明领着全排战士冲在最前面,敌人垮了,他们紧紧地追。在机枪的掩护下,他们一口气越过了三十米远的火力封锁线,占领了初步的阵地。这时敌三营营长被我们揍死了,敌八连连长带着败残的部队,继续在前面两个土窑堆上顽抗,四挺机枪打得很紧。七班长田达雨带着战士从西面冲击，为了冲垮敌人的抵抗，他站起来，端着冲锋枪猛烈射击，接连打倒了好几个敌人，他的无比英勇吸引了敌人的火力，在突过二十米远后，他就中弹牺牲了。这时候，三班长李树山领着几个战士早已从左面迂回侧射过去，夺取了敌人左侧的土窑堆。正面一、三排更是硬打硬冲，加上掷弹筒手郑大名射击准确，在四百米外接连打了两发，一发落在土窑的半腰，一发落在敌人人群里，直把敌人打得慌忙四散。剩下敌八连连长，一挺轻机枪、四条步枪还继续在靠西那个土窑堆上做绝望的挣扎。一排长王光明、一班长张善德和战士马振荣像闪电般地飞过来，排长直嚷："冲呀！非消灭这个火力点不行！"他瞄着打了一枪，打死了敌人的机枪射手，接着又一下，把敌八连连长也揍翻了。张善德心里佩服排长的枪法，自己跟着就跃上前去，夺取了敌人的机关枪。上面敌人的四个步枪兵，一个被俘、三个被打死，这个敌人的火力点就这样被消灭了。在连长指挥下，战士们继续追击，一直追到堡垒跟前。这中间，五班长吴秋海在一个坡地下面，捉住了敌人的医务主任。

正面一开火，紧接着就有一股敌人向西逃窜，企图占领附近一个较低的山头，可是沟里村西高山，我们右翼部队一个排，早就听了团长的命令，一股劲儿地冲了下来。我们的动作真是勇猛、迅速，等我们占领了山头，敌人还只是爬到半山腰。一阵机枪扫射，接着就是冲，敌人慌得不行，不要命地直往下滚，被我们冲得七零八落。在这里，我们缴了敌人三挺轻机枪——二排长谢文林缴了一挺、通讯员王祥和五班战士赵文缴了一挺，还有一挺是六班长刘计明和战士刘昌书缴的。

我们右翼的主力，听到正面战斗号令一响，早就从科头西北山地向东南迂回下来，冲击那沿汽路向科头方向溃退的敌人。他们打治安军打出了名，有许多英勇出色的战斗员。三排长蒲如明，是一个有名的神枪手，枪法打得真准，从山上冲到平川地的时候，瞄准着打了六枪，打死了七个敌人。后来继续向南冲，直到科头附近沟边，又打中了四个敌人。他和端着机枪冲锋的赵凤，一股劲儿地猛追着一个伪连长，在科头村侧，一枪打住了伪连长的衣服，他顺势躺下去，装死不肯起来。蒲如明拿下他的手枪和望远镜，摸着他没有一点伤，便用四川话叫了一次又一次："起来吧，我们决不杀俘虏！"折弄了好久，才把他带了回来。

二排机枪班长贾大顺，高大的个子，脚板足有一尺多长，力气大，跑得快，机枪打得特别好。在追击敌人的时候，他和步兵在一线，端着机枪跑在最前面，边走边发点射，一步三响，心眼里有数。这天，他的机枪打得枪筒热得烫手，他还是一面打一面追。二班战士傅贵良，在战场上从来没有缴到过枪，人们都叫他"稀饭"。这次战斗前，他下了决心要缴枪，却一点也不声张，只偷偷地和班里的王云彬说过："咱们不哼气，后娘打孩子，暗里使劲好啦！"战斗发起后，他和王云彬一起冲锋，直撵着敌人的机关枪。因为他们追得紧，敌人没法跑了，傅贵良飞步赶过去，一拖就把机关枪夺了过来。敌人的弹药手本已跑得很远，见机枪丢了，便又返回来："大哥！救命呀！我交了压弹机吧，我不走了！"我们的战士回答说："不用怕，跟我们走吧，我们优待你！"

八班战士靳训礼，在追击时远远瞭见一个敌人的军官，正一步三跌地从汽路右侧横跑着，他加速地追上去，敌人已爬到一条沟道里，一双漆黑的长筒皮靴，扔在一边，显然这是敌人跑不动刚才解下来的。靳训礼奔过去把这个军官捉住了，这不是别人，正是敌人的团长。

全场的敌人，在我三面冲击下，乱糟糟地四散逃命。可是他们往哪里跑也要挨打，朝南跑的敌人，碰上了我们左翼铺上迂回出来的一个中队。小队长于小六,在战斗开始时,带着全小队冲在最前面,他打伤了敌人的七连长,解下了他的手枪没有管他,又继续追上去。在通过一个洼道的时候,他夺获了三支三八枪。回过头来又见到两个敌人在跑,他从侧面插过去,两手同时夺过那两个家伙的武器,随后又抓住了敌人一个排长。这样,他的背上挂着五支三八大盖,手上握住那支手枪,同时还押着六个俘虏回来。好威武的子弟兵呵!副小队长芦廷河,身体本来有病,背着枪有点跑不动。他看见好些同志都缴了枪,眼也急红了,便把自己的枪交给司务长,顺手拔起刺刀就追了过去。他一直追到堡垒的鹿砦跟前,硬缴了敌人一支三八枪。战士高合顺在追击中遇到了敌人的九连长,这个"连长"手下的兵全散了,一见高合顺追来,就立正地站在那里,听他解下手枪、望远镜,顺从地做了我们的俘虏。

战斗中,我们战士的英勇顽强,创立了许多新的战功,这种例子是说也说不完的。这一次胜利的伏击战,由于我们指挥灵活,动作一致,战斗士气无比旺盛,就使得数量上占优势的敌人,也还是被我们打得落花流水。敌人在我三面同时冲击下真是完全失去了抵抗力。虽然因为伏击面太宽,敌人兵力过大,没有把它全部歼灭,可是他们那些基干的军官,却是差不多一扫而光了。

战斗从开始到结束,共是一点钟。当敌人从全场溃散下来的时候,敌人的一门迫击炮曾打了四发,却连我们一根汗毛也没挨着。科头堡垒上的敌人,也曾用两挺轻机枪的火力,来援助他们那些可怜的伙伴,但我们的重机枪不答应,朝堡垒来了一阵扫射,就把它挡回去了。

这是我们给伪治安军十五团第一次的教训。这个团,曾经在曲阳线外进行过疯狂地"清剿",曾经在去年"扫荡"时,践踏过王快一带的村庄。这些日本法西斯野兽的爪牙,老百姓谁个不恨他们?当我们打了这个胜仗，曲阳、行唐的老乡们，全兴奋得跳起来。他们在困难的情景下，也硬要买猪买羊来慰劳自己英勇的子弟兵。

三天后，在战斗胜利的影响下，在我军民加紧围困逼迫下，敌人撤退了黄台、科头、东城仔、大川里等十八个堡垒。两星期后，又撤退了口头据点，曲阳、行唐边界上一大片土地，又从敌人的践踏下获得了光辉的解放！

(《晋察冀日报》1944年5月23日)

恐慌、苦闷、逃亡

——被敌"改编"的伪军形形色色

张超

一、"谁替我当司令我向谁叫亲爹!"

敌寇解决了冀中十分区黄、李、王、康部伪军后,又强行改编某部伪军,对伪军司令说:"不来编,你的没头的有。"

伪军"司令"马上给各伪中队打电话:"快把队伍带来,有要紧的事情。"各中队知道敌人要"改编"他们,都回答:"我们这里也有事,不能去。"

伪军司令急了,骂起来:"你们不听我的命令吗?"

电话里很坦白地回答:"这是什么时候,还听命令,鬼子解决了我们怎么办?"

伪军司令吸了几支香烟,沉思了好久,最后才硬着头皮去见鬼子。

鬼子见他没有调来队伍,马上翻脸:"不行的!不行的!"第二天拂晓便包围各伪军据点,但是他们看不到一个伪军,因为伪军都藏了,后来鬼子派人接洽,进行欺骗、怀柔才又拉回来。

对这个事情,鬼子很生气,瞪着眼对伪军司令说:"你的不行,兵的心大大地坏了的,你死了死了的有。"

但是,敌人怕伪军哗变,不敢杀他,又放他回去。

他见到自己的部下后,非常感慨地说:"妈的,当这个'司令'真难哪!"

"怎么办呢?"有人这样问他。

他皱着眉头说："唉！谁替我当司令，我向谁叫亲爹！"

二、"我们演习去了"

晚上，"铁杆"汉奸×参谋长，向他的部下诉苦说："唉！妈拉屁，我真难受，亲日这么多年了，落了个'铁杆'汉奸，这回鬼子却说我：'写字写得不行，打仗打得不行，你的太君的没有。'鬼子的心真他妈的狠毒哪！我这势力就白整了吗？"

刚说完，鬼子来电话叫他去开会。

"没好事，我不去，叫某参谋去吧。"

"某参谋回家去了。"

"快找他回来，说日本找他有事。"

某参谋来了，说："报告参谋长，我带那支六轮子去，看事不好就闹啦！"

"那可不行，这么着咱们的部队就全完了。"

某参谋没讲话就走了，×参谋长马上给各伪中队打电话，但是打不通了。

"坏了，电话不通了。"整个伪司令部被这恐怖的消息搅乱了，队伍马上拉出去，直到天明才回来。

"你们这里出去什么的干活？"第二天鬼子问伪×参谋长。

他脸涨红了，但很快扮了笑脸说："我们演习去了。"

三、"哪儿去？"

天黑了，老乡们正吃晚饭。霸县、岔河、岔河集三十多个伪军，从鬼子包围圈中逃出来，他们在××村边的荒坟里，停止了急促的脚步，凑在一块蹲下了。

"弟兄们！坐下吧！这算脱险啦！"领队的一个伪军说。

"可是咱们上哪儿去呢?"

"当然是找八路军喽!"

"八路!咱们哪个有联络?"声很粗。

"老梁在这儿可就行了!"

"这当儿想着老梁啦!裁他的时候,我总说留下他,大家伙连个屁也不放!"声很粗。

"唉!我总说老梁有联络,把他裁了省得坏咱们的事,哪知道我想得错了!"

领头的伪军说完,静寂下来,夜风扫过,更增添了他们对鬼子的仇和恨。

…………

"到底鬼子和中国人是两条心,他妈的,有了儿子饿死也不叫他当白脖(即伪军)。"一声文安腔划破了沉静。

"真的,猪八戒照镜子,里外不像人。"

那边来了一个黑影,抓住了是一个老头子。

"老乡,知道哪儿有八路?"十六个伪军围着他。

"我……不知道。"老头子慌张急促地说。

"老乡!我们是×部的,被鬼子解决了,找八路投降。"

"是是……听说……唔,不,我不知道,没有——我种五亩地,儿子病着呢。"

"他妈的,这又不是向你要钱,揍他。"

"老王干吗着急?"领队的伪军又说,"老乡,找八路军投降是真的。"

"我是……不知道。"由于过去血的经验,老头始终不敢信鬼子和"白脖"的话。

"我看问他也没用,还是找老梁吧!"

"对!"

"对!"

三十多个黑影动起来,在南面大道上消失了,但隐约地还听见他们说:

"以前惩老百姓,这阵多抓瞎。"

"平时不烧香,临时抱佛脚,佛不应。"

(《晋察冀日报》1944 年 5 月 24 日)

铁的肃宁子弟兵

李易

敌人曾企图确保肃宁,也曾猖獗过。但自从肃宁人民的子弟兵在暴风雨里成长起来后,好像几十把铁锁一样,把鬼子和汉奸牢牢地锁在岗楼里了。

子弟兵是这样壮大起来的,窝北、龙泉、景家口的……鬼子汉奸坏,子弟兵连次伏击了他。朱庄、尹庄、口里的岗楼坏,子弟兵拿了他;城里特务系的汉奸坏,子弟兵专碰他;冯逆金凯、翟逆××坏,子弟兵专找他,打死了他。一年来,就在这大小三十多次的胜利战斗中(配合友军在内),子弟兵攻克岗楼八个,俘虏伪军一百五十七名,毙伤伪军三名,毙敌四名(内中队长二、小队长一),缴获步枪一百二十二支、独决八支、手枪五支、小炮一门、炮弹二十五发、手榴弹七百五十七个、子弹三千三百九十四发、电话机四架、自行车九十六辆、电线数千斤、粮食十余万斤。

子弟兵不光打胜仗,而且还经常地展开政治攻势。半夜里,他们经常跑到离岗楼几十步的地方,揭穿汉奸们的罪恶令其改过,报告胜利消息,解释抗日的各种政策。在这种不间断的教育和武装力量的威胁下,有的汉奸害怕了,回头抗日了;铁了心的汉奸,子弟兵警告他、打击他。"八路军管得真宽哪!谁错了也不行,什么事他们也知道!"汉奸们常这样讲,也常这样往外捎信:"什么什么可没有我,那是谁谁做的事。""别叫八路军打我的伏击,什么事也好办。""过去我做错了,今后走着瞧吧。"政治攻势这颗炮弹爆烈在敌占区,被敌寇奴役、受敌寇欺骗的老乡们警醒了,他们亲眼看见了子弟兵解除敌寇加在自己身上的枷锁。因此,他们也常往外捎信:"这会儿鬼子汉奸比早先老实多了！"过去不相信子弟兵力量的人们，现在也常用手暗暗打出个"八"字："非这个治不了他们（指鬼子汉奸）……"真的，肃宁老乡们是亲自体验到了子弟兵所给的福利。

  胜利和影子一样，一刻也不离开子弟兵，他鼓舞了人民的情绪；人民相信子弟兵，胜利是属于他们的。子弟兵住那村，老乡们就想尽办法打听信，一见军事干部开会便认为"又造决议拿岗楼"，曾这样几次地轰动了住在村的老乡们，都拿着口袋、绳子、饽饽，集聚在队部门口，等候着出发。老乡们和子弟兵竞赛："你们夜间拿岗楼，我们一白天拆了它。"果然每次拿了岗楼，白天千万个老乡都卷入拆岗楼的热潮里，人们充满着对敌的仇恨，夺回从自己房上拆去的梁和栋，拉回自己房上的瓦和砖。一个老太太在拆××岗楼时，曾流出眼泪说："我这么大年纪，拾个砖渣子也解解气。"在每次打仗后，老乡们都自动慰劳，子弟兵不要，老乡们就不满意："嫌少呀！东西多少是这么个心呀！"直到最后收下东西才肯走。

一九四四年三月

（《晋察冀日报》1944 年 5 月 26 日）

洛唐哥更光荣了

雷行

当一分区军民看到报上登出边区党政军民赠给洛唐哥"北岳区拥军模范——子弟兵大哥"和军区首长的致敬信，奖给他一面大旗和一头大骡子时，都齐声称赞着："洛唐哥更光荣了！"一天下午，我从边区回来到他的家里去报喜，他紧紧地握住我的手，两眼里感动得像要流出泪来，他看了看惊呆了的老婆和孩子说："这可真是只有共产党八路军在这里，才瞧得起咱们这穷光蛋呵！"

五月四日，那是个很可纪念的日子，在一个三岔路口的山沟里，简单地搭起了会台，绿色的布幔炫耀着"纪念五一五四暨洛唐哥给奖大会"的红字，左面悬着巨幅的洛唐哥画像，右面飘展着军区首长奖给洛唐哥的大红旗，在平广的沙滩里，学生们兴奋地打着霸王鞭，他们用自己的智慧歌唱着洛唐哥的伟大和光荣。有些人交头接耳询问着哪个是洛唐哥，他们睁着羡慕的眼四下里巡视着，马上他们听到："来了，来了！"人们向西一看，杨司令员、宋专员、抗联刘主任还有一个庄稼汉笑着来了。"那就是洛唐哥！"有人热情地指点着，喊起来，霸王鞭也显得不热闹了，所有的人都像喊了口令一样转过去看洛唐哥，有些人热情好奇地拥上去。

会开始了，人们都看着坐在主席台上的洛唐哥。主席刘波涛同志说：洛唐哥不仅是拥军模范，他还领导六个人的拨工组，已开了五十多亩荒，他自己今年要开十亩荒，有五亩开好已种了谷，在他的影响下，村里人比过去更加积极生产。高副司令员的声音今天特别洪亮："这个洛唐哥比咱们亲哥还亲，咱们亲哥在困难时不一定能来帮我们，洛唐哥在紧急困难情况下背病号爬山越岭，要饭给我们吃，这就比亲哥还亲!"洛唐走上讲台,狂烈的欢呼使他好久站在那里不能讲话,他说:"上级赏我一头大骡子,这也不是我自己的力量,全靠着共产党的领导,过去我上了当,参加了大佛教。后来我看到共产党、八路军做的事没有不好的,我就以血心来拥护共产党和八路军。我好比一个尾巴,共产党八路军前头走,我非跟着走不行。共产党八路军要说走,我就走,甩也甩不掉我!我老早就想参加共产党,觉着参加共产党很光荣。这回我跑到区又到分区地委要求加入共产党!"杨司令员站起来代表中国共产党晋察冀一分区地委讲话:"崔洛唐同志要求加入中国共产党,中共晋察冀一分区地委接受他这要求,认为他够资格加入共产党,所以我代表中国共产党晋察冀一分区地委公开批准崔洛唐同志为中国共产党的一个党员!共产党不是随便什么人都可加入的,能参加共产党是非常光荣的!"三千多人响应着杨司令员的话语有力地喊起来:"洛唐哥参加了共产党更光荣了!"在宣读军区首长向崔洛唐同志的致敬信后,音乐在台下愉快地奏起来,当鲜红的大旗从杨司令员的手里转到洛唐哥的手里时,会场上到处响起了热情的欢呼。旗上的每一个字都耀动着灿烂的光辉!戴着红绿绸子的白灰大骡子驯从地被人牵上台去,杨司令员又在沸腾的欢呼中送给了洛唐哥。散会后好多人围着洛唐哥欢喜地问东问西。

  第二天分区党政军民欢送崔洛唐同志,行列还没有走到村口,区的工作人员和学生就锣鼓喧天地来欢送了,他们喊着口号加入了行列,前边吹着军号,后面打着锣鼓,热烈地喊着口号。欢送的队伍经过大街把待在家里的人们都吸引出来,追赶着看光荣的洛唐哥。一出村口,战线剧社的同志们早排在道路的两边敲着锣鼓,另一群欢送的人也喊起响亮的口号。集上乱了,人们潮水一样涌来,平日集市的喧嚣,已被热情响亮的锣鼓军号和呼喊压下去了,很多人心急地问:"哪是洛唐哥,哪是洛唐哥?"有人不耐烦地回答:"那个戴红花的。"

洛唐哥坐在搭好的棚子里,要看他的人把棚子挤得摇晃着,妇女和小孩子掀起席子和布幔好奇地看着洛唐哥。洛唐哥讲话了:"我崔洛唐光荣了,只有共产党在这里才瞧得起咱们这穷光蛋。想一想吧!共产党八路军所做的有一点对不起咱们的吗?乡亲们,照着共产党的号召行事没错!"洛唐哥要走了,欢送的队伍穿越过热闹的集市,人们都自动地停止了交易,微笑地欢送着,成千的人走到河边山脚下留恋地喊着口号,看着光荣的洛唐哥骑着光荣的骡子走上山坡。

易县九区的人民在六日开会欢迎光荣的洛唐哥,分区党政军民都有代表去参加,庄严热烈的正午会议开始了,洛唐哥和洛唐嫂坐在前面的凳子上,喝着水,平日很熟的乡亲们看到他的光荣都微笑着向前打着招呼,儿童们的霸王鞭、秧歌舞在进行,从两旁的人群中走出一个结实的壮年人,他马上领着儿童们唱起他昨天夜里和小学教员突击出来的歌子:

  洛唐哥,

  真坚强,

  背着病号反"扫荡"。

  艰难困苦全不怕,

  一切为了保家乡。

  哎咳哟,

  一切为了保家乡!

  下请帖,

  去开会,

  分区开会去了两趟,

  骑着大骡子回了家乡,

  我们儿童来拜望。

  哎咳哟,

我们儿童来拜望！

这位村农会的宣传委员领着儿童朝着洛唐哥连连作揖拜望，洛唐哥笑了，洛唐嫂笑了，全场的人都为洛唐哥的光荣笑了。区抗联主任、区长讲话后，洛唐哥说："咱们都要跟着共产党干好事，以后还要大伙帮助我，我得了骡子，要是有了鞍子，先给抗属送粪使用，谁家困难都可使，共产党就是讲究互相帮助。"人们对洛唐哥今天的讲话觉得分外新鲜，不习惯喊口号的人也举起了拳头大声地喊起来，有好些人争着讲话。乔家河的村长走到前面说："咱们这一带有了洛唐哥都光荣了，他困难没鞍子，我把家里的鞍梯给他！"寨头的崔洛业是小区委员，也走到前面说："洛唐困难，我送给他一百块钱！"杏树台的赵村长说："咱们村出了洛唐哥一个好样的，全边区都知道了，咱们都光荣，咱们村的任何工作以后都要做好，争取模范！"

会后，洛唐哥、洛唐嫂被村里请去会餐，吃过饭，有说有笑，兴奋地走回家去。

（《晋察冀日报》1944年5月26日）

我军积极配合正面作战
攻入新安保定城关　逼退清风店大据点

【军区二十八日战报】（一）五月十日夜，我×部配合游击队，袭入保定东约七十里之新安城，首先以突然动作将城北门之碉堡攻占，继而解决伪警察所，后因敌发觉，据坚顽抗，我遂退出战斗，计俘伪五十余，获长短枪四十余支、子弹四千余发、手榴弹六十余颗、钢盔三十七顶。我伤十八、亡一。

（二）五月十三日，我军一部袭入保定南关，俘伪职员六名，获步枪六支、洋布六十匹。我无伤亡。

【军区二十八日战报】为配合正面作战，我部队积极活动于平汉沿线两侧地区。（一）五月十七日，我×部一举攻克定县东北十五里之东市邑，生俘伪军中队长、警察所长以下五十八名，缴获步枪三十八支、战刀两把、指挥刀一把、子弹四七〇发、手榴弹一三一枚、自行车四辆、电线及其他军用品一部。

（二）敌在我打击与威胁下，平汉路东侧定县东北二十余里之重要据点——清风店，于五月十八日被我迫退。

（三）五月十四日夜，我×部袭击涿州东南约三十里之石屯伪警察所，战二十分钟，全部攻克，伤伪五名，俘伪二十六名（内警长二名），获步枪二十四支、手枪七支、子弹三百发、手榴弹五十枚、自行车十八辆、伪币四百元，我伤五亡二。

（四）五月十八日，我×游击队以精干一部，以机巧动作，袭克涿州南约五十里之太平庄碉堡，俘伪十名，缴获步枪十支、手榴弹五十四颗、电话机一架。我仅消耗子弹五粒。

（五）五月十九日，我活动于石家庄周围之×游击队十余人，同时袭入石家庄北十里之柳林铺伪警察所及肖家营据点，缴获短枪八支、战刀两把、电话机一架、药品一部。二十一日，该部在石家庄至平山城公路之古贤附近，活捉马安山出扰之伪军五名，得步枪六支、子弹三百余发。

【军区二十八日战报】（一）五月二十日，我游击于正太沿线之某部，在井陉北约二十里之小寨与赵庄营之敌遭遇，战一小时，毙伤敌小队长以下十一名。我亦伤亡十余名。

（二）五月二十二日，我×游击队在正太路北盂县至阳泉之公路上活动，与抓捕青年之敌遭遇，敌当被我冲散，被敌捕捉之青年二百余全部为我所解救，并在该路上收线五百余斤，俘伪警务段小队长一名，获战刀一把。

（《晋察冀日报》1944年6月1日）

战斗、生产、拥政爱民

罗少华　周化三

在我们生产运动一开始的时候,平定各据点差不多每天都有小股的敌人出来扰乱。我们部队特派出一部精锐到最前线——敌人各据点的附近,担任警戒围困敌人,除不断打击小股出扰的敌人以外,还能抓紧时间进行开荒和生产。一个班在岔口附近,仅五天的时间就开荒十七亩。

在我们警戒部队积极打击之下,小股敌人是不敢出来了。四月十五日晚上四百多敌伪军,分五路向我做大规模的进攻了,企图大量掠夺我人力物力,达到破坏生产的目的。平定部队得到这个消息后,放下镢子拿起枪,投入战斗中去。当夜从会里向沙井进攻的一百多敌人,走到雕窠崖,被我部队突然打击,混乱一阵子,改路向黑掌窜去。有一个日本上等兵,被我们追得没有办法,跳到水坑里死掉了,他的全副武装为我们所缴获。另一路企图合击我政府和部队的敌人主力,进到秋岭一带,不断遭我阻击、截击,一无所得,结果砸了几口锅,十七日晚上偷偷地退回去了。另一路八十几个敌人,进到麦家岩、黑沙凹一带,被我×连给以迎头打击,所抓的老百姓、抢的东西、牵的牲口,都顾不上要了,慌慌张张地拖着二十几个死尸和伤兵窜回岔口去了。

敌人退回之后,伪军个个愁眉不展。有个伪军偷偷对老乡说:"八路的机枪和步枪的厉害不用说啦!就是土八路(指民兵)的抉枪和地雷,已经叫人吃不消,那个日本中队长就是在秋岭被地雷炸死的,这一次连死带伤怎么也有三十多个……"

敌人这次进攻,不但没有达到目的,倒受了意外的损失。它为了报复，于十八日午间，又偷偷地来袭击，企图打我们个措手不及，第二天再大搞一阵，结果因我部队和民兵有充分的战斗准备，给以积极打击。十九日一早敌人又垂头丧气地回去了。

敌人连着两次败退，在据点附近，抓了些老百姓，牵了些牲口。我×连于二十日的白天开了一天荒后，晚上就坚决袭进了岔口，救出了被抓去的一百三十几个老乡，牵出了二十几个牲口。二十九日晚上，我×连又冲进岔口，把敌人所抓的人和所拉的牲口，全部解救出来，另外还赶回一群羊来，交回本主。

(《晋察冀日报》1944年6月4日)

王庆彩和南峪小学

——完县模范教员和模范学校的介绍

柳间

两年前,南峪村的小学还是校内野草丛生、院墙残缺不全,简直像个多年不住人的闲庄窠。全村六十多个儿童,每天都在野外瞎跑混闹,不进学校。即便有的儿童一时高兴入了学校,不是打人骂人,就是故意和教员为难。如在一九四二年×教员经过很大的努力,动员到十几个儿童,可是这些儿童却故意和他为难,因他"秃鬓角",学生们就给他起了个外号叫"电灯",他几次解释,始终无效。有一次一个学生又这样叫他,他就叫那个学生打扫院子以示警告,但这个学生却用铲除着一摊狗粪说:"真亮真亮。"教员实在没办法,最后只得离开这里。政府为了开展这村教育工作,曾调换了五六个教员,但并没有多少成绩。可是这一年多来,和过去就大不相同了,全村五十六个学龄儿童全数入了学校,而且在学习上有了很快的进步。

学生学过的东西能写能用,特别是生产和教育的结做得更漂亮,养成了儿童正确的劳动观点和经常的生产习惯。如有个孩子生来就没有干过活,真是所谓"油瓶儿倒了也不扶"的,可是自从学校进行生产教育后,每天放学回家,就背起粪筐,或到地里去,家里对他也很惊奇。今年的大生产里,他们每周有个人的生产计划,校院的两旁,种着庄稼和菜蔬,下课后,男学生便围在菜蔬的两旁拔草浇水,女学生组织起来纺织缝纫,课外十二辆纺车一齐摇动,大点的做鞋做衣服等。对村里的生产工作,他们也起了推动作用,如在今年大生产运动开始时,他们就组织了宣传突击队和改造懒汉队,每天早晨拿着农具到街上游行喊警语;在改造懒汉上他们不但在懒汉摊上写了反对懒汉的标语,并利用孩子们胸前挂的宣传牌刺激他们的家长。如一孩子的父亲平时很懒,他就在孩子的胸前挂上一个"反对懒汉"的牌子,放学回家,孩子故意走到他父亲的面前,他父亲见了,便问挂的什么,他说"反对懒汉",这样改造了他的父亲;又如另一个才九岁的小孩,他家里父母全很懒,好睡懒觉,可是他的孩子就利用上学起床,把他父母带起来,他每天早晨天还不大亮,就起来到学校里去,但他说他开不开门,必须叫他母亲或父亲送他,这样他父母就再不能睡懒觉了。

在宣传方法上,他们更有活泼新颖的霸王鞭,经常在村里和外村活动,孩子们感到有趣,干得就越凶,在全县曾得到模范学校的光荣称号。"四四"检阅大会上,他们又获优胜,县政府和抗联合赠他们为"王朴中队"(模范中队)。

南峪小学为什么进步这样快,成绩这样大呢?这就是教员王庆彩苦心钻研创造与耐心教育的结果。

王庆彩今年二十四岁,当教员已五年多,能干肯干,凡是他工作过的村庄,学校都由消沉而变成呱呱叫,全村老百姓和儿童没有一个不拥护爱戴他的。

他到南峪后,首先研究过去儿童不入校的原因,不外两点:一、学生入校,学不到什么,甚至上四五年校,回家后连一个路条也不会开,家长不愿叫孩子入校,不如在家帮助生产;二、学生感到学校生活乏味,不愿去。王庆彩根据这种情形,决定工作重点,首先进行了家庭访问与动员,并在课程方面添上了群众日常所需要的东西,如打珠算、开路条、记账等,又活跃了学校生活,吸引儿童入校(主要是霸王鞭,起作用相当大),并且领导儿童直接参加生产。去年他为了开展纺织曾带着儿童到中小去参观那里女学生们纺线的情形,回来后,学生们害羞,不愿纺,他就亲自到学生家里把纺车一辆辆地搬到校内,从此学生的纺织就开展起来。在一个月里,他们共纺了十八多斤线,每人得工资五十多元,孩子们的家里特别痛快,说现在的学校和过去可大不同，不光识字还会挣钱！

在孩子们的生活上，他教会了他们如何运用民主，学生们的生活全由他们自己领导，教师加以辅导，因此发挥了孩子们的能力。各个小组除上课外，都能以小组为单位活动，并按期召开小组会、生活检讨会。一个九岁的女孩子，领导全小组每周做学习计划、生产计划，八岁的赵顺田，在今年"四四"大会上当选为"学习先锋员"，并在七百多人的大会上，不慌不忙地讲了好多话。

在师生关系上，他们真正做到打成了一片。下课后，孩子们到他的跟前，拉拉老师的手，摸摸老师的衣襟，有说不出的亲爱。有一次，教员病了，学生们便围在他的周围侍候，并给老师从家里端饭吃。去年灾荒严重的时候，有个叫权心义的女学生，每天吃一顿饭，但她一定要坚持上学。由于这样，学生们进步很快，不但识了字，还会生产。因此群众们都愿叫孩子们入校学习。一个老太太拉着六岁的孙子，找到学校里说："老师，把我孙子交给你教教他吧，他挺不听说，光耍'牛母猪'。"

王庆彩和群众的关系做得更好，在工作许可下，尽量帮助他们，如写信、填表、写文契、开路条等。今年他为了和群众更密切，亲自当村里的拨工队长，按期召开会议，所以老乡们全都拥护，说起话来，总是王老师长王老师短的。

由于他的苦心研究、耐心教育，南峪小学成了全县的模范小学，他在去年也被选为全县模范教师，得到边委会的奖励，且当选县议员。虽然这样，可是他并不自满，完县召开的全县教师座谈会上，对自己进行了检查，认为自己在帮助别人和学习上全很差，今后一定要更努力。

（《晋察冀日报》1944 年 6 月 6 日）

顽强与果决创造的胜利

王林

五月的平原上，已经很热了，可是到了下半夜，凉意也是很浓的。在上弦月的晶明的月光下，我们静悄悄地走着，没有语声，将到目的地小位村时，迎风吹来一种潮湿中掺杂着麦子快成熟的气息，精神顿然爽快起来。

进村前，一个个地回转身来，低声地传达着："脚步轻些！不要踩车辙！"便秘密地进入了寨门。侦察员分头把我们领到隐蔽的房所里去了。我们躺下睡了一小觉，未等天色发亮，便不约而同地都醒来，等待随时可能突然到来的战斗了。早饭后，没有勤务的又躺下睡觉。傍午，我睡醒来，侦察员正向参谋长报告，说这个村的伪政权掌握得还不错，伪联络员没有报告敌人。情况大概没有什么急变了，于是大家分头工作。

我参加的一组是工作报告。会场在一个大门洞里，东西小风，凉森森地吹着，挺痛快。参谋长也在这一组。

侦察班长忽然匆匆来了，说邻村的联络员，或者是坐探，把咱们暴露了。我方监视北边泡庄据点的化装侦察员回来，遇见了几个伪军也往回走，看那模样，好像是暗中潜伏在我们驻村附近监视我们了。参谋长召集排长和束晋游击大队副来。参谋长收敛起笑容，平平淡淡地说道："按预定的布置，领着各班班长看看自己的战斗位置。不要暴露自己的力量……"

不多久，村东汽车道上，从旧城往泡庄去了一辆汽车。我们紧张起来，估计敌人开始布置战斗了。参谋长立刻叫队伍出去一部分建筑工事，封锁寨门，破坏寨墙外围村沟中尚可偷出偷入的小道口。但是老百姓们说，经常有汽车往旧城和泡庄来往，并有一个老百姓在汽车道上，亲眼见到了汽车上没有鬼子，是买卖车。参谋长点了点头，亲自围村寨走了一遭，检阅工事和村外地形地物。

泡庄伪军二三十人出来了，到西北树林坟丛里趴下，好像是来监视我们的动静。我们的队伍也都布散开了，并且将寨门外的大道口也挖断了。不久，果然，东面发现了鬼子兵，北面伪军也增加了好几倍。战斗是避免不了的了！

小位村南三里地是沧石公路，西南四五里是范庄炮楼，东南二十里是敌人中心据点旧城。北面八九里地是束北敌伪军事政治中心泡庄据点。比较有些空隙的是西面。而敌人却将主力六七十名配备在西南面，泡庄出来的伪军八九十名从西面利用道沟进攻。

西南方一树林坟丛，集合了几个敌伪。参谋长看着他们手执小旗，必是指挥官开军事会议，立刻叫枪榴弹手给了他们几下子。拿小旗的敌伪们迅速散开了，猛烈的战斗也就开始了。

西面利用道沟，西南利用轻重火器的威力，一阵子机枪和钢炮掷弹筒，狂暴地咆哮着，敌人便呀呀地喊叫着冲锋了。

参谋长指挥着那挺轻机枪，在这里给敌人迎头一个杀伤，又急忙转到那里给敌人一个迎头杀伤。机枪射手和参谋长浑身冒着大汗，在炮火迸炸起来的尘灰烟雾中，钻来钻去，成了我军胜利和决心的神经枢纽。战士们更沉着英勇，利用寨墙上做好了的枪眼，用手榴弹和步枪回敬着冲上来的敌伪。不多久，一面子猛扑上来的敌兵，又连滚带爬地卷回去了。小旗仍在摆，子弹更加急密，炮弹照样凶猛地打在寨墙上迸炸，落在房上迸炸。呀呀的冲锋声也有，然而冲不到跟前了。

西南面敌兵主力又试探地冲了几次锋都吃了亏，西面伪军更是看风使舵地应付"公事"了。但敌人利用他们的优越交通利器和密如蛛网的公路，由晋县、由辛集、束鹿陆续增援来了。

坚持到天黑了，苏参谋长分派侦察员到村北活动，搜索与监视。又找本村老百姓和村干部，详细地研究村四周的地形地物，并且立刻用色铅笔画在纸上。

旧历十一二，上弦月，亮得叫人生气。敌人在树林麦垄里活动，我们看不见。我们一出寨墙，敌人非常容易发觉，越来越严重的情况，都需要我们指挥员的神经做高度的活动了。南面敌兵从沧石路上增加到二百多人，傍晚向东移动，并不是回去，或者许会放弃西面，也许诱击我们；也可能到东边去开会，重新配备，做新的进攻；可是伏击截击的条件也有。东面平阔，一日无敌情，却有公路，北面也无动静，地形很复杂，有利于我，也有利于敌，并且傍晚后敌人兵力变化移动，从寨墙上看不清。

在庄严的静穆和紧张空气中，我忽然感到参谋长呼吸短促起来了。他那凝结着千斤重的眉梢一松，忽然挺身立起说道："往东突！东边是开阔地，敌人兵力可能小。威力搜索前进，打起来了就打着往外突！"

于是撤回把守阵地的队伍，我们也立刻到门口集合场准备出发。从战场上回来的战士们，有的默默不语，有的见了熟人们便微笑着闹个傻样，好像方才是跟敌人开了个小玩笑般的。组织股白股长向那两个主力班传达指挥员的决心时，两个班都争着要完成威力搜索的光荣任务。白股长指定后，战士们立刻将明晃晃的刺刀上上，将背包扎紧，裤腿一直卷到大腿根，提起枪来，笑眯眯地立刻出动了。

我们跟在后边，前面紧走，我们就紧走；前面伏下，后面也立刻伏下，从房屋阴影下，步过了东西街道，爬出寨墙寨壕后，就一直朝东面开阔地潜行走去。

月亮更显得刺人的明亮。南边北边的树林坟丛，看得清清楚楚。麦苗随风浮动一下，就使我们心跳动一下，但是威力搜索前进的那些战士们，一见面前有复杂地形，便一齐猛扑上去，好像要一口吞下敌人似的；到了那里不见敌踪，立在坟头上四下一望，没有什么，又立刻迅速前进。明晃晃的刺刀和黑黑的人影，一上一下，忽高忽低。

突围出去了大约有三四里了，突然间，后边的枪炮声，猛一下子剧烈地发作起来了。

我们又转移到另一个地方后，睡醒一觉，听听小位那里仍有枪声，一直到天亮，枪声始终没有断。傍晚侦察员回来说，我们突围出来后，敌人未发觉，自己发生了误会，一直打到天明。

(《晋察冀日报》1944年6月7日)

攻进察南重镇

——矾山堡

丁原

矾山堡是察南敌人重要军事据点之一，是察南的重镇，也是察南敌人的粮库。它位居在东西长约百余里，南北宽约八十余里的产粮川的中心，每年仅从矾山川五十八村中，就刮取老百姓的粮食一万五千到两万余石。敌人在矾山堡内南校、源德厚、西门内戏楼等三处地方，存粮（小米、玉米、黑黄豆、高粱、芝麻等）约达三万到五万石之多，矾山堡像一个吃饱了大肚子的蜘蛛，盘踞在这里，吸吮着人民的血液。它的周围，有通怀来、石门、涿鹿、李家堡、蚂蚄口等五条大汽路，像网一样地缠绕和包围着它。在敌人认为，这是他们的"确保区"，这是一个稳若磐石、固若铜墙铁壁的地方。

可是，当李家堡、大庙、高庄子、蚂蚄口等这些矾山堡的外围据点，从四月二十五日起，相继为我们逼退以后，矾山堡的形势，就变得很孤立了！

我们的部队，沿着从李家堡、大庙、高庄子等通向矾山堡的汽路前进着，尾追和围困着矾山堡的敌人。各区的民兵都活跃起来了，全境的汽路、全境的电线，都被破坏了！矾山到桑园间汽路上的九空大木桥，被烧毁了！敌人从三里之外的龙王堂子，修筑到矾山堡的自来水管子，也被我们一节节地砸碎了！矾山堡的敌人，吃不到水，就从北堡门外的小河里挑水吃。但因为河口流的几个村庄，常年在河里泡着麻，所以水流到这里，是混浊、肮脏而腐臭的。就是这样的水，也不能吃得安生，河的北面不远，怀涿四区的民兵，每天在那里活动着，一见挑水的敌人就开枪。

矾山堡——这个大肚子的蜘蛛，像被一阵大风吹断了网一样地孤悬在半空之中了！

五月五号，我们打了一次矾山，进一步从军事上打击敌人，并从敌人的血口里，夺取出粮食来。可是，没有打好，三营刚打开南门，消灭了南门上的伪军，敌人增援了，我们只烧了南门的炮楼子，扛出一挺机枪、两颗大盖枪、一个像大风琴一样的三十门的电话总机和一个耳机子，一个也没有伤亡就撤出来了。隔了一天，七号的晚上，我们又部署了第二次打矾山的计划，分区刘政委亲自到前方指挥，临出发之前，亲自对参加战斗的指战员做了动员，战士们的战斗情绪，高涨极了，一路上他们都在喊喊喳喳地说："今晚非拿下矾山来不可！"

一天的大北风，到晚上就停止了，当月亮从昏黄的雾气中升起的时候，我们的队伍，和几千个扛着镢头、挟了口袋、小簸箕的群众的行列，沿着好蚄口以北的汽路，向矾山方向前进着。一过焦家垠，两边的山峰，像一把张开的剪刀，愈向前，山峰愈显得低矮，而地势也愈显得宽广和平坦了！十几天以前，在这条汽路上，敌人还可以自由地来往，而现在，已成为我们自由来往的道路了！从许多还残存着比较完整的地段上，我们还看出来走过汽车的痕迹呢！

渐渐地被雾气所笼罩着的矾山堡，就落在我们的眼前了！当队伍平安地通过了南门外往左拐的一条巷子，并越过南门外的大街，爬上了几个屋顶的时候，第一枪便从南门响起——敌人已经发觉了我们。

对于我们这一次的军事行动，事先敌人已有所闻，并做了周密的准备。当好蚄口，这个矾山堡的前哨据点撤走以后，敌人感到了形势的孤立，就重新配备了兵力：原驻矾山镇内的警察署，调到东门上去；东门上有两挺机枪、四十几个警察队，日本指导官、警察署长、警察队长，都驻在东门口，亲自担任防卫的责任。另派出两个警察派出所，分驻南门和北门；南门有一挺机枪（五号晚上，已为我缴获),西门由三十几个日本部队驻守。敌人认为我们打不开矾山堡,至多也不过是扰乱一下而已!特别是打不开东门,就是打开南门和北门,东门还可以固守不失。同时,敌人还认为:白天我们不会去打,如果在晚上的话,以现有兵力,他们可以支持四个钟头,这样,怀来就可以增援上来。所以,开始接火的时候,有些在敌人豢养了几年来没有遭受我们打击过的伪军,就高喊着:"不怕死的来吧!"

可是,事实证明,敌人这种狂妄自大的估计,是完全错误了!

进攻南门的战士们,在我们机枪火力的掩护下,占据了南门外左手的一座较高的房屋,在隐约的月光下,一个个战士的影子,从这个房脊,跨过那个房脊,南门上敌人的火力,被我们压住了。爬城开始了!营长手里举着盒子枪,喊着:"冲,一定冲上去!"起初是用梯子,不行,就一个人蹬着一个人地往上爬。经过一阵激烈的枪声,又经过片刻的沉静,我们便听见:"上去了,上去了!"一片嘈杂地叫喊,通讯员也气喘喘地跑来说:"南门打开了!"这是多么振奋人心的消息呵!在墙根下,隐蔽着的群众的行列,都站起来了,骚动起来了!虽然他们这还是第一次参加战斗,而又是这样一次激烈的战斗,可是,他们始终是很沉着的,一切都按着原来的次序。

这时,北门也打开了!而战斗也更加激烈了!枪声响成了一团,炮弹在朦胧的夜气中,像六月的闪电一样,在空中划着弧线,机枪弹、掷筒弹、手榴弹在瓦房上爆炸着,哗啦地响着,整个矾山堡的上空,被烟雾所弥漫住了!进攻南门的战士们,分头去包围东门和西门的敌人,投入更激烈的战斗。所有的侦察员、通讯员、理发员,全部参加了战斗,与进攻东门的部队,形成对东门敌人的夹击。

在如雨的枪弹下,当两个扛着枪的战士,背着满背的粮食,沉甸甸地从南门走回来的时候,如潮涌一样的人群,接着便涌进了南门,涌进了敌人的粮库——南校,打碎了玻璃窗,米便从洞口里,流到口袋里，院子里像一所热闹的集市，这一个也喊："先给我灌吧！"那一个也喊："多给我灌一点！"力气大的，有的背了一百多斤，有的把粮食背到三里之外就存起来，又跑步回来背第二次。有的口袋破了，就脱下了裤子、褂子。子弹在头上飞着，炮弹在空中开着花，而这些，对于背粮的人们，已经是无所威胁了！不知哪村一个中队长，也不知他从什么地方捡回来一副铜"哐哐"，一出南门，就"哐哐"地拍起来，遭到大家的吆喝才停止，兴奋已经使他忘记这是在什么地方。

战斗继续了四个多钟头，东城门也被我们占领了！起初，东门的敌人，还在顽强地抵抗，当我们有两个班冲上了东门的炮楼子，二连机枪班一个外号叫三胖子的机枪射手，用他准确的射击，打伤了东城门敌人的机枪射手，子弹打进了一个伪军的枪筒子里的时候，当我们战士们，有两个手榴弹、两个掷筒弹打到炮楼子里时候，伪军们吓得缩在一团，大声地喊着缴枪，而那个一手举着刀，一手握着手枪的日本指导官月至，听见了伪军这样喊叫，正来回指挥着，嘟噜着"什么的说话"的时候，子弹从他的头上穿过，无声地倒了下去，接着三十三个伪军，全部做了俘虏。两挺机枪、三十七颗大盖枪，还有日本指导官的一支手枪，都全为我们缴获了！

天已微明，枪声渐稀，撤出战斗的号声，在矾山平原上飘荡着，这时，各路背粮的队伍，都安全地走回了原路！一直走出四五里地，被烧了的炮楼，冲天的火光，还在矾山上空燃烧着。

这里沿途几个村庄的老百姓，从敌人占据矾山以来，还没有看到过我们这样多的、整齐的队伍，这样多机关枪的队伍，也没有看到过我们这样大的胜利。现在，他们从睡梦中爬起来，有的扣子也没有结、鞋子也没顾得提上就跑出来，都含着无限惊奇和兴奋的眼光，注视着背了满口袋的米、背了布、背了种种胜利品的队伍行进。看吧，八万多斤粮食（合市斗五百余石），新得来的七九式的两挺机枪、三十七支大盖枪、一百九十多匹白洋布、三匹肥胖的马，从他们的眼前过去了。曾经欺侮过他们，像奴隶一样地打骂过他们，而现在有的丢了帽子、有的满身都沾染了血迹的垂头丧气的三十五名伪军，也从他们的眼前过去了。孟家窑子一个老头子告诉我们，他们一家老小，一夜都没有睡觉，都站在房上，看着像放鞭炮一样的矾山堡的上空。许多老百姓，把我们打进矾山堡，当作"神话"来谈论着。对于这样一个察南重镇，这样一个铜墙铁壁的地方，我们能够打开，并且从炮火连天中，从容地运出和缴获了这样多的粮食、这样多的布匹、枪支和俘虏，在他们认为这是不可思议的。就连被俘的伪军都说，做梦他们也想不到我们能打开矾山堡——特别是打开了东城门。并且，他们说，他们从来还没有遇见过这样激烈的战斗。

但，我们这个胜利，是付出了很大代价的，是用血与肉、用英勇和果敢换来的。在包围西门和冲上东门的时候，我们有八个同志光荣地死去，三十个同志负了伤。连我们的三个理发员同志，也为了战斗的胜利，拿起了枪，有的在向敌人冲锋中，有的为了背出受伤的弟兄，在炮火中受了伤。

一九四四年五月十日矾山川

（《晋察冀日报》1944年6月11日）

勤俭的隗老太太

李方仪　旅踪

隗文华是个五十五岁的老太太,她是昌宛房一区××村人,距敌据点只三里。在杜家庄敌伪的勒索下,她家生活非常困难,年年不够吃。

她丈夫死了多年,家里有五个人过日子。身边有个二十岁的儿子及儿媳妇,还养着十一二岁的两个外甥。十四亩地主要是靠她自己和儿子去工作。在今年大生产运动中,她动员全家完成耕种修垅外,她还早晚有空就拾粪、背粪,她地上的粪比过去就更多了。她懂得"种地不上粪,那是瞎胡混"这个道理。她对拨换工,过去就做过,很有经验。她冬天给村里无女人的家里,缝衣服、打补丁、纳鞋底,早去晚归,就没有想到过"偷懒",给人家做活是做得结结实实,让人家心满意足。她知道"我给人家做活好,爷儿们替我下地也就起劲些"。她以自己的女工,拨下男工,等到春耕秋收忙时,使个人也方便。

今年杜家庄鬼子走了,她更得意地打算把今年的光景过得好些。现在家里养着两个猪、四只小鸡,这两种收入,就顶上一年的盐钱。去年冬天家里割条子二二〇斤,换回来布缝上了棉衣,砸山桃熬了六斤多油,都供家庭用。去年咱们根据地开展纺织,隗老太太认为这又是件好事,她儿子媳妇在区抗联领导下,很快就学会了纺线,隗老太太很高兴地就给她买了一架纺车,让她儿媳在家纺线。她开先对学习纺线,觉得自己老了,没有信心,但是她总想学会,不久也就学会了。每一天婆婆媳妇争着纺,不让纺车闲一会儿的,现已纺了两斤半棉花,今年计划还要纺五斤。不但解决自己的用钱,还得卖出一部分线,换回粮食来。

杜家庄敌人走了,敌人要不到她家里的金财粮食了,她的活儿是做得更加起劲,还常劝别人"不要闲着,人要是天天做活儿,在家里也就懒不住了,懒人是没有挨过饿的过,如果饿得慌,怎么也得去做活,不做就吃不上……""今年八路军提倡大生产可是好主意,八路办法多,还是好,还是八路军领导得强"。

(《晋察冀日报》1944年6月15日)

女劳动模范张巧莲

农民　文斌

张巧莲是繁峙四区老羊沟的一个青年妇女，今年才二十一岁，十五岁便结了婚，婆家和娘家都很穷苦，因此她自动参加了各种劳动。三年前为了要多打些粮食，种了人家的山坡地，她和丈夫离开了婆家，搬到老羊沟住下，从此她便独立地、辛苦地操持着繁重的家务。

除了操持家务，兼做婆家五口人衣服鞋袜外，她还积极地参加农业生产，经常替丈夫做好多事，如担水背柴喂牲口，而这些事都是繁峙一般妇女所不愿做的。去年反"扫荡"时因为丈夫参加游击小组，她便代替了丈夫的一切工作，割田打场刨山药，都由她一手来做，并从很高的山头上把莜麦背回来。环境紧张了，村中的人都转移了，她还一人在村坚壁粮食、东西。

今年三月区里请她参加了生产动员大会，介绍她的劳动事迹，奖给她一把镰刀，她的生产就更积极了，回村不久便自动地开了两天□熟地和半亩生荒，而担水劈柴推碾更不必说了。

她有坚强的毅力，不怕一切顽固落后分子们的诽谤。当她受到区里奖励后，村中的一些落后分子便经常拿"模范"和"能干的"一类话来讽刺她，她却没有为这些讽刺而动摇了她的决心，今年学会了拉犁耕地就是一个例子。

她具有帮助群众的热忱和领导能力。老羊沟的妇女工作，本来是很落后的，因此要妇女组织起来参加劳动是一件难事，但是在不久前区干部前往她村帮助生产，提出了组织妇女开荒队时，她便很痛快地担任了队长，组织了七个小组。开始妇女们不但自己不愿劳动，还嫌她劳动，后来她说服了两三个积极妇女，慢慢地别的妇女也都转变了。开始妇女们因为体力弱，决定劳动一天休息一天，但她怕这个组织垮了，第一天领导两个组去开荒，第二天别人休息了，她又领导另外的四个组去开荒。别人不会拉犁耕地她给人家做；别人没有山药和豆子种，她把自己的借给人家；在不进行生产时她组织大家的文化娱乐。在她这种热忱影响和积极领导下，三十二个妇女中组织了二十七个，而平素最落后的妇女现在也积极地劳动起来了。现在她这个妇女开荒队于三天内开了荒地二亩八分，八分种上山药，其余种上了红豆。繁峙天气较冷，现在她们还继续工作着。

她的劳动积极性很高，对自己的生产抓得很紧。去年秋收时她便在劳动休息时拾了二斤蘑菇，今年开荒回家时还捎一背柴（已经割好的），在帮助别人后还要赶上别人。一天丈夫叫他的兄弟来帮忙，想多做些活，临时决定往地里送饭，别的妇女已经出地了，她马上把饭做好，送到地里，又赶上了别人。

在公私兼顾上，她也表现得很好。军鞋她交得很早；干部们到她村，她总是热招热待；区里什么时候叫她谈工作，她总是一叫就来，从不嫌麻烦。而她最大的特点是虚心，虽然得到人们的夸誉，但从不骄傲。

（《晋察冀日报》1944 年 6 月 18 日）

悼念赵乃禾同志

——为保卫麦收而牺牲的团政委

王平

我分区××团为了保卫大生产，武装掩护麦收和夏耕工作，实行围困凤凰山碉堡，使敌人陷于极端恐慌。该据点将要被我摧毁的时候，盘踞灵山的敌人突然出来增援。在打击增援敌人的战斗中，团政治委员赵乃禾同志，六月九日晨三时许，于野北村附近与敌人激战中壮烈地牺牲了。

乃禾同志是辽宁省庄河县人，现年二十七岁，"九一八"事变后，因愤于日寇的压迫，不愿在东北受敌人的奴化教育，乃入关到北平求学，受经济限制不能进普通私费学校，乃考入公费之东北中学，并在学习上成为该校的优等生。正由于乃禾同志富于民族意识与反抗精神，曾经参加过反抗学校当局压制学生思想生活的学潮运动。"一二·九"以后，即参加该校学生救亡运动，及至"七七"事变，则毅然离校，转赴山西，随同八路军由太原挺进到敌后，从我分区创立开始，即参加实际工作。最初在阜平董家村区任区动委会主任，一九三七年十月至一九三八年二月任分区××营教导员，一九三八年三月至年底任××大队×营教导员，××大队与×团合编以后，任该团×营教导员，一九三九年下半年至一九四一年任分区直属队总支书记，后调任游击军政治副主任、主任，至一九四二年春任××团政委，八月任抗×大队政委，一九四三年五月至今年二月任××团政委，后调任现职。六年余始终在工作岗位上与敌人搏斗，直到流尽最后一滴血。

乃禾同志是小资产阶级学生出身，但自从献身于革命事业以后，即建立起明确的共产主义人生观，能牺牲自己的一切为党的事业而奋斗，几年来屡次调动工作，从未提过意见。

乃禾同志虽然很年轻，但善于团结干部，在干部关系上没有发生过无原则的纠纷，就是有时和某些干部关系不大好，也能以诚恳坦白与责己严于责人的态度去解决问题，绝不随波逐流，人云亦云。因此，他得到了许多同志的爱戴。

乃禾同志有雷厉风行的作风和跟踪追击的精神，处理问题冷静耐心，而且仔细认真，亲自下手，××团的生产工作，他是真正负起了领导责任的。他一向很虚心，从没有夸张自骄等恶劣现象。

他在学习上是实事求是，注意钻研，在××团任职期间，能将领导上的许多经验整理出来，改正缺点，力求进步。在工作中他一贯地能抓紧时间坚持学习，重视干部教育，他是知识分子出身，但却没有好高骛远或在书本上兜圈子，闹教条主义。他在×大队讲政治工作时，曾经抱着把几年来政治工作经验全部整理出来的企图，但因调动工作，没有讲完。

他在生活上是简单朴素的，从没有计较过什么，更没有和别人在生活上比过高低。

从以上几点，可以看到乃禾同志不但具有坚强的党性、高尚的共产主义品质，而且具有优良的工作作风、正确的学习态度。此外，乃禾同志还有高度自我批评的精神，如刚到部队工作时不深入、不踏实，如××团合编时，曾有一度表示不满，但经上级指示批评以后，能立即愉快的接受，并且纠正过来。他在整个工作过程中没有犯过错误，他的优点是多于他的缺点的。乃禾同志是光荣地牺牲了，是为了神圣的革命事业贡献了他的生命！他的牺牲使党失去了一个优秀的党员，使部队失去了一个年轻有为的政治工作者，我们沉痛地哀悼，我们的同志要踏着他的血迹，坚决和敌人奋斗到底，为他报仇！

（《晋察冀日报》1944年6月28日）

在平山麦收战线上

平山县长　封云甫

【平山讯】当滹沱河岸在麦收紧张的时候，东黄泥村一个十一人的拨工组特别活跃，在拨工大队长齐芝清直接参加领导与组长齐乃义积极工作下，完成了上级的号召。

熟一片割一片

当麦子快熟的时候，组长即召集会议，报告各组员的麦熟程度，决定："谁家先熟先割谁家。"解决了一般所谓"麦子同时熟，各人割各人，用不着拨工了"的想法，他们全组在一天内，用了五个整工、两个半工，共割了五家的五亩七分麦子，还把二亩较干的运到场里，他们说："按今年这样厚的麦子八个人做一天也够受了。"

能在地晒不在场里堆

县里提出"前晌割，后晌担，担着碾，碾着藏"的口号被该小组充分接受了，全组有的草麦和麦子，都和秋天割稻子一样地割好躺在地里，等快干的时候才往回担，这样两担能担三担的麦子，同时也一点也没被人偷了，也解决了往年"不敢在地里晒，怕人偷"的问题。

碾一场藏一场

他们这一组没有牲口参加，他们十一家伙压了两个场，用六个人拉一个大碌碡，一天能碾三场，共四石多，也解决了没牲口碾场的困难，碾一家坚壁一家，坚壁洞老早都准备好了，实行了"晒干就藏"

的办法。

割一畦种一畦

他们把割麦担粪种地结合起来，响应县里"割一块种一块"的号召，全组共担了一二〇〇余担粪，平均这一季每亩约七十驴驮子粪，也完成上级提出"一年水地一亩一百驮粪"的号召。一个下午两人连担粪带种地完成了一亩，他们很愉快地说："各人做各人的谁也不沾。"

拨工拨饭都吃好的

一般的是拨工不拨饭，但割麦紧张的时候，为了步调一致，大家愿拨一两顿饭，在谁家吃，谁家做好饭，给受重苦的人改善生活，他们很高兴。

解决组员的困难

组员齐二圈在开始加入组织时，即感到衣裳破，当找工时，上不了饭桌子，组长齐乃义先借给他钱，做了一个汗褂，在麦收当中大队长和另一组员齐国智看着齐二圈只做活不说话，发现他又有□□□□会时提出询问，原来是没钱□□□□长说："有话早说，这事好□□□□"给他五十元钱打盐吃。

□□一会（忙时）解决实际问题

麦秋紧张时，每晚吃过饭开一次会，检讨组里工作，他们曾决定：（一）每人做一条短裤，不穿长裤，可省三尺布；（二）把自己的活做完，下滩地包割麦子（目前准备好），从挣下的钱内伙买一张粘子；（三）拨工余下的工，按照工价钱折成粮食计算，一集一清

（因粮价每集有变动）。

这个组是由包工变成的

在开春时，由组员齐国治当头做包工，这十一个组员都是里面的一员，赚了六万多元钱；在包工结束后，马上组织了拨工组，截至月底共拨工八二〇工。

东黄泥拨工情形

全村共组成拨工组八三个组，共四百多户，其中最好的组有二十一二个，不起作用的三个，其他是一般地拨着。粮秣委员说，只他一家，因参加拨工组节省短工价五〇〇〇元，他自己过去不参加生产，今年也积极地参加了生产，同时全家人都参加了生产。

（《晋察冀日服》1944 年 6 月 28 日）

日人解放联盟盟员对共产党八路军观感

【本报讯】最近有从延安日本工农学校毕业来边区工作的几位日本解放联盟盟员，在到达边区以后，获得许多新鲜印象。据这几位盟员谈：进入根据地以后，首先他们看到的就是敌人残酷烧杀掠夺的遗迹，同时又看到八路军和老百姓亲密团结，一面生产，一面战斗的生动事实。当他们进入"无人区"时，看见日本法西斯残暴烧杀的情景，都异口同声地骂道："畜生！这都是日本军部的罪恶！将来东条等必须赔偿这笔血债。"而对我全体军民努力生产、克服困难的精神，表示了赞佩。他们说："八路军真伟大，什么困难都能克服，在前方的环境中，一样地进行生产，真有办法。"在二分区看到报纸上有中共晋察冀分局关于减征公粮的提议和政府的决定，他们都很感动。重田同志说："几年的残酷斗争，世界上各个参战国家人民的负担，都是日益加重，尤其是日本，人民已到了吃不饱饭的时候了。而共产党八路军领导的抗日民主根据地，却正相反，人民的负担比以前减轻了，生活改善了，减征公粮不仅在陕甘宁边区实行了，而且敌后根据地也是这样做，由此可见共产党真是处处为人民着想！中国敌后八路军的抗战，的确是世界上的奇迹。"他们自延安出发到达边区沿途，经过我们党政军各机关，都得到殷勤招待，尤其是来到边区以后，更为我党政军各界所热情欢迎，请客会餐的有晋察冀分局、军区司令部和军区政治部，更于六月十七日召开了欢迎大会。水户同志在讲话中，介绍到延安日本工农学校的生产情形。他说，他们在百忙的学习中，抽出时间进行生产，每人完成四大石小米的任务，今后他们在前方的工作中，还要继续生产，以建设"革命家务"，加强我们对敌的经济斗争。

（仪有）

【又讯】日人解放联盟驻四分区代表由利澈，在参加了我们军民协力突击麦收的工作以后，更深一层地体会到八路军和边区老百姓是爱好自由、尊重互爱、勤于劳动的优秀人民，他深深感到同八路军和边区老百姓并肩一起作战的光荣。他很激愤地说："日本军部为什么要屠杀中国老百姓呢？现在我愈想越觉得日本军部行为的可耻，更令人痛恨，而八路军同志们宝贵的劳动精神是值得学习的，特别是子弟兵对老百姓的帮助精神，伟大而且崇高。"他说，"这种军民团结一致，就是中国抗战胜利的保证。"他在劳动中认识到劳动的神圣，他说："我自己帮助老百姓，也真实地体验了劳动的尊贵，并且了解了老百姓的辛劳。我自己过去，每天所吃的粮食并未看得那样非常可贵，有时看见老百姓就是一粒米也非拾起不可而觉得可笑。可是现在参加了老百姓的劳动，体验了劳动的可贵和老百姓的心情，今后要很好节省，粮食是来得不易的。"

（《晋察冀日报》1944年7月6日）

知懒改懒不算懒 知懒不改真没脸

陈勃　肖田

【完县讯】北神南刘法媳妇是一个懒老婆，过去成天光抱着个孩子，水也不打、碗也不刷、衣裳也不洗，脏得要命，那一片的人都叫她懒老婆。自大生产运动开展以后，妇救干部动员她参加生产，开会教育她，帮助她做生产计划。现在她已经不懒了，她明白了懒老婆是可耻的，她在改造懒老婆的会议上很坦白地向大家说："我过去什么也不想着干，光支应着孩子坐在街里，谁也说我是个懒老婆。自从干部和我说后，我才知道干活是为了自己，不干活真丢人，我如今天天打早晨起来就去干活。"现在她干活很□，生活不成问题了，街上也再听不见有人叫她懒老婆了。

同一个村里的王春芳可真是个懒老婆，家里有钱，什么也不干，早晨婆婆做饭，她睡懒觉，并说"大人醒了孩子也就醒了，为了孩子睡觉，我得起迟点"来掩护她的懒，并且还时常地骂她的婆婆；白天不干活，抱着孩子东家串、西家摸，常常地赶个集，买点嘴吃。在乡亲面前挑拨是非，说长道短。麦收中人家与她挑战，她无耻地说："我不敢应战。"回去坐在街里骂街，还说："我有钱的过，就是不干活，以后我还想雇个奶妈子哩！"干部说她也不听，因此村里人给她编了一个歌，已经流传在小孩子和妇女的嘴里：

懒老婆，王春芳，

好吃不做瞎凉凉，

袋里装着毛票儿，

什么东西也想买点尝，

坐在集上吹大管（即卷饼），

烧饼果子就麻糖。
王春芳，不做活，
东家串，西家摸，
抱着孩子不放下，
婆婆做饭她睡觉，
吃闲饭，骂婆婆！
人家挑战她骂街，
挑拨是非来破坏，
不要脸的懒老婆，
不要脸的懒老婆！

(《晋察冀日报》1944年7月15日)

祁 六

——五台著名民兵领袖

田间

祁六，五台狐峪沟人，瘦个子、长脸，脸下腮长满黑黑的络腮胡髭，他言语很斯文，行动豪武，生活艰苦、俭朴、克己谦虚，而工作上也极有成功，百战百胜。这正如人们传说他的枪法："虽任何飞鸟，也逃不出他的手，每射必中。"这是一位忠勇双全的民兵领袖。人们呼之"老黄忠"。狐峪沟三杰，他是一杰。在人民中，他的威信极高，青年人可以不相信自己父母，但只要祁六一呼，他们百应，大家认为能跟祁六干，就是光荣和幸福哩。

祁六年轻的时候，曾在山西旧军队里当过排长，后因年大身弱，退伍还乡。八路军来华北，他在村子上任自卫团长。狐峪沟陷落，他也像鸟困在笼中，待得到王槐（三杰之一）、高金（三杰之一）的帮助逃出据点，他才像虎振起爪牙，奔走在山间。

一九四一年左右，狐峪沟正是"无人区"。

狐峪沟是一个沟名。有大小五六个村庄，那时这五六个村庄，在敌人践踏下，全部荒废，莜麦黄了被风吹在地里，没有人收，村子上屋里都长满了野草，鸟粪滴白了门沿，山猪伸出舌头走来走去。八路军和几个老汉曾拾掇了一些庄稼。中共五台区委书记史明卫同志（现已牺牲）病在地里，他吃着生山药，指挥着"无人区"的斗争，祁六回到沟里，便和他接了头。一天晚上，在狂风暴雨之中，祁六带领两个民兵下到了狐峪沟据点里，组织群众们回家，半夜时分，在街口打了两颗手榴弹，他们帮拉着牛，帮背着锅，帮抱着孩子，民兵在前面引路，祁六在后头压阵，如此六七百群众连夜回了家乡。回乡的人个个哭着，抱住祁六，喊着："老六，你把我们救活了！"不久，大家选老六担任中心中队长。老六艰苦的工作从这儿正式开始。

但，敌人是不会放松狐峪沟的，因为它就在沟口，特别是当群众回了沟，抢种、抢收、办合作社、建设政权、造窝铺，狐峪沟很快成了一个铁的堡垒、铁的家乡，敌人就视为它是最大的眼中钉，曾经进行了十五次"清剿"。可是祁六也没有放松，他和民兵们打退每一次"清剿"，消灭了不少敌人在沟口，让敌人的骨头拦住敌人的路。在祁六领导下的游击组，成了群众的灵魂，狐峪沟每一个庄子的青年都奋勇地参加了，每天每夜轮流有一班人坚守着狐峪沟的大门，敌人一来就打。他们不仅防御，而且也主动进攻，他们出击敌人七十多次。祁六始终以自己的忠勇、模范行为组织了他的队伍，冲锋在前，退却在后这是他的习惯，人们相信他的指挥，如同相信自己的手一样。因之，在出击时，路上如果有人碰到，半路上也要求跟着去，哪怕是老汉和孩子。狐峪沟炮台在他们长期不疲倦的围困下，敌人于今年五月十三日已经撤退。所以，我们常常听说："群众没有饭吃，也要设法叫祁六和游击组员们吃饱。"这不奇怪。

人们为啥这样爱戴祁六和他的游击组呢？除了以上所讲事实而外，还有一件事实：狐峪沟人民是很困苦的，亟需要耕种。去年春天，山头的雪还未消融，祁六照例安布了民兵，同时鼓动大家提早春耕，可是没有人动，祁六自己就先在离炮台不远的地方用牛耕地，因而大家也动了。夏天我到狐峪沟时，已经看见满山头莜麦青青，山药开着很大的紫色的花。

说起来，日子过得也快，相隔不到一年，世界有了很大的变化，狐峪沟也有很大的变化，我们也就都易想起祁六。我们曾经为了避免祁六成为敌人眼中的目标，很少介绍过他；以及狐峪沟许多独创的事业（例如王槐的合作社），也很少介绍过。祁六这么一个忠勇双全的英雄也没有能够参加一次英雄大会。但是，我们想不到他在最近已经病逝。听说他死的时候，群众都痛哭着，村干部民兵自动致哀和帮忙丧事的有一百二十人；听说他死的时候，快死之前，还问："国际上打得怎么了？"并嘱咐，"革命快胜利了，不要再松弛，要把敌人消灭！"这真是：

"新世界将欢腾而来，老黄忠已不幸病逝！"

祁六家里极贫苦，有一个哑巴哥哥，帮助种些地，自己常常工作，只能捎着种点地，因之，一家常常缺吃。政府特别允许补助他几斗粮食，可是他总以为自己无功，白食人民俸禄是耻辱，那几斗补助粮实际上是民兵的战粮了，他们伙吃了这粮食。他自己可以耐饥，硬把自己带的菜窝窝给困难的组员吃，夜间常常滚着皮袄，和民兵背靠背，挤在墙根底睡。民兵就是他的兄弟。祁六，好一个赤胆忠心的榜样！去年七月间，我庆幸自己有缘能够和这位民间战将相会，见面时，他翻过几十里山路而来，拿着一个破草帽，一个污灰的干粮口袋，口袋装着一些红红的、酸的野果子，他好像是一个乡间传教士，文质彬彬，你和他谈话，除非你追问他，他决不谈自己的一点功劳，他将狐峪沟的业绩完全归功于王槐、高金二位同志。他称赞他们，而说自己不沾。

最后，我以为祁六也有缺点说出：他的缺点是自由主义，他看轻了纪律——民众们所需要的纪律，倘若不是因为狐峪沟是面临敌人，卧在狼嘴巴边，倘若不是祁六自己的忠勇和模范行为，他便无法将民兵真正组织起来，更不用说长期坚持战斗了。正因为此，就限制了他自己的事业，同时也就限制了群众的事业（因为祁六已经是群众的祁六）。这是和他的早死一样，一样的不幸，使我们感到很大遗憾！

一九四四年六月，追忆中匆匆写成

（《晋察冀日报》1944 年 7 月 21 日）

跃进中的崞县

郭步云

由于去年雨季出击的胜利，各种政策的深入贯彻，崞县群众斗争得到了进一步的展开，在艰苦复杂的斗争里，他们更顽强地和敌人斗争着。

"有地不如没地，地里打下的不够纳款（支敌）"。这是过去了的一年——一九四三年，雨季出击之前，崞县敌占区群众在敌人高压下呻吟着；正如×区神岗头，某人以中等地七亩而换一斤烧酒都不易找到买主，可见当时人民是怎样情绪低落了。七月雨季出击后，群众对敌负担大大减轻，五十个村，二万五千余人完全断绝支敌。以全县计，今年至少可省三十万元（白洋），因此群众运动能够猛烈发展。

今年一开头，全体群众就热烈地涌进了拥爱运动中，拥爱会议在各地普遍召开，六个较大的会议，参加群众即达一万五千人。群众自己组织的秧歌、高桥、花灯等娱乐，更响遍了每个角落。参军热潮也由各地普遍形成了。接着大生产运动更鼓舞了全体群众，农民要求进一步贯彻土地政策，增加生产，提出许多土地问题，仅一、三区即有二一六件，均得到了适当解决，并订立了契约三七〇份，由是群众生产情绪更加高涨。全县全劳动力与半劳动力二万个中，即有七千五百人组织了变工，占全劳动力与半劳动力百分之三十二。妇女们过去羞羞答答地，现在也扛着锄头担着大粪参加了农业生产。特别是捉猛虫时，梨果区里凡能到地里去的人，都参加了这一工作。一区××村妇女们生产与识字紧紧结合着，现在由文盲达到初通文字者已有五〇人，生产中并有组织地召开了全村妇女娱乐晚会，活跃了全村群众生活。

其次大生产中群众经济组织——合作社也在纷纷建立着，至今已有三一个村建立了村合作社，组织了达二七三二人的社员，吸收股金六四九九股。现在这些村社已在积极组织群众经济生活，成绩很好。一区西头一个村社，在短短的三四个月当中，供给了群众食盐三千六百斤、土布二〇匹、贷粮四〇斗，原价售给群众七七斗黑豆，贷白洋一〇〇元。它不但解决了本村群众之所需，而且解决了一区西部十五村群众的食盐问题，因此当前合作社也正在蓬勃发展当中。

大生产运动的开展，群众更自觉地参加了自己组织——群众团体。一年间，抗联会员增加十倍以上，群众武装斗争更是广泛与普遍，五个月来地雷战游击战与破交共达一一五次，打死与炸死敌伪三二名，打伤与炸伤敌伪五三名，生俘伪军三名，割电丝一四九〇斤，砍电杆二七〇根，围困与逼退敌伪据点三处，毁碉堡三座。在×区一次民兵游击战中打进了伪区公所，一次生俘翻译官以下六人，×区××村群众自动生俘伪军二名。这样群众性的游击战争，不仅是在基本地区开展起来，而且伸向了游击区、敌占区。

政权建设也有很大收获，去年年底，建立了三三制村政权的有六七村，而至今年三月间即为七三村。总之，五个月来，崞县群众运动，就由这样的斗争中迅速地发展着。

今后更要顺着这胜利的道路前进。

（《晋察冀日报》1944 年 7 月 27 日）

智取安国城外据点

白正刚

"我们这样光明正大地和最不光明正大的敌人打仗,他欺骗我们……应当用狡诈回答狡诈。"

——高涅楚克

安国城外据点,像对准安国县人民的一把刺刀,它吮吸着人民的血液,已是五年之久了。今年麦收中,它更分外毒狠,枪口对准着四周的金黄麦田,只要老百姓一接近,子弹就会从身边穿过,连夜间也是如此。这样死在田垄上的农民,一个月中曾有过三个。

伪中队长是个矮子,老百姓一提刘小个子,就吓得倒抽三口冷气。但是他们却非常害怕城里出来的骑自行车的"爱民救国队"(宪兵队的爪牙),一个巴结不周,在洋鬼子面前闹一个"通八路"的名衔,就会有丧命的危险。因此,据点的戒备虽然甚严,任何人不许出入,甚至伪军大便都下不来,但是每逢城里的特务一去,就老老实实地开放吊桥,刘小个子还装出几分笑脸来迎接。

子弟兵带着群众的渴望与要求,在保卫麦收的五月里决心袭击它。

九日夜,十点左右,沙河北岸的沙滩上,子弟兵带着紧迫的呼吸,听着激烈的政治动员。

"打下一个据点,就等于打掉敌人的一个粮站!保卫麦收……粮食就是命……"

"突击组,进入第二道沟后,只许前进,不许后退!共产党员要起先锋模范作用,要坚决控制楼顶……给敌人个猛虎捕食!解决敌人在被窝里……"

第二日早，太阳刚露头，我们的五个突击组的小伙子，各骑着带有"爱民救国队"牌子和号码的自行车，从安国城里通安国城外据点的汽车路上出现了，有的摇头摆脑唱着窑调，陈金牙歪着脖子，玩着大撒把，一面飞快地前进，眼看着接近了安国城据点的门口。

岗楼上的哨兵，早望见他们五个，赶忙地抢着说了一句："辛苦！辛苦！"

"哼！"陈金牙从车子上下来，斜了他一眼。

"哎！……看着车子呵！我们到村里有公事，……妈的！……要你们有屁的用呵！……明摆着……这村里住着两个区八路！……你们不管！……不打听……"

"简直是聋子的耳朵……快啦！他们饭碗快搬家啦！"老陈故意呲着他的假金牙，撇着东北腔边说边走，自行车照例扔在吊桥旁的木桩子上，三步当两步地扑进了村内的大乡公所。

大肚子伪乡长颤抖着声音连连地说："是！是！没有八路！"

"是，叫炮打了！没有？早有调查！按门搜！"

老陈扯着大乡长的脖领子，从十字街拉到靠岗楼近的那个胡同口。

"越离着楼子近的花户……越不把滑……"

"挨门查！……查……查……"陈金牙的腔调分外高些！吓跑了许多的老百姓。

王胜和三群早听到街口人叫，从部队隐蔽的一个院子里窜出来，正快拐出胡同口，和陈金牙遭遇了，陈金牙口打了两枪，王胜和三群便被俘了。

五个人捆着两个被俘的，边走边打："抉枪和粮秣账……便是证据！难道你们还不肯说实话吗？……到岗楼上再说！"陈金牙气汹汹的二把盒子张着大机头，枪口对着王胜的脊梁骨，连踢带揉拥到吊桥口,哨兵也早吓得发怔了。

"叫你们队长放吊桥……妈的快点……差事跑了……小心你们的脑袋。"

第二道吊桥从空中落下来,伪中队长照例装出了笑脸,很小心地迎接他们。

"再打扰你们一下,审问这两个。"陈金牙倒背手挺着胸脯和伪中队长说。

"可以!可以!可以!……"伪中队长赶忙说,最外的一层吊桥也落下来。

伪中队长和陈金牙正忙着审讯。其他伪警备队员也正要起床的当儿。

"嘟……嘟……"哨音怪叫,楼顶上两个哨兵缴枪了,紧接着外边的机关枪也咆哮起来,子弹从楼顶上穿过,掩护在村沿的一个连飞快地占领了五个炮楼顶,两百多颗眼睛注视敌人的院内。

"伪军同胞们,谁打第一声枪,谁就是敌人,我们是八路军。"指导员提出尖锐的口号,不到一刻钟,一个中队的伪军,连同伪警察所伪新民会,都完全被解决了。

三十多个被扣押老百姓,被解救了,五个炮楼变成了五个灶筒。

青烟和火钻入了云霄,他的行列里每人肩上都是两支枪,夹杂着六十几个伪军,走远了。百姓们兴奋得流出泪来,都在交头接耳地议论着:"这是于司令的队伍,真有本事!"

一九四四年七月十九日□□

(《晋察冀日报》1944 年 7 月 28 日)

武强护麦出击大捷

萧行

六月十号。半夜里,人们正趁着月光打麦子,子弟兵却趁着月光攻克了武强城,同时,一股脑儿连小范、铺头、簸箕厂也攻克了。

五月底,武强的伪机关人员们就按照敌人的指使,积极进行抢麦的准备工作,组织了"小麦收买委员会"。敌人的企图是只在武强一县就要抢劫一千二百吨麦子,为了抢麦的便利,并在留寺林安了临时据点。武强的老百姓谁不警惕敌人这一毒辣的阴谋呢?!谁不希望子弟兵粉碎敌人这一阴谋呢?!对!就在胜利完成保卫麦收的任务下,分区子弟兵主力和游击队,遂决定了在六月十日,夜袭武强、小范、铺头、簸箕厂等据点,并拔掉留寺林临时据点。

半夜里,我们先从东北城角上爬过了城墙,很快地把东门弄开了,队伍都涌进城去。

先是伪警备第一大队的岗,发觉了我们,站岗的伪军打了一枪,伪军们便都上了房。可是在他们院子的东北角上,我们的突击组也上了房,副班长杨廷湘打了一个手榴弹,站岗的伪军就跑了,杨廷湘又打了几个手榴弹,一房顶子伪军都顺着西房顶往北跑了。我们搭上梯子爬上伪军的房,把他们赶到后院西北角的屋顶上,没处跑啦!

杨廷湘喊:"伪军官兵们!不用抵抗了,到了你们解放的时候了。咱们都是中国人,八路军绝对不杀缴枪的伪军官兵,谁要抵抗,手榴弹可不会客气。"

伪军们都动摇了,四十多颗大枪都扔下去了。

小通讯员张球,知道这里有一挺轻机枪,可是伪军们都不说。他到屋顶上一掀被子,吓!有啦!他得了一挺机枪又得了三支大枪,可

乐极了。

伪第一大队都缴枪了，伪合作社的经济顾问（日本人）拿着个六轮子想抵抗，刚一上房，我们几枪就打倒了他，不叫唤了。

接二连三的伪第二大队、伪县公署、伪警察、伪新民会，城墙上的十六个岗楼都解决了，伪大队长刘增臣以下二百四十名都做了我们的俘虏。——总共只用了半点多钟。

开了北城门，民兵和大车涌进来了。伪合作社仓库里汉奸们抢来的东西，都成了我们的胜利品。三十辆大车装满了东西，内有轻机枪一挺、掷弹筒八个、步马枪二百四十多支、手枪十余支、子弹三千多发、手榴弹三百多枚、军装一百四五十套，还有其他文件、煤油、收音机、留声机、电话机、洋布、洋面、现洋、票子……

我听到一个战士检讨这次战斗说："咱们有缺点呀！大车去得太少了，去一百辆也拉不完那么多的东西呀！真可惜！"

我们的任务完成了，三点多钟开始撤退，我们把岗楼们都点着了火。

火光照亮了武强全城，也照到了十里地以外。接着小范、簸箕厂、铺头也都被我们克复，都点着了火，火光从东北、正南、正西照过来，连成一气，几乎把整个武强都照亮了。

就是这夜里，小范的大桥和臧桥（献县）的大桥也被烧了。

第二天统计，四个据点，我们共俘虏伪军伪人员四百多人。

十一号下午，从深县增来了三辆汽车，第二天（十二号），一早开到留寺林，但一天没敢动，傍黑子载着留寺林的敌人偷偷地跑回武强城里去，抢麦的计划就这样被粉碎了。

老乡们打麦子藏麦子的时候，嘴哼着胜利者快乐的歌谣：

　　月亮地，明光光，

　　金黄的麦子刚上场；

留寺林，安据点，
日本鬼子要抢粮。
月亮地，明光光，
八路军半夜拿武强；
俘虏伪军二百四，
城里的伪组织全扫光。
月亮地，明光光，
子弟兵连克小范、铺头、簸箕厂；
吓得留寺林鬼子跑向那武强，
看他怎么把粮抢。
子弟兵，保家乡，
军民团结钢一样；
今年护麦得胜利，
有吃有喝乐洋洋！

(《晋察冀日报》1944年7月29日)

敌后抗日根据地介绍之一

百炼成钢的晋察冀边区

孙元范

【新华社延安七月三十一日电】晋察冀边区大部处于山西与河北，此外还包括热、察、辽的南部。它是华北三大主要山区（北岳、太行、山东）之一，不仅可依靠北岳来支持平原，挺进东北，而且可以直接地西与晋绥（同蒲路为界）我军，南与太行、冀南（德石与正太两铁路为界）我军，东南方面与山东我军取得配合与互相支援。这个区域，共有一百〇八县，二千五百万人口，包括三个伪政权：伪满、伪蒙和伪华北政委会。我们抗日政权在北岳、冀中、平北、冀热辽四个独立行政区域，下设有十六个专署，共管辖一百〇八县（其中有许多新设县治，除阜平一城数年苦战仍在我手中，其余县城均为敌所占）和一千八百三十多万人民。敌伪用于此区的兵力，据今年统计，有敌军九万人，伪华北治安军（及伪地方军）、伪满军、伪蒙军十万人，敌伪军共十九万人。敌伪建立据点已达四千六百余处，公路二万七千余公里，封锁沟四千四百余公里，封锁墙四百一十余公里。但尽管如此，敌人各重要铁路干线（平汉、津浦、同蒲之北段，以及平绥、北宁、平热、德石、正太等）和战略要点（北平、天津、石家庄、保定、大同、万全、承德等），七年来仍无日不处于我严重威胁下。现在晋察冀和华北其他各地区一样，已经度过了四一、四二年最困难、最严重的阶段，而进入日渐恢复与扩大的新时期，北线我军已挺进至察哈尔的多伦、热河的宁城、辽宁的锦州一带。

晋察冀边区之能雄峙敌后，日益巩固和扩大，是以巨大的代价换来的，它的代价，是无法统计的劳力、苦难、牺牲和血！现在就让我们来重温一下这个斗争的岁月吧！

建立的开端

八路军"七七"事变出发时，毛泽东同志给予如下的战略方针：基本的游击战，在敌后牵制敌人，建立根据地，这样正面才能支持。因此，就准备派一部兵力，挺进燕山山脉，深入敌后。但刚一出动，南口就失守了，随着接到军委会的命令，前往蔚县阻敌，途中蔚县又丢了，二战区又命赶到飞狐口（涞源与蔚县之间）阻敌，但师至太原，飞狐口又丢了。这时敌人已全面逼近山西北部的国防工事，正拟突破平型关、雁门关，于是一一五师就迂回敌后，阻止南下敌人，九月二十五日，在平型关打了第一个大胜仗。娘子关、太原、忻口形势吃紧时，八路军急往驰援，总部率我军主力，星夜离开五台南下。这一师的副师长兼政委的聂荣臻同志，十月二十三日受命留守五台地区，创立第一个坚持敌后游击战的根据地，所有的兵力，是一个独立团、一个骑兵营和不完整的两个连，共二千人左右。十一月七日，以聂荣臻同志为首，奉朱、彭总副司令之命，成立了晋察冀军区司令部。

晋察冀三省边陲地带，这时处在极端混乱状态中，已熟的禾黍无人收割，平汉线上无数的难民，逃至山村小镇，大军沿着铁道公路向南飞跑，大炮、机枪、步枪到处丢弃，旧政权瓦解，土匪蜂起，几个日本浪人拿着日章旗，就可以随意占领县城。然而这样的局面并没有继续多久，那两千人的队伍，旋风一样向前推进。独立团很快成了威震雁北、察南一带的杨支队；骑兵营打开了冀西的游击区；政工干部组成的工作团，带着一连兵力，到处打击敌人；徒手的群众队伍，被带去打扫战场，被抛弃的枪弹，重新找到了它们最适当的主人。人民的情绪在逐渐好转着。但严重的问题是老百姓并没有从旧的压迫下解放出来，如阜平的穷人，还没有吃树叶的权利（树是地主的），于是地主与饥饿的农民被邀来一起谈判，农民才有了采树叶的权利。这样战地动员委员会的组织，在边区每一个村落掀起了动员热潮，游击队、义勇军、自卫军蓬蓬勃勃生长起来，动委会又暂时执行了政权的任务，认真地实行减租减息，优待抗属，停征田赋，废除了苛捐杂税，有力出力，有钱出钱，实行合理负担。但这还只是过渡的办法，组织起来的武装要打仗、要吃饭（十二月中，北岳四个军分区就有了一万二千多武装），三省的人民要互通有无，平汉路东西两侧的人民要求打成一片，大家渴望着一切有统一的办法。这时候只有晋东北政治主任宋劭文和盂县县长胡仁奎在坚持政权工作，他们时常和聂司令见面，都赞成建立统一战线的政权机构。一九三八年一月十日，开民国历史上新纪元的边区军、政、民代表大会揭幕于阜平城，边区行政委员会的组织和人选，随即得到蒋委员长和行政院的批准，抗日的新秩序不两月就普遍建立起来了。

冀中方面，大军南撤之时，吕正操同志带领两个营向敌人后方挺进，摧毁了深泽、安国、任邱、河间、献县、安新、高阳等地的伪组织。三八年四月一日，成立了冀中政治主任公署（后改行署），山地与平原从此便联结起来。三九年一月，一二〇师的主力曾进入冀中，进行了有名的河间歼灭战，帮助了平原游击战的展开。（一二〇师主力后经过北岳，更参加了陈庄、黄土岭等战役，于晋西事变时返回晋西北。）同年六月，宋邓支队挺进平北、冀东。七月九日，在李运昌等同志领导下，爆发了冀东七县的抗日大起义，在十七个县展开大规模的游击战争。十月以后，受到一些挫折。三九年春，肖克同志到平西组织挺进军，继续开展平北、冀东的游击战。冀东人民掀起了大规模的劳军运动，丰玉一县募集子弹十九万发，蓟县捐枪二百余支，妇女和儿童，几乎每人都捐赠一件礼物，辽阔的冀热辽边的抗日根据地，从此建立起来。

第一次反围攻胜利

三八年一次反围攻胜利

三八年春，敌人一个联队来打涞源，我们新建立的部队就转到紫荆关，到涞源交通线的两翼，不断袭击敌人的运输给养，将涞源孤立起来，于是敌人驻扎了一个礼拜，仓皇地撤走了。为了配合津浦、晋南正面的战役，二月的一个夜晚，我们在平汉与津浦线上展开大破袭战，攻克望都、新乐、定县、清风店等城站，好几县的群众，都参加了破路和搬运战利品，这是平型关以后的大胜利。为了进行"报复"，敌人调集了一万二千以上的兵力，四路向军区进攻，曲阳一路有五千多，并以飞机十多架掩护配合千余骑兵，用猛烈炮火，向阜平扑来。一个黄昏，敌人从正面逼近了阜平的东郊，城内各机关和老百姓都按照指定的方向，徐徐撤退。天快黑了，聂司令员向最后离城的老乡说："我们暂时离开这里了，现在这是一座空城，我们不能让敌人得到半点东西。"敌人在野外停留了一夜，大炮向空城轰击到天明，第二天上午，才进占阜平。但他们不敢继续深入，因为后路被切断了，其他各路配合的形势，也已经完全被打破了。当天夜间，敌人就慌忙退出了这座空城，分三路跑步逃奔一百多里。我们的追击部队，从两侧夹攻，猛追到曲阳地界，敌人只得爬上汽车，再次逃跑。

游击战猛烈地展开着，游击队一直出现于北平的四郊，敌人吓得把城门都关了起来，敌寇汉奸的报纸于是战栗地叫唤："日军大举围攻武汉之际，肆意猖獗于晋北、察南、冀东等地……之共产军，总巢穴乃在山西省北部高峰之五台山，附近各地皆属支蔓。进益扰乱内长城线，威胁北京……日军决心一面围攻武汉，一面进剿五台。"

敌人改变了战术，新的围攻与反围攻的战役开始了。九月二十

日，八路敌人五万兵力，向五台区域围攻，我们以游击战与运动战相辅，对抗敌人的围攻，使敌人找不到我固定阵地与固定战线，而常于扑空之余遭我痛击。于是从盂县出发深入到五台的敌人，被我打垮了，阵亡了一个清水少将，敌人还抬棺"凯旋"五台城。不久，我军就进行了战役的全面反攻，敌人共损失三千多人。关于这次战役，当时英政府曾来电问我外交部，外长王宠惠答称：我军仍在华北敌后坚持，五台山根据地依然屹立。

"变落后村庄为进步村庄"

敌人第一次围攻边区，我们是胜利了，但同时也暴露出我们的许多弱点。一年来，我们的工作还不十分深入，许多区、村政权仍为少数人把持，村长副中有许多流氓地痞，公正人士都还不愿出来负责。在敌人的围攻中，大部分的村政权都垮台了。因此，我们就提出"把山沟小道落后的村庄变为进步的村庄"的口号，号召各村组织救亡室或民革室，以发扬民主，协助村政。同时，着手改革村政权，将区划小，取消编村，取消旧的家长包办的邻闾制，建立村代表会与村公所各委员会，热烈地开展村选运动。在反围攻以前，由于多年受压迫，老百姓对民主参政是没有兴趣的。区、村政权改造后，老百姓懂得了"还是民主好，大家的事大家办""咱们选好人当村长，能替咱们办事"。三八年村选中，选民仅占公民百分之四十到五十，而四〇年大选中，选民与公民之比，平均达到百分之七十以上，中心地区之县（如平山、灵寿等）达百分之九十以上，游击区的选举，成为团结一切抗日人民的群众运动。抗日民主政府的机构，由去年一月的边区参议会最后完成，政府人员精简百分之五十，工作效率反而提高。"统一累进税"的实施，是政权组织工作中一个最大的成就，所有边区的老百姓，都认为这是一种极公平合理而又管理得很好的税制。村政权的干部一律不脱离生产，七年来无休息地艰苦工作。例如某村抗联会主席女干部郝秀金（她那个村子处于敌人三面包围，离堡垒只半里路），历年反"扫荡"、反"蚕食"，都是她领导群众转移，摧毁伪组织，去年敌人突然占领了这个村庄，到了黑夜里，天下着大雨，她还领着民兵冲进去，抢出了几万斤公草。第二天，又独自爬回村内，带出文件。但是，七年来，他们牺牲被捕的数目，也是非常之大的。手头只有前五年（四二年止）的一个材料，据已知的有三千七八百个区以上的干部，光荣地牺牲或被捕了，村级干部当更不止此数。牺牲的干部中，无一不是可歌可泣的民族好儿女。徐水县长刘萍同志，当他被敌包围后，用枪打死了几个敌人，最后他要自杀，枪弹已尽，因而被俘，敌寇汉奸先则利诱，继则加以无法形容的酷刑，刘县长却不曾有一个字的口供，他愤怒地宣布了敌寇的罪状，他绝食十天，光荣殉国。

大水灾的考验

与实际斗争相结合的民主运动，提高了群众觉悟性与组织性，因此我们经得起第一次大考验——三九年夏的大水灾。

三九年七月，淫雨为灾，河川泛滥，敌人在冀中决破了四处河堤，万里洪波，造成了数十年来边区未有的大灾。被毁良田不下十七万顷，被冲粮食不下六十万石，淹没的村庄一万多（冀中占六七五二村），人畜的伤亡也极严重，灾民三百万，到处闻哭声。可是我们有一切力量，克服水灾给予我们的困难。四〇年春，政府贷款三百万元，赈济一百余万元，种子借贷四七六五石（北岳二十县），耕畜补充牛六九二一头（十四个县）……所有劳动力，都参加了修滩组织。根据北岳区不完整的统计，水灾前二十一县原有滩地一七〇，四二七亩，冲毁一四七，六二六亩，修复一三九，四九五亩。边区子弟兵全体动员，日夜帮助人民修滩，挖大渠、背石头，他们还每天节省些小米给老乡们吃，总计他们帮助修滩一一〇〇〇〇亩，帮助春耕一八一，二七八亩，开渠一五〇道（可浇地十万亩），掘井一六〇眼。难怪阜平的老乡，一看到沙河沿岸的麦黍稻秧，便念念不忘地说道："多亏教导团，不然，三十年也修不起来。"冀中区敌寇决口一百八十五处，因而救灾中心就是治水，总计一九四〇年全冀中军民共修险工五十九处，筑堤三十三条（长五□□），堵决口一九七处，浚河九道（长一六五里），这□□□□□少有的大水利工程。因此，冀中不但克服了三九年大水灾□□灾害，并且得到四〇年的丰收。

除开敌人扩大制造的天灾之外，边区军民还经历另一种灾难。武汉失守后，反共逆流开始增长。三八年冬，当敌寇大举进攻冀中的时候，张荫梧乘机到冀中"收复失地""要消灭八路军"，称八路军三纵队为"伪抗日军"。柴恩波在反"扫荡"中投敌，公开当了汉奸，而张荫梧反谓柴逆为"曲线救国"。这种亲痛仇快的行为，直继续到三九年□□出残杀抗日干部，进攻抗日武装的悲痛事件。三九年十月，山西保安十区的白志沂，率部包围广灵、灵丘县府，残杀抗日干部。涞源敌人攻陷走马驿，灵丘敌人进扰南山，我军正迎头痛击敌人之际，白志沂竟包抄我后路，终使敌寇乘机"扫荡"，大烧大杀，予雁北根据地以莫大损失，而白志沂却在敌"扫荡"中逃跑了。

百团大战之后

三八年敌人八路围攻失败后，三九年敌寇采取单刀直入，以相当优势兵力，一路深入袭击我中心地区（如灵寿之陈庄及涞源之黄土岭等役），结果为我造成大好歼灭战的机会。敌寇进攻陈庄的一个大队,全部被消灭了。黄土岭之役,第一天,敌人的一个大队遭我伏击,第二天,旅团长阿部中将又亲自带一个大队出动"报复",打了两天一晚,阿部随其部下葬身于黄土岭荒凉的山丘,敌人哭丧着脸说:"名将之花,凋谢在太行山上!"经过这些打击之后,敌寇不敢孤军深入了。四〇年起,敌人大量印发我们出的一些书籍,对我游击战及十年国内战争做全面研究,敌一一〇师团长桑木崇明建议,普遍采用"碉堡政策",实行所谓"极端分散配备",以图控制平原各大村镇与山地各要点,想扼死我军。百团大战的时候,敌人的据点被拔掉了,铁路被猛烈破坏了;冀中的自卫队,一夜之间,将汽车路全部破坏;正太线动员了两万多民兵,编成五十个大队。

冀东曾动员八万多群众,把敌人在七八个县内的公路、电线,破坏得干干净净,在封锁遵化县城二十五天中,城内敌人因燃料缺乏,把门窗都拆毁烧了,最后并托伪组织人员,愿出款十余万元,要求我们解除封锁。

百团大战之役,使敌人狼狈不堪,认识了我之力量所在,于是重新加修堡垒工事(用山炮试验是否能打入),改变战术,彻底实行"三光"政策,企图毁灭我人力、物力、财力。从此,我根据地进入了最残酷、最严重的坚持斗争的阶段。

一九四一年八月,敌酋冈村经过长期准备,对北岳实施所谓"铁壁包围"战术(纵深配备,各路挺进,层层紧缩围困,企图歼灭我主力),七万大军直扑边区,山沟小道,无所不至,施用了最残酷的"三光"政策。"扫荡"两月,我虽遭受很大损失(被烧房屋十五万余间,损失粮食五千八百万斤,牲畜一万余头,被惨杀人民四千五百余人,被抓去东北作苦工同胞一万七千余,牺牲与被捕干部六百多人……),但冈村不能不自认失败说"肃清八路军,非短时间所能奏效"。这以后,又强调"高度之分散配备",到处筑碉立堡、挖沟打墙，堡垒之密，几至各村都有（据点周围与铁路公路两旁，有多至七层的封锁沟与墙，主要的道沟，宽深各二丈，有的且引河水灌入），对根据地实行"蚕食"政策。初则步步推进，计不得收，又以大军举行局部"扫荡"，以达其大块"蚕食"的目的（四二年对冀中的"扫荡"，即属此种性质）；同时又进行"总力战"的"治强运动"，制造"无人区"，集注全力于人力、物力的掠夺、毁灭，与进行可笑的"思想战"。四二年一年中，全边区单是我无辜同胞之被惨杀、毒打、逮捕、奸污者，为数当在十万人以上。我军民一方面展开反"蚕食"、反"扫荡"的尖锐斗争，虽一村、一镇、一个山头、一道溪流、一亩地、一斗粮，敌寇想取得，都要付重大代价（四二年五月敌寇"扫荡"冀中，为争夺藁无县一个北候村，敌人死伤七百人）。并同时提出"到敌后之敌后去"的方针，敌人要来压缩我，我们就将圈子扩大，敌人的头伸向根据地，尾巴便被斩断。

民兵如何作战？

没有民兵广泛的游击战与配合主力作战，所有反"扫荡"、反"蚕食"的斗争，便无法取得胜利。起先有许多落后的群众是不喜欢民兵，或说民兵"惹祸"，后来这些人自己得到了民兵的好处，才转变过来。自从民兵与生产结合，那发展就更大了。现在全边区的民兵，已有六十三万。

战斗、打敌人，这是民兵们日常生活中的一部分。在过年时，劫余的山村，还是锣鼓喧天的到处有人抬着猪、羊、柿子、核桃，去慰劳抗属和子弟兵。各地的敌伪军，却正在忙着怎样来抢过年的食品，于是免不了有一场战斗。敌人要进村口了，村子里的人们才在子弟兵和民兵的掩护下，安然撤走。子弟兵在山头布置好阵地，民兵四面散布着，战斗就这样开始了。到处是声音："××山头上有鬼子的机关枪""从这边打，这里有几个"……敌人被打得马翻人仰，看着没有办法抢到东西，要撤退了，老乡们就都跑了出来，大声叫"捉活的"，孩子们也跳着、骂着，有的伪军气得向山上嚷："有种，你们敢下来！"民兵就快乐地回答："有种，你们敢上来！"接着，手榴弹便扔下去了。

这是四一年八月反"扫荡"中大破袭战的日子，在完、唐、望三角地形的边缘，晚上，你可以听到平原的道沟里的狗叫和更远处火车的嘶鸣，但是在同样的时间里，和这些声音遥相应和着的，是嘈杂的人声，是铁锹相击声。许多山口子里，涌出来几千几百个黑影子，好像山间激流倾泻到平原上去。他们的铁锹，像枪一样背在肩上，剪刀、小刀、小钳插在腰带上，月亮西斜时，民兵们每六个人抬一根电杆，唱着歌回来了。当他们进入安全地带时，号声也响起来了，这是胜利的收工号，敌人也要打几枪，那号就会吹得更响。从最初敌人修了公路，挖掘了道沟以后，破袭战也就从那时开始。敌人白天修，民兵们夜间去破，破一夜，敌人要修三天，就这样一直纠缠下去。青纱帐茂盛的时候，就是全面破袭战展开的时候。

这一年多以来，在反"扫荡"中，最盛行的是地雷战，敌人一听到地雷便头痛，地雷是他们的死对头。去年北岳区三个月的反"扫荡"中，各县的民兵们巧妙地布置了地雷阵，到处叫敌人车毁人亡。反"扫荡"的三个月，共毁伤了敌人的汽车四十一辆。后来敌人改用坦克车开道，但是坦克车也炸毁了两辆。北泉敌人进犯独山城，先头部队三十名进了村子，被炸死二十八名；阜平李家沟某家，有两个南瓜，敌人来取瓜，马上三个死在瓜旁；敌人搬凳子，挨炸了；大街上，敌人敲鼓也被炸了；在青源，敌人选择在已炸过的雷坑旁休息，又被炸死了。尤其使用了天雷爆炸（将绳子系到地雷的引火线上，绳子长短事先量好，从山顶上吊下去，刚到敌人的头部或胸部），敌人走路爬山，会从头上腰间飞爆开。敌人怕地雷，不敢走正路，走麦苗地、走河滩、走山顶。在完县，敌人甚至打穿墙，从墙洞里钻……但是民兵们（他们可以少至一个人活动，有最大的作战机动性）的地雷是活的，是会追随敌人运动的。敌人曾宣布，要以牺牲一百个"皇军"的代价，来活捉二十三岁的爆炸大王李勇。边区的孩子们，到处唱着"李勇要成千百万"。去年五月的反"扫荡"，我们把李勇的经验总结起来，又推广下去，到秋季反"扫荡"，李勇就真变成千百万了。根据极不完全的统计，北岳区秋季的反"扫荡"，伤亡在民兵手下的敌伪，共达一八〇一名。

冀中的人民

应当说，冀中是敌后斗争最频繁、最紧张与最残酷的地区，它是四条铁路包围起来的一块菱形的平原，所谓四战之地。里面有蛛网似的一万多公里的公路，有一千八百个敌伪据点，点线沟碉互相联结，中间空隙平均在五里上下，最大空隙没超过十五里以上。如以沟线与点碉联锁相计，全冀中即被分割为二千七百小块左右。去年十月间，敌人选择了任邱、高阳、潴龙河两岸的地区，想来一个彻底屠杀镇压，叫作建立"联庄组织"，实行所谓"淘水战术"。八路军是鱼，老百姓是水，"要把水熬干了，才好打鱼"。可是敌人虽用尽了一切血腥的"示范"和无奇不有的刑罚，"淘水战术"还是失败了。敌人所到的村庄，都空无一人，最后只好要求"八路军来了只要点火"，于是各村都普遍点起火来，四面八方都是火，敌人又只好通知"不要点火了"。

我们都知道，冀中有地道战术，这完全是人民自己创造的，最初是在据点附近开始的，因为敌人的"清剿"太频繁，人们在灶底或炕边挖下可以藏人的洞，后来邻家与邻家从地下打通了，再进一步，于是村与村之间的地道便纵横交错地打通起来。从洞里向洞口看是明的，洞口向洞里看却是黑的，这就使得敌人不敢往地道里钻。四二年五月二十八日，敌人大"扫荡"冀中时（这次"扫荡"，敌人准备了一年，冈村宁次亲自乘飞机指挥），在定南北坦村发现了地道，用毒瓦斯毒死了八百多人。为了防止各种可能的意外，地道战术日益发展，增加出口，打好几层，加强撤退与防御的组织……总之，要达到极少可能被破坏。有一次，六个干部，在村子内坚持了三天战斗，某天，敌人忽然发现了洞口，但不敢下去，于是用刺刀强迫伪军下去，我们的干部便向洞外放枪，敌人最后从洞口放进大量毒气，洞内的人便转入第二层地道去了。这个地道有五个口子，我们的干部，安然在内坚守着自己的阵地。敌人无可奈何，只好留少数人陪着这个洞口"守株待兔"。敌人在冀中，到底杀害过多少人民？这是无法统计的。敌人只能以恐怖与虐杀来"降服"中国人，于是就要锻炼其士兵的"胆大"和残忍，甚至强迫士兵吃人肉（这点有许多外国朋友还不相信），发明了许多闻所未闻的暴行。然冀中人民对所遭受的残害，已认作是理应发生的事情——从没有人去讨论它。经过五六年的斗争，无论男女老少，都明白一个真理："你不杀敌人，敌人就要杀你们，敌人所想知道的任何事情，一定是对边区不利的事情。"去年春天，敌人包围安平一村时，毒打被围的老百姓，要他们指出抗日干部，结果没有一个人哼声。敌人就拉出一个十二岁的小孩，当众严刑拷打，他的母亲便在旁边大声喊叫他"不准说"，敌人将母亲抓往另外一个地方，这位母亲边哭边喊："孩子，可别说呀，咱娘俩就是死在一块也不能留骂名！"这个十二岁的孩子，死去活来五次，终没说出一个字。敌人无可奈何，最后指着大家说："没法子，你们都是八路军！"

环境越困难，斗争越残酷，群众越感到需要抗日政权来保护他们。冀中抗日政权，由村到专署，在群众面前都是公开的，甚至某些敌伪汉奸也明知抗日政权的存在，而无可如何。事实证明，当群众真正结成一条心时，任何狡猾残暴的敌人，也是没有办法的。

去年秋天的大胜利

去年秋季，敌寇对我北岳区进行了历时最久、空前残酷的"扫荡"。反"扫荡"战从九月十六日到十二月十五日，整整三个月才结束。敌伪动员兵力达四万多，企图用最残暴狠毒的手段，从经济上毁灭我全体军民的生存条件，破坏我秋收、秋耕与征收，洗劫我粮食、资财，毁掠我人力、物力。我们采取了各种斗争的密切结合，特别是主力与民兵的结合、内线与外线的结合、反"扫荡"与政治攻势的结合、军事斗争与其他斗争的结合，这四种结合，形成了对敌寇强有力的"总力战"，保证了我们的胜利。

九月底神仙山的战斗，我守卫部队四百余，抵抗了敌伪军四千多，苦战十二日，终于打退了敌人围攻。其中金龙洞战斗，敌五百多，我们只有一个连，持续了八天，结果杀伤敌人一百八十三名，被地雷炸死的五十六名，我们付出代价仅仅七人伤亡（这里面还有三人是摔坏的）。我们又创立了以神枪手组成的飞行射击组，他们配合主力，狙击敌人，以极少或几乎没牺牲换得最大代价。民兵们的地雷战，收效很大，前一个半月内，敌人因地雷伤亡的占其部队人数十分之一。三个月残酷斗争中，涌现了无数的英雄和模范，河南区队的政治主任杨世明，三个月内毁了同浦路机车的百分之二十，经他发明了许多破坏铁路的办法，现正为各地部队效法着。猎人李殿冰，一个人杀伤了十七个敌人，他的故事也被编成剧本，在边区到处出演。今年一月的群英大会，共一百〇四个战斗英雄和模范。

这次反"扫荡"三个月，足以表现各种复杂斗争相结合的是秋收、秋耕、征收和救灾工作的完成。我们一方面要抢收、抢种，一方面要和敌人争夺已被抢去的粮食；主力、民兵要积极和敌人打仗，要担任警戒，有时还要亲自动手收割；我们要把握敌人各种活动的规律，要争取一切空隙，所有专署、县、区、村各级，各分区、分组、组、分村配备下去，组织群众，武装护秋。除子弟兵的配合行动外，白天由基干队及游击小组与敌坚持作战，掩护群众转移、休息，夜晚即分队率领凡有劳动力的男女，集体收割，随收随打、随运随藏，并由粮主自行约定适当的工资制度。秋收的坚壁工作，规定干部负责制。到十月中旬，大部抢收完毕，被敌人抢去之粮，则率群众夜间抢回，王快据点一夜之间，过河十二次，连续不息，把二百多亩稻子抢收完毕，又把敌人割去的十二捆稻子，也抢背回来。完县临近唐河的许多村子，只神南一个地方，就曾动员了五百多民兵，七天中抢收了一千三百亩。各地秋耕种麦的重大成绩，我们不必去公布那些数字，然而我们可以说，去年的秋耕，在许多地区，比过去的一年还好。尽管敌人如何疯狂地烧杀破坏（杀我同胞六千多，烧房屋五万四千多间，毁掠粮食二千九百多万斤，抢走耕畜一万九千多头……），我们的社会秩序，并没有受到很大影响。反"扫荡"结束，各县公粮都已次第完成，任何部队或机关，无论走到怎样的穷乡僻壤，粮食供应从未有过问题，军民的冬衣，都普遍得到解决。《晋察冀日报》在整个反"扫荡"期中，照常出版。

今年初，我们发动了空前的大生产运动，为了生息民力，坚持抗战，北岳区今年并减轻公粮×万大石（冀中、平北等区适当减轻）。去年秋季所遭受的创伤，不久就会复原过来了。

生产带来了新气象

今年，由于大生产运动的开展，给我们各方面带来了新的气象，干部的思想转变了，人民的认识提高了，特别是提倡拨工互助、牲口贷款，实际帮助群众解决了缺乏劳力、畜力的困难之后，群众的生产与战斗情绪就更加提高了。许多村子建立了催人早起的钟和鼓，村与村、组与组，甚至父与子，都有竞赛。拨工组织灵寿占全劳动力的百分之五十六，盂平有三分之二的男人在拨工组里，唐县占全人口百分之十九。劳动效率有的竟提高一倍，一般都提高百分之三十左右。按户计划各地都进行了，拨工在游击区也相当普遍开展起来，有的村子的土地互相被沟墙圈成两片，于是沟外的村与沟里换地变工，更增加了两村团结。许多过去逃荒的灾民，也都纷纷回来。数不清的游击队与拨工组结合，白天耕地，夜晚练习埋地雷。为了使第一线（最靠近敌据点的）的村庄安心工作，各地都在发动村联防制，普遍设岗哨，村干部轮流检查，一发现敌情，就互相接应。许多距敌碉堡最近的村庄，由于拨工组和战斗任务组织得好，都能昼夜抢耕、抢种了。现在干部到村里，群众都争着让他们到自己家里吃饭，自动把生产计划请干部审查。群众都自愿突击抗属的生地。现在几乎没有一个干部，不参加农户劳动。

阜平上庄的村民，更是建立了健全的生活制度，据三月间的统计，全村一百四十五个男劳动力，参加了拨工组的已有一百人，分为二十一组，一百一十八个女劳动力中，已有五十人组织起来，分为十一组，每组设组长一人，另外有一个人专负责政治和文化的学习。政治没有课本，多是提出一个问题来讨论，或是复习夜校的课程。文化课主要是识字，拿着什么农具学什么字，干什么活儿学什么。拨工组与游击组统一起来，平时分散着的游击组，以自然村为单位，组成一个拨工组；战时以行政村为单位，过集体生活，实行集体拨工，一面战斗，一面生产。他们每天完工时检计一番，七天开一次总的检讨会。每小组都有自己的包括生产、战斗和学习的纪律或公约。在紧张的生产运动中，民校仍旧坚持着，而且人数很齐全，学习情绪很高。男人晚饭后上课，青年妇女早上拨工、送粪，早饭后上民校。童子军把街头打扫得干干净净。妇女拨工组还订了卫生公约（早饭后一定要扫地、刷家伙），战时要保护鸡、猪和牲口，并看护伤病人……

这只是给这种将战斗生产与教育相结合的农村，描画了一个轮廓，这种新的农村生活，目前一方面是普及，一方面是内容的日渐丰富。

七年来，据不完全的统计，我边区子弟兵（民兵在外）与敌战斗二万〇五百余次，粉碎敌人千人以上十万人以下的大小"扫荡"一百一十二次。其中历时最久、最残酷的大"扫荡"共有四次，一为四一年八月，敌以七万兵力对北岳持续两个多月的"铁壁合围""扫荡"；一为四二年敌四万兵力对冀东三个多月的"扫荡"；一为同年五月，有五万余兵力对冀中的"扫荡"；一为去年九月，敌四万兵力对北岳持续三个月的"扫荡"。总共毙伤敌伪十八万余人，缴长短枪五万八千余支、各种炮百余门，各种机枪八百五十余挺。我军亦伤亡指战员八万余名。

敌人弱点暴露更多

兵力不足分散配备，纪律废弛，士气下降与伪军矛盾……

边区各地，特别是北岳与冀中，敌伪据点与堡垒大量被我攻克与逼退了（一、二月份两区共达四百五十五座），许多敌占县城，因为惧怕我军攻袭，多把城门关闭，敌伪军不敢出城一步。伪军更如鸡卵，一碰即破。我们恢复了许多地区，新开辟了许多地区，许多游击区已变为根据地（如冀东）。冀中不但恢复了四二年"扫荡"前的局面，而且更发展了。敌人对我根据地，是不会一日放松的，今后敌人必将搞出更多的新花样，搞出更残暴的罪行。然而人民，它是懂得的，去年"扫荡"北岳三个月，就没有一个人出来搞维持会。我们有人民，我们军民团结如一个人，这就是我们制胜的根本之道。当然越是接近光明，斗争越是残酷，这一点，敌后军民是很明白的，我们还有许多困难待克服。冀中许多战士，就靠刺刀、手榴弹和敌人拼（然而他们还时常攻入县城）。由于敌人的毁灭性破坏，许多地方，军民仍感衣食不足，甚至有的还过着半穴居半露宿的生活。因为从来就是伴随着困难而生活的，一个外来的人看了，也许会惊异得目瞪口呆："你们怎么打仗的？"但那些百炼成钢的军民，却是习以为常了。然而不管怎样，对这样的局面，一个有正义的人，是不能容忍的。居住边区很久的国际友人林迈可先生，就表达了他的意见：

"晋察冀军队的效能及人民的组织，既然已发展到目前的程度，那么限制着晋察冀作战努力的因素，是粮食和军火，其中军火是基本的问题。因为只有有了适当数目的轻武器及弹药供给，才能使日寇出动抢劫成为得不偿失，才能使中国方面收复并完全控制除了日寇几个最大的据点以外的平原富饶区域。如果除此以外，军队还能有摧毁堡垒的新式轻便大炮及少数空军的援助，那么敌人就可以被打退到铁路线上，并使他们不能利用华北的资源。甚至日寇沿铁路线的交通，倘使他们不大大增加其兵力，也是很难保得住的。今天同盟国还未给八路军以他们需要的比较少数的军需供给，是同盟国家对日作战努力中物资分配的失策。"

这样的意见，正说出了今天边区军民的希望和要求。

（《晋察冀日报》1944 年 8 月 10、8 月 11 日连载）

"囚笼政策"的毁灭及其他

沈重

一、"囚笼政策"的毁灭

日本人曾经不厌其烦地夸嘘过它的"囚笼政策"。它在华北筑下万里长城似的沟堡,想用这条蛛网似的链带活活囚死八路军和抗日的人民。我们曾经在敌人沟堡封锁下经历过一段艰辛的路程,敌人曾经在它的报章上拍手大笑地吹嘘过它的收获。但是,我敌后军民更加团结英勇战斗,粉碎历次"扫荡",克服灾荒困难,深入敌后之敌后,抗日的力量日益壮大,地区日渐巩固和扩大。曾几何时,日本人逐渐对其沟堡政策失去兴趣,到现在敌人已经在悲哀地叹息它沟堡命运的没落了。日本人想囚死的是我们,而今天让我们来看是谁囚住了谁吧,这是谁的"囚笼"?

今年春天以来,特别是最近数月来,边区子弟兵积极配合正面作战,勇猛活跃于沟外平原地带,接连攻克和逼退敌伪碉堡。如果你拿今天沟外的景象来和数月前比较的话,你会惊讶,惊讶它是面目大不相同了。

完县山前,不久以前还有三十几个堡垒,今天只有十三个了,而这十三个也是在摇摇欲坠当中。定唐有两个区只有一个堡垒。远处敌后之敌后的望定县已由五里一堡的形势,变成全县只有一个堡垒了。炮楼变得稀少了,两个炮台之间往往有一大段空隙,我们的军队可以堂堂地在敌人的面前歌唱着通过。完县塔山坡堡垒是个鬼子的炮台,从前见了背枪的就打,现在不敢打了,见了八路军在炮台底下过有时也只是嚷嚷:"八路三个五个蹓跶的有,看到的,看到的!"村里去报告说有八路军，鬼子班长只得摆着两只手说："没有法子大大的！"

完县峨山炮楼鬼子成天不敢下来，每天只是黄昏时出来趴在围墙上向外看看。村里一有人声狗叫就钻进了炮台，再喊也不出来了。今年开展大生产，鬼子过去修路糟蹋了好些田地，人们决定要种上它，以增加生产。伪村长找到了鬼子班长，说："汽车道上八路军种地的有？！"表示要在汽路上种上庄稼。

"八路军种地的有，我大大的没有法子，我大大的没有法子……"鬼子一听说八路军要在汽车路上种地，它就没办法了。

是的，敌人是深知他分散驻防的缺点，八路军说要拿下哪一个炮楼哪一个便必定要毁灭。定唐北罗堡垒伪军说："这地方八路军要打咱们还不是随便的事吗？"西店头敌军说："八路军大炮机枪和我们里面军（指日本军）一样样的，我们人小小的，八路十个我们一个，炮台没法子的！"完县下庄鬼子听说我们要挖地道攻炮楼，吓得一天向城里连去了好几回信，要求不驻炮楼，说是："危险大大的！"当天天不黑鬼子就夹着尾巴逃到城里去了。驻在这里的敌伪对八路军的力量是深深体验到了的。

过去敌伪经常到村里来转，现在没事轻易不下炮台，一般地都抱着：只要炮台和生命没有危险，外边天塌的大事也不管。沟有的被平为田地，电线也不挂了，整天闷在堡垒里，过一天算一天。在眼下，对于堡垒最重要的事已经不是怎样打击八路军，而是如何才能暂免于我们去消灭他们。

峨山堡垒的鬼子听到晚上我部队向别的堡垒喊话，第二天就把伪村长叫去问："我的房子的喊话一次的没有，为什么？""你们好吧，不喊。"伪村长随口答应着。这一下可把鬼子们乐坏了，跳着笑着高兴了半天。他们为自己的命运而高兴，他们的命运是握在八路军的手里的。定唐西店头的鬼子老是问伪报告员："我的心怎么样，没有坏了坏了的吧?!"等到对方给以肯定的答复,就欢喜了,他知道八路军的耳朵是倾向于群众的,群众说他坏,八路军就先去把炮楼拿了。最近,他们出发,鬼子班长脸上被我军打中了一枪,没死,他很高兴,逢人便说:"我的心好的,所以伤轻的,要是心坏了,只差半寸,我可以死了的有!"这个日本的军曹已经早把"武士道"丢到东洋大海了,在他,只要求自己能像阿Q似的活着就行了。

定唐北罗伪军炮楼被部队围困了好几天,因为那个炮楼要勒索群众的钱财。有一次出来想弄点米吃,也被我们打伤了他们三个人。伪军获不到其他堡垒的援助,也没有同情,他们得自敌人那里的只是一股子的埋怨。西店头的鬼子看到我们追击北罗伪军的时候,大家只是趴在堡垒上发呆,鬼子班长说:"北罗的警备队心坏了坏了的,抢老百姓的东西,八路才打他。"事后,温家庄的翻译官去检查被我打击受损失的原因,昔日的骄横的报复的气焰已经是过去的了,翻译官不从敌我的对立和战术上来检讨这次的失败,他说:"谁叫你们随便到外边去乱跑,好好待在炮台里不得了吗?下次谁也不许到外边去,死了人就活该!"伪军在此也只好自认晦气,面对强大的八路军,你叫他还能做些什么?留给他们的路只有闷在堡垒里,等待着堡垒和自己的最后的时日。

可是待在堡垒里也是得不到安生的,驻口底的唐县伪警备队是尝过被围困的味道的,他们抓了村里人,我们当下就给以小的惩罚,把炮台围起,不让他们有水喝。围了三天,伪军急了,冒险捧着洗脸盆偷偷出来打水喝,都被我们打回去了。有一次弄回去的水里尽是驴粪蛋,但是水在他们那里太贵重,即使这样的水,伪军也由伙夫掌着杯子按量分发,不许多喝一滴。高和的伪军被围困了,只得吃蒸麦,没有人给他们磨面,好容易报告员才上去一次,伪军看见报告员就拉住了说:"你看看,咱们吃蒸麦又不麻烦你们,你说咱们怎么样?"岗北伪警察所的赵书记一天刚打了村里人两个巴掌,当天晚上我们的部队去喊了话,把警告赵书记的小旗插在街口就走了。第二天早晨被伪警察看见了,拿去找到赵书记说:"你看看,说你哩!"赵书记呆了半晌,才说:"好快呀!刚打了人就知道了呀?"他抱了被子睡了两天觉,就向上边辞职不干。伪警察所长没答应,他就扔下钥匙偷跑了。

跑走,这是敌伪们的一条出路。现在敌伪逃亡的数字日益增加,完县沿山边的一个村庄,有十二个当伪军的,现在逃回务农的已经有了几个。伪警备队有的出发一次就逃跑了三分之二。

伪军的苦闷是不能形容的,无聊在磨蚀着他们的生命。特别是敌人集中兵力驻防后,他们的情况是更加低沉的。伪军们不许出堡垒一步,连接见家里人都不允许。完、望、唐、定各个县城一日数惊,经常封闭城门,伪组织人员都分散着睡觉,害怕一旦我们会攻进城去。伪军普遍有这样反映:"要请假回家,不准就装病。"有的地方一群小孩都能向伪军的堡垒去喊话,一个游击组员就能封锁住堡垒的大门。完县的特务被闷得只好唱起八路军的歌子,日本宪兵队长听见也只好说:"家里唱没关系,到外边去可不像话。"完县城里已经有好几个堡垒了,但是敌人还怕不保险,正在兴筑一个有七千砖才摆成一周那样大的堡垒,准备着青纱帐起后,在八路军攻进城时死守县城之用。现在伪军没有什么操课,他们唯一的科目是:打牌再打牌,无止境地混日子的赌博。唐县城里伪治安军每个班都有一副牌,成天无事就喊着:"科目,打牌!"伪军们一般的反映是:"坐炮台像坐监狱,咳!还不如模范监狱好呢!吃不上,用不上,还落一个汉奸的名字?!"在今天伪军中普遍哼唱着的已不是什么"哥哥妹妹"这类淫荡的曲调了,忧愁掩盖了一切,他们低吟着的是"我好比,笼中鸟,有翅难展"了!

二、"出发"的丑剧

今天在我们广大的平原，由于我军民一致向敌进攻，已经把城市和据点封锁住了。敌后游击区呈现了乡村困死城市的瑰丽的局面。敌伪们谁也不愿出发找死。六月二十三日，王家营被我军围困住了，炮台在晚上燃起了救命的烽火，想求望都城的敌人来援助。烽火烛红了半个天，望都城里的伪军看见了，去报告班长，班长眼一瞪，动怒了说："你这告诉我干吗？你愿意出发送死呀？说不定八路军在那埋伏着，睡大觉去吧！"这个情况没有报告上去，烽火依然在吞吐着它求救的火焰。城里伪警察所长后来巡城看见了，这个汉奸想在敌人面前卖弄忠实，集合了伪警和特务系要出发。临出发前，他到伪县政府与伪县长去联络，走到衙门口，里面伪县长的卫队问了："干什么的？"伪所长回答："跟县长联络好出发。"里面一听说出发，就满不高兴，就嗥着："口令！"伪所长说："我是警察所长，你们还听不出来？！"里面发火了："什么所长不所长，深更半夜地来捣乱！"里面啪啪地打起枪来，把所长吓得往后就跑。伪所长回去气得慌，带着伪警们就去攻打县衙门。结果大打了一阵，老百姓以为是八路军进城了，把伪县长吓得不亦乐乎，直到第二天才把事情搞清。伪县长向伪所长道了歉，但伪所长还不高兴，直到现在事情还没有解决。云彪高昌炮楼的伪警备队接连遭到我们九次扰击和追击，打得七零八落，伪中队长李显德亲自到唐县城里伪县长面前请求："但求一死，让我们到城里来驻防吧！再也不敢住高昌炮台了。"伪县长没法，召集了唐县城仅有的两个中队，宣布："谁要到高昌炮台去驻防，每月增薪三十元，钱先发给你们！"人们一个哼气的也没有。

伪县长说："到高昌炮台去，你们要怎么就怎么，随你们自由！"这是说，到那里，伪军们可以随便抢杀奸淫，敌人是一直用这种无耻来激励它的士气的，但是还没有人去。这个地区的八路军和游击组是不许他们"自由"的。

"难道没有一个敢去的吗？谁去谁举手！"伪县长直感到自己命运的可悲，向伪军们看着。伪县长的亲信的特务员，是个流氓，为表现自己的忠实，拍胸报了名。跟着，懒懒散散举起了三十来只手，两个伪中队长的手始终举不起来。伪县长把他的特务员放了个伪中队长，一个破警察愿意来尝尝八路军的味道，立时也放了个伪警长。六月下旬，这批亡命之徒换了防，刚来时，装里边有洋鬼子，谁也不许到炮台里边去，学洋鬼子呜里呜噜讲话，每天要二十斤香油、五十个鸡子，每村要二十斤白面。但是不管鬼子和伪军，老百姓都不怕的。七月二日开始，各村与高昌炮台断绝联络，水也没人送，伪军们出来打水都被我游击队打回去了。四日，炮楼上没有冒烟，没有水，连炮台旁的鹿砦也烧光了，这批亡命之徒没法，所以在十一日联络员又上炮台时，那个伪中队说："不要别的了，有点北瓜毛油就行！"他们在高昌驻得不久，就受够了八路军领导下群众力量的滋味，如果再待下去，那将全像李显德一样再去请求"但愿一死，再也不敢驻炮台了"吧！

敌人要想从死里挣扎，要抢掠中国的资源，特别对它这"兵站基地"的华北是不会放松的，不管下面敌伪们愿意不愿意，是要逼着他们出发的。这里，让我们来看看他们出发时的丑剧吧：在定唐砖路有我们四个到沟外去生产的游击队打跑了敌伪一百多人的"清剿"队。六月初，在云彪任家町我军五十余人把完望两县去合击该地的敌人打得落花流水。望都伪县长吓得连马都骑不住，一只脚套住了马镫被奔跑着的马拖了里把地，直拖得个半死。种地的老百姓看了不禁拍手大笑，叫唤着说："看看，这是县长，成了黄鼬拉鸡哩！"伪县长回到城里还吓得脸如纸色，浑身的土也没有掸去，一进城就叫闭了城门连说:"八路军太多,没有法子。"从此乡里老百姓再也看不见伪县长出发了,代替他的总是一个什么外交秘书。定唐温家庄敌人到高和抢麦,抢了些麦没有大车,大车被老乡们拆掉藏起来了,敌人只好抓了些个老婆子送去。六月二十七日,望都伪警备队、特务及伪组织人员不下二百余人,想出来抢粮,走到城附近,遇到我游击队打了两土枪,就吓得沿铁道跑回城,闭门不出了。五月七日夜,唐县敌伪百余名出发到高昌时,天漆黑,敌人摸索着,时刻怕我们的伏击,正在疑神疑鬼,天上打了一个雷,便吓得敌伪全趴在地下,嚷着:"地雷大大的!"敌人诉苦:"就是集中完、定、唐、望的兵力到高昌地区来也斗不过人家!"完县伪军反映:"不出发抢麦不行,那次出发都得留下个子(指被打死),咱们真是日本子吃高粱——没有法子!(注:敌人穷了,大米吃不上,无奈何,只好吃高粱。)"这就是敌伪的士气,不但如此,敌伪士气的消沉还影响到他握在手上锐利的武器的腐烂。定唐西大洋的敌人在六月十六日想来重修封锁沟,我游击队给了它两枪,敌人慌忙间架起钢炮就打。第一炮刚出口就炸了,射手炸倒了自己,换了射手再打,也打不远。第三炮又是刚出炮口就炸了。这下把鬼子弄怕了,扛起炮就躲到炮楼里去,不敢再出。

这就是敌人出发的可笑的场面,恐慌把他们压碎了,这种恐慌,传到敌占区去就变成对八路军发生出神奇的惊叹。敌占区城市里的人们往往用神话似的传说来流传八路军的胜利和战术。一位刚从北平回来的人告诉我,在那里传说着八路军神出鬼没的故事,人们说:聂司令员经常只带着一个号兵,骑着马从太行山的这边跑到那边,什么时候他想把部队集合,号兵的号一吹,十万大兵就会飞也似的立即摆在太行山的下边,以攻克城市,粉碎"扫荡";什么时候他说分散,号角再吹,山下的十万大军立即一个也没有了。

这是神话,这只是表现出反攻前夜在敌封锁下的都市人民从敌伪恐慌中看出八路军的力量的喜悦和希望,但是我们"十万大军"进入都市之期已不再远。在今天,我们绝不骄傲自大,被胜利冲昏头脑,更要加紧作战,加紧生产。战胜一切艰难困苦,给反攻做充分准备。

三、定县城的震惊

第二战场开辟以后,定县城里全城都颤抖着了。谣言一日数起,城门经常关着或仅留一个小门好出入,检查户口已成为人民最麻烦的事情,敌伪特务朝不保夕,惶惶恐恐,已经感到这是接近他们死亡的边缘了。

第二战场开辟的消息传来不多几天,我们印的捷报在一个晚上就贴到宪兵队日本人睡觉的床前。日本人早晨一起,看见了摸着脑袋就慌忙叫唤起来说:"不行,八路军大大的呀!"然而使敌伪大为震动的,还是大特务康荫芬被我正法的事。敌热海队特务康荫芬是杀人不眨眼的魔王,特别是在定县城附近地区,他做下了数不清的罪恶,捕杀干部、逼害人民,使定县的人民恨之入骨了,人人想得而杀之。定唐×区依着人民的请求,于六月初旬,派了杨××等两个锄奸组去捉他。杨××把头发留得长长的,像个特务,带着一把尖刀一支短枪就钻进了西关。姓康的住的大院子前后都住着伪治安军,门口站着岗,要把他弄出来是不容易的。但是八路军的除奸组员是勇敢机智的,他们直向康家的大门走去,站岗的问:"干什么的?"他们说:"日本宪兵队办案的!"他们一直冲进了里边院子里,康荫芬认得杨××,一见他们进来,说声"不好",刚想跑,来人的枪就抵住了他的胸膛。

"不要动。"杨××说,"上边叫你去说话,你的事情自己知道!"康荫芬慌忙摸出一大把伪钞来求他们饶命。

杨××们不要钱,说:"公事公办,这点够你老子怎么花!"上去两巴掌就打得康荫芬昏闷闷的，装得越像个特务了。

院子里围了好多伪治安军，看热闹。伪军官出来一看，骂着士兵说："人家办案的你们看什么，走开！"把看的人都哄散了，伪军们对特务向来是以闲事少管为妙，特务的滋味他们是尝够了的。

"大爷，你饶了我吧！"康荫芬又拿出一把伪钞献给杨××。

杨××急于想走，接过伪钞拉着他说："得，这还像个话，走，跟我们走，上边的命令不走也不行！"康荫芬抵死也不走，哭求着，他家里大小都哭求在地下缠绕着。

这里，是不能久待的，他们执行了上级的命令"如果捉不出来，就地正法好了"。他们用刀子就把他刺死了。

但是，杨××们不愿空手回去，要带个见证回去。他们把啼哭着康荫芬的女人提着就出去了。经过门岗他们大喊大嚷着："上面叫你去问句话就放你！""你做了什么事你自己知道！"就通过了。他们把那女人一直带到定南县去。

自这件事件发生后，敌伪特务人人自危，普遍反映："八路军要提你，逃到天边也不行！""还是做点好事吧，下次可不敢再坏了，再坏脑袋就得搬家。"城里流传着说："八路军有八个手枪队进了城啦！"敌人连日闭门断绝交通，严查户口。有一天正在戒严的时候，城上五步一哨地站着岗，一个犯人刚从监狱逃出来，站岗的见他形迹可疑，上去问他，他没法，只好大声说："我们是八路军，来攻城的！"伪军、伪自卫团，听说八路军吓得一哄而散。人们嚷着："八路军进城了！"这个犯人也乘机跑了。这时敌热海队正加紧了肃军肃特工作，伪军特务们是益感恐慌了。

康荫芬死后一星期，定县车站的空车皮上，我们挂上了一个地雷，被日本鬼子看见了，下车去抱，刚抱就炸了，那个鬼子死了。敌人更加恐慌了说："到处有八路！"为此他竟把伪警务段，全部给抓起来了，伪军伪组织人员和特务，益加恐慌和动摇，纷纷搬出家属，离开敌人。

城里商业也更加萧条，商人们也搬出城来，伪钞不仅在城外难以通用，在城内的市场也缩小了。人们说："反攻了，鬼子票还不抵一张烂纸！"纷纷把伪钞往外推，伪钞的市价也低落下来了。

（《晋察冀日报》1944 年 8 月 11 日）

夏天，战斗在沟外

巴克

看不见的包围圈

七月初的一个早饭后，望都城里一百六七十个敌人想到东白城去抢麦，拉着一串大车"浩浩荡荡"地出发了。当野兽们一过×庄，手榴弹放了第一次信号，各村的游击小队出发了，在庄稼地里隐隐地行进，有的就在村里等着。鬼子有些着了慌，正在"翻腾"的工夫，村里的枪响起来了，接着西边的绕到了北面，东边几个村的小伙子们也在等着。当鬼子晌午动身回城的时候，北面一枪又顶回他来。鬼子下了命令"东边的开路"，他想一下扑到平汉路上，再一溜烟窜回城。一到×庄村外，一个火枪和手榴弹的连放，吓得鬼子又拉腿就跑了。

"不好的，东边的八路的大炮的有！"怎么办呢？天已半后晌了，四面包围得水泄不通，可是也看不见一个人。

一百多个"皇军"，就在方圆不过五里，没有村庄的一块平原上发起愁。往西走吗，离望都更远，东边去吧，又怕塞大炮。再要不走就更倒霉了，鬼子下定了决心，"向西北冲回望都城"，连人带车像一群野狼在地里奔跑。游击队员们出了庄稼地，紧追在敌人后面，几十个村庄的民兵，一齐向敌人追击，枪声手榴弹和杀声响成一起，在冲锋里从大车上夺回来了五石麦。天已黑尽了敌人才窜回了城。

唐望路上大破线

青纱帐起来了，鬼子想通电话，根本不用想着。

××村一个庄户主，从沟北耪了半天地回来，就到汽车路上望了一下，两头都没有动静，心里在暗想："捎上一'空'吧"，就钩了一卷带回来。

××是紧挨着敌堡垒的村，一天下午中队长带着几个民兵，一鼓劲往东面钩，简直看到望都城了还不想回来。

杨××的地紧挨着汽车路上，那天他往地里送粪，过去了十几个伪军没有理他，粪已拨好了，又过了一辆汽车。他想，汽车刚过准没有事，就把他的小车靠着电杆，钩了两"空"线推回去，交给了中队长。

敌人再没有办法，就在七月十七日，唐县城派出来几十个鬼子，想把汽车路上东一节西一点的电线都收回去，从此不想再挂了。

就在这天沟线两旁的人民，自动展开了最后的大破击。

太阳还没落，人们就下起手来了，三三两两从庄稼地里出来，人们气不过地说："妈的，他收了线，咱们抬杆，一根也不留。"

天黑了××村派了三个游击队员到沟上去警戒破线，他俩等了半天，民兵们也没去，他们到电杆上摸了一下，电线都没有了，他俩很惊奇："怪哩，莫非他们钩完了怎么不知道哩，没有线啦，咱俩抬回它去吧！"

××庄中队副带着两个队员去破线，很快地锯倒了两根线杆，三个人抬着走，中队副走中间，一人抬住两根，抬到了村，三人的肩上都磨破了皮，中队副的衣裳都沾到肉里去了，他一点不觉痛地又出去了。

××庄指导员和游击小队长，送我们的干部过沟后，就立在汽车道上喊："×同志快走吧，我们抬杆啦！"他们抬回村里，就劈了柴火卖，卖了自动交了区。不过五天，该村已交大队部三千二百多元了。队员们都说："区里要奖咱们的话，先存在区里，等凑多了，给咱们买家伙（武器）。"

在一个大雨的夜里,电线杆大部都拔了,第二天几十个鬼子验了验那些拔了杆的坑,一个屁也没敢放,窜回唐县城去了。

平汉路上捉伪军

游击小队,打听到望都的鬼子常常派伪军到王京车站去送信,两个游击队员自动要求去收拾他们,挂着两个小锄,熟练地爬过了大沟,就在铁道边里耪地。待了好久也不见人来,他们心里想:"今天不来,明天准来。"第二天他俩又过去了。果然不久,一个挂着信包的伪军从王京回来了,他两个悄悄地商量:"好狗日的!今天该死了!"

不巧得很,伪军走到跟前时,火车过来了,火车过去后,伪军也走过去了。

"追吧!"

两个人追上去,一个吆喝:"唉,不要走呵,丢了东西了!"伪军站住了,一面摸他的东西一面问:"什么?什么?"

"一个纸包包……"

伪军以为丢了信,跑到他俩跟前。

"什么?"

"什么?就是这个,你跟我们走,优待你!你不走,就捣死你。"没到天黑,两个游击队员,就带过一个送信的伪军回来了。

吊桥根里去警戒

七月十九日的晚上,唐望路上集合了好几百人,到炮楼根里打蝗虫。一个游击小组长,自动带着两人去警戒。他们一面走,一面想:"离远了看不见鬼子怎么办?"小组长很快出了主意:"咱们到吊桥根里去吧,不管他怎么下来,咱们也知道。若是睡着了,鬼子放下吊桥

就扎醒了。"

他们三个就安安稳稳地到堡垒的吊桥根去坐着了。不一会儿，周围的声音像千军万马到来了，堡垒的伪军以为有情况，就放了两枪，好像向遥远的城里的敌人求救。

枪声住了，堡垒下面响起了清晰的话音：

"伪军官兵们不要放枪呵，下面是老百姓打蝗虫的。蝗虫害了庄稼，你们也活不成。我们是八路军，你们不要开枪，不要下来扰乱老百姓，我们也不打。你们要打，没有便宜的。"

堡垒上也回答了话："你们打蝗虫吧，我们不下来、不开枪！"

捕蝗的人们又安静下来，继续在地里打蝗，有他们三个在炮楼根里，人们心里也亮快了。

（《晋察冀日报》1944年8月11日）

敌后抗日根据地介绍之二

战斗中成长的晋绥边区

新华社

【新华社延安八月三日电】在七年抗战的烽火中，晋绥边区三百余万人民，经过了千锤百炼，变成了一支不可战胜的力量。它们胜利的果实，就是创造了屹立在西北河防前线的晋绥抗日根据地。

这块地方，东至同蒲、平绥铁路，西至包头，北面是绥远大青山和内蒙古草原，南面依托汾离公路，面积三十三万余平方华里。全境包括了山西的西北部和绥远的大部，横跨晋绥两省，控制了太原、归绥两个省城。

晋西北抗日根据地，共辖三十六县、六个专区。二专区有神池、朔县、偏关、岢岚、五寨、保德、河曲；三专区有临县、临南、离石、方山；八专区有阳曲、交城、交西、汾阳、文水、清徐、太原、祁北、榆太、静乐、离东；六专区有静宁、宁武、忻县、崞县；五专区有右玉、右南、左云、平鲁、山朔、怀仁、大同；直属区有兴县、岚县及神府代管县。大青山抗日根据地辖九个县、五个蒙旗，其中有归绥、包头、武川、陶林、凉城、集宁、丰镇等。

晋绥抗日根据地是华北各抗日地区的枢纽，是前后方的交通要道，是华北五大战略要地之一，它除西面与陕甘宁边区隔河相处外，其他方面都隔着敌人的封锁线，三面受敌包围。在敌疯狂进攻下，七年来，我军抗击敌寇二万一千余人，抗击伪军三万七千余人，打垮敌寇七千次以上的进攻和"扫荡"，至今掌握在我们手里的县城，尚有河曲、保德、偏关、岢岚、临县、兴县等六个县城。特别是这两年，我军力量日益生长，根据地日渐扩大与巩固。在这抗战进入第八年的时候，让我们回顾一下七年来晋绥军民所走的艰苦的路程。

拖住了敌寇的牛尾巴

抗战爆发不到三个月，敌寇就突破了长城线，晋北守军和官吏蜂拥而退，敌骑长驱直入，情况万分紧急，八路军一二〇师在贺师长、关政委领导下，赶来晋西北，坚持了阵地，拖住了敌人的牛尾巴，在神池（缺五字）一带阻敌，配合正面友军防守忻口。十月十八日，一二〇师曾在雁门关以南伏击敌人汽车五百余，占领雁门关，占领崞县附近南北大常、王董堡，切断了敌人的后方交通，使得敌人用飞机运送弹药、给养，敌人吃不到大米、白面，只好用豆子充饥。给防守忻口的友军，以很大的帮助。太原失守后，我军坚持在太原附近，展开了游击战争。这时候的一二〇师，不但每天要和敌人作战，而且还帮助友军收容散兵，设法将人枪送回原部。连友军军长傅作义等，也因我军的奋勇配合，而安全撤退至后方。

当时战地动员委员会及牺盟会，在晋西北各地，积极动员群众参加抗战，民众也因为一二〇师、新军的英勇作战，自动大批参军。一九三八年二月，友军奉令反攻太原时，一二〇师担任截断同蒲路北段敌交通的任务。在十九天的激战中，占领平社、高村、原平等车站，破坏铁路五六十里、桥梁十九座，使敌人一个多月不能通车。三月，大同敌二十六师团以万余兵力，进占宁武、神池、五寨、岢岚、偏关、河曲、保德等七县。那时一二〇师主力正在同蒲路上作战，闻讯星夜赶回，两天强行军走了三百余里，经过二十多天的血战，把敌人打退，收复宁武等七个县城，使晋西北局势转危为安。五、六月间，三十五军反攻绥远，一二〇师派兵配合作战。后三十五军败退，当时敌人大肆吹牛，说"中国军队不能再到绥远"，"谁到绥远就消灭谁"。而我一二〇师就在九月间，派遣了李支队，配合动委会，深入大青山地区，创造了绥中、绥西、绥南以及察哈尔的游击战争，一直坚持到现在。

民国二十七年秋，武汉失守，因为华北游击战争的开展，给敌威胁很大，敌乃回师华北，实行"扫荡"。一二〇师奉朱、彭总副司令命令，主力东进，协同吕正操同志领导之三纵队，保卫冀中大平原。经过一年多的时间，来回经过了十几道敌人的封锁线，与晋察冀部队配合，粉碎了敌人五次大"扫荡"，进行了二百多次的战斗，其中较大的如齐会三天三夜的战斗，消灭了敌人一千多；陈庄六天五夜的战斗，消灭了敌人千余；黄土岭三天两夜的战斗，打死敌阿部中将。

一二〇师留在晋西北的三五八旅、警六团、雁北支队，则协同友军，保卫晋西北。二十八年三月，粉碎了敌寇"扫荡"，收复岚县，其中较大战斗有交城邢家庄、岚县明家庄等战斗。

新政权的建立

二十八年夏，国内第一次反共高潮渐起，留在晋西北的反动分子，就提出了"饿死八路军，拖死八路军，赶走八路军"的口号。敌寇汉奸，此时拼命进行诱降与挑拨，晋绥军副师长蔡雄飞也适于此时率部投敌，形势十分严重。我军仍力持团结抗战，坚持保卫晋西北。新旧军事变后，敌调兵遣将，准备乘机占领晋西北。一二〇师主力亦于是时返回，接着经过三十八天的战斗，击溃敌春季"扫荡"，收复方山、岚县、临县三县城。

在这种情况下，晋西北抗日人民、军队、党派及群众团体，为了保卫晋西北，继续坚持抗日，乃共同建立新政权，公推国民党元老新军领袖续范亭为行署主任。

二十九年二月一日，召开了第一次行政会议，在这个会议上，制定并颁发了晋西北六大施政纲领，并布置了以后工作，其中心为：

(一）促进宪政运动，彻底改造加强各级政治机构，实施民主政治，区、村长民选，给抗日人民以言论、集会、结社、出版自由，筹备参议会，建立各级行政会议。（二）扩大抗日革命武装，加强自卫军，开展群众运动。（三）确定救济灾民、难民，累进合理负担，减租减息，优待抗属，屯集公粮等办法。

敌寇为破坏晋西北新政权的建立，四〇年初，实行了空前未有过的春、夏、冬三次大"扫荡"。在春季"扫荡"中，敌出动五千余，占领了方山、临县、岚县，我军经过三十八天的战斗，才把敌人打退，收复了这三个县。六月七日，敌二万余人进行夏季大"扫荡"，我军经过四十五天的苦战，进行了大小二百五十一次的战斗，才将敌人"扫荡"粉碎，其中最大的战斗有二十里铺战斗、米峪镇战斗。八月间，百团大战开始，晋西北的一二〇师、新军及地方武装，都参加了这个战役，经过五十天，我军一直打到太原、汾阳、忻州、崞县、朔县、大同附近，共进行了三百余次战斗，毙伤敌伪军六千余人，俘敌军四十七名，俘伪军三百五十名，缴获长短枪八百八十五支、炮六门、掷弹筒十四个，破坏铁路一百七十五里、公路九百四十里、桥梁七十四座，给敌伪以严重打击。敌为报复，紧接着就发动了两万多人的冬季"扫荡"，对晋西北实行了残酷的"三光政策"。经过三十五天二百多次战斗，终又将敌人"扫荡"粉碎。这就是一九四〇年一年中，一二〇师进行的四个大战役。

二十九年整年中，部队都在行军作战，党、政、民众团体和全体人民，也都围绕着坚持对敌作战而努力，基本上是迎接战争，克服混乱，颁发并贯彻《人民权利暂行条例》，召开各地士绅座谈会，倾听人民意见。村政权进行了初步改选，人民生活得到了初步的改善，并组织了军、政、民慰问团，慰问了战争当中受害的同胞。

这时期反"扫荡"战争胜利了，根据地扩大了，根据地军民经过了严峻的考验,为各级政权建设,打下了初步的基础。

村政权改选

二十九年九月,行署召开了第二次行政会议,议定三个工作中心,就是"健全村政权,开展生产建设,加强教育工作"。三十年九月第三次行政会议,使晋西北的政权工作更进一步地正规化。会议根据当时政权工作的基础及晋西北军民的需要,确定财经建设为当时政权工作的突击方向,同时对于武装建设、对敌斗争及政权建设,如贯彻村选、筹备参议会等做出了重要的决定。

中国共产党提出的三三制政策,在晋西北是彻底实行了,并受到了各阶层的热烈拥护。如民国三十年村选当中,据十一个县五十五个行政村的统计,主任代表中有百分之四十四是中农,百分之三十八是贫农、雇农和农村工人,百分之十六是地主、富农;村长中有百分之三十二是中农,百分之五十三是贫农,百分之十四是地主、富农。晋西北行署并确定公粮征收制度,划一了税收,规定除烟酒牌照税、营业税、卷烟印花税、出入口及过境税四项外,将过去旧社会的苛捐杂税,一概取消。

在民主设施与人民生活改善后,人民抗战的积极性更进一步地提高了。一九四一年敌寇对晋西北进行了十七次局部"扫荡",全区军民不但粉碎了敌寇"扫荡",并主动出击,打了一千多次仗。各地的游击小组、青抗先、民兵都纷纷发展起来了,在每次反"扫荡"的斗争中,都能配合正规军作战。民兵的数目,一九四一年中就发展了三万人,对敌战斗六七二次。他们用的武器,有步枪、手枪、手榴弹、火枪,而旧式武器如地枪、榆木炮、独角牛等,也发挥了不小的威力。每次"扫荡"时行动,规定各级政府在战争中,必须领导人民截击敌人,保护人民生命财产,各级政府不得离开所管辖的地区,实行县不离县、区不离区、村不离村的原则。

敌寇疯狂的"蚕食政策"

一九四二年,是敌人"扫荡""蚕食"晋西北最残酷的时期。一九四二年二月,敌又以一万兵力进行春季"扫荡",采用所谓"铁壁合围""梳篦队形"等战术。我一二〇师、新军、地方游击队,以灵活的战术,经过八十四天大小二百余次的战斗,把"扫荡"粉碎了。四二年五月十四日,敌十六旅团五十九大队村川大队窜入兴县城,我军从大蛇头打起,一直打到白家塔、田家会,敌村川大佐、横尾中队长被我击毙,多田中队长受伤,敌军一千四百余人除三四十人得以逃脱外,其余全部被我歼灭。

敌寇对晋西北的四次大"扫荡"及无数次小"扫荡"被我军粉碎了,便积极采取"蚕食政策"及"总力战"的斗争方式。敌人的"蚕食政策"大体上分为三个阶段:第一阶段是建立秘密的特务情报组织,进而建立秘密的维持会;第二阶段是建立据点;第三阶段是据点建立后,加强压迫,加强掠夺,以残酷的"三光政策"与阴谋欺骗,实行所谓"强化治安"。

敌人用这一套缓慢的、零星的、隐蔽的,由秘密到公开、由点到线、由线到面、由敌占区而游击区、而内地区逐步"蚕食"的办法,曾收到了一些效果。四二年,敌人打通了岚临公路、静宁公路,安设了蒲阁寨、芝兰、岔口等数十据点,分割与缩小我根据地,并以岚县、东村、普明、寨子等据点为中心,向我内地区"蚕食"推进。

同时,敌寇也进行第四次、第五次的"治安强化运动",设立"和平团""新民工作先锋队"等,进行特务活动。四二年十一月,敌更将五次"治安强化运动"改为"新国民运动",加上由于过去我们对敌人力量与阴谋估计不足,对敌占区、游击区的政策有些还不够明确，没有很大量地减轻敌占区、游击区人民的负担，以及群众性的游击战争开展还不够好等等的原因，使我在敌占区、游击区的工作及反"蚕食"工作上，遭到一些损失。

"把敌人挤出去！"

为了加紧反对敌人的进攻与"蚕食"，执行毛主席"把敌人挤出去"的方针，在四二年底，晋西北行署规定了以对敌斗争、经济建设、精兵简政、整顿三风为一九四三年的四大工作，并实行领导一元化，使主力精干、民兵发展的方针。四二年五月，反"蚕食"斗争即开始了，并已有了初步的成绩，特别是六分区、三分区，我军对敌人"蚕食政策"打击很大。除八专区未统计在内外，半年来共摧毁伪村政权维持会三六八所，仅四专署经过争取、悔过或停止维持的即有二百多人。在游击区、敌占区的游击活动，也大加开展。

我们对敌斗争的方法：一个是加强武装工作队，把过去几重的对敌伪军工作及敌占区工作统一起来，使我军的对敌政治、军事、经济、文化斗争成为一个统一体，深入敌占区活动。对敌寇"蚕食"，则进行了细密的调查研究工作，从发展上了解敌人"蚕食"的各种手段和方法，具体分析了敌伪"维持会"的产生及参加"维持"的人物、动机及其过去和现在的态度，决定予以打击或争取。使用这种种办法的结果，我军将敌"蚕食政策"打退了。四三年春季，我军区部队展开反"蚕食"、反"维持"斗争，共进行了大小战斗三百八十七次，收复了八百多个村庄，解放人口八万三千二百五十三名，毙伤敌伪一千三百余人，俘敌伪二百五十五人，缴获重机枪一挺、轻机枪六挺、长短枪二百七十八支、子弹一万〇五百余发。

人民的伟大创造力

在抗日民主政权抚育下，晋西北人民不仅积极参加了反"蚕

食"、反"扫荡"战斗，而且创造了许多办法，产生了许多民兵英雄，坚持并建设了根据地。

宁武出色的劳动英雄与民兵英雄张初元，他适应了敌后根据地游击地区的环境与需要，在民兵和群众运动的基础上，创造了劳力与武力结合的方式，这样不仅节省了人工、牛工，也粉碎了敌人抢掠、扰乱的企图。一九四二年，敌人抢去了他们村中五十八石粮，四三年他们组织起来后，只被抢走十石食。四三年全村喂了三十五头猪，全部自己吃了，敌人没抢去一头。

是怎样组织起来的呢？四二年秋天，敌人在他们村子附近安下了据点，经常来骚扰。四三年正月，为了保卫春耕，张初元（那时他是农会秘书兼民兵分队长）就把原来的民兵组织整顿和恢复起来，最初是×个民兵，以后发展到××个。旧历二月初，敌人刚摸到村边，就被民兵打回去了，从此，民兵的威信遂建立了。但民兵经常出去活动，谁给他送粪呢？后来便在民兵中想法互助，以后在锄草、秋收到来时，就实行全面互助，把民兵和庄户编成一个组，民兵提出不让敌人抢去一头牛的口号，变工组则报以不荒一垧地的行动。早晨天一明，民兵和变工组都吃饭，饭后，民兵爬山警戒，变工组便下地闹庄户去了。

五寨民兵更建立联防哨制度，一遇敌情，各村民兵即相互支援。如去年十二月三十日，小河头敌伪二十余名企图到某村抢劫，刚走到村东土山上，被我联防民兵发觉，当即发出信号，路遇小民兵小组，在副队长指挥下，分成三组，一面迎击敌人，一面掩护群众转移。敌见势不佳，正想掉头逃窜，我模范民兵中队长杨二润已率领民兵赶到，各路民兵会合夹击，把敌人一直追到小河头据点附近。

去年交西民兵神枪手崔三娃，在保卫秋收和反"扫荡"战斗中，他那个民兵中队，毙伤敌伪十六名。他在写给各村民兵的战斗号召信上说:"乡亲们,民兵英雄们!现在是保卫咱们庄稼的时候了,为了粮食不被敌人糟蹋抢走,明年春季不饿肚子、啃菜,咱们来一个'一枪打死一个鬼子'的运动吧!"

过去民兵们对武器不太重视的,自从交城、离石民兵用旧武器作战发挥了可观的威力后,一般民兵除了向敌人夺取新式武器武装自己外,每人都准备了长矛、榆木炮、火枪、独角牛等武器。老乡们捐出了废铁、土枪,经过他们的创造和发明,交城民兵英雄徐力强已能制造掷弹筒,许多地方的民兵自己搜集破铜烂铁,自己制造起手榴弹来了。

甄家庄歼灭战

我军民反"蚕食"斗争的不断胜利,使敌伪的统治区日益缩小,我根据地日益扩大。从去年最初三个月中,各地民兵活动不完全统计,即逾二百次之多。在反"维持"斗争中,共摧毁伪村政权八百多个,建立我村政权五百多个,使敌据点活动范围由三四十里缩小到五里以内。

去年九月十五日,敌第三、第五十九两个旅团,集敌三千多人,对我兴县、保德地区反复"扫荡",经过二十余天奋战,在甄家庄一带,七天七夜战斗中,我军消灭敌人八百多,把敌人八十五大队主力全部歼灭,创造模范的运动战。后来我军更积极主动地围困与攻击敌据点,特别是今年春,我军民对同蒲铁路,神(池)五(寨)、五(寨三屯)岢(岚)、离(石)汾(阳)、离(石)中(阳)、太(谷)忻(州)、静(乐)岚(县)、静(乐)武(宁)、宁(武)化(宁化堡)八条公路,展开数次全面破袭,共收割电线四万〇九百十四斤。

迄至四、五,六三个月内,六、八分区对敌斗争成效特著,我军共收复了六分区的石家庄、咀子上、细腰、蒲阁寨、湾子里、黄牛、王董堡，八分区的上双井、土地堂、静游、孝子渠、庄花、义安、宁固埠等，三分区的津良庄，二分区的倪家山等三十余据点；连以前收复的宏兰、屯口等，已把敌人插在我根据地内的大据点，也拔除得差不多了。

生产建设运动

从抗战爆发到一九四〇年，是晋西北遭受敌人大破坏的时期。在农业方面，那时人的劳动力比战前减少三分之一，牛减少十分之六，驴、骡减少十分之八九，羊减少十分之六。土地荒芜，耕地面积仅达战前百分之八十四，山地产量降低三分之一以上，棉花总产量只有战前百分之三。在工业方面，民间纺织业，临县原有改良机二百多台，土机两千多台，完全停顿。

新政权创立之初，即注意了根据地建设工作，在奖励农业生产中，政府调剂了土地，使耕者有其田，所有耕地不荒芜；实行了减租减息、交租交息，减轻了农村中高额的封建剥削，激发了生产者的热情；政府减轻了公粮负担，奖励生产、创造和发明，贷粮贷款；这一切，都促成了根据地的生产运动的发展。四二年和四三年还开了生产展览会，及空前未有的劳动英雄大会，在会上研究了"组织起来"、变工互助及劳力与武力结合等办法。

据统计，一九四一年，二十五个县开荒三十五万七千亩；一九四二年，十三个县开荒二十五万亩。三年来，全边区已开荒六十万亩，兴修水地六万九千余亩。特别是今年的生产运动，更是热烈，仅春耕中，各地群众已开春荒四十二万亩，机关、部队开荒十八万亩，加上劳动力的大批组织起来（神府、兴县劳动力组织了百分之五十以上），深耕细作，今年可增收细粮十二万石以上。

农业生产中,产生了张初元、温象拴、刘文锦、刘补焕等劳动英雄,他们不仅自己生产得好,还领导了各村生产,推动了全区、全乡的生产。他们不仅劳动得好,而且还是各地民兵领袖。张初元在开完了劳动英雄大会以后,即积极在本村附近,组织生产与加强民兵工作。细腰、石家庄两据点被我收复后,他曾亲往慰问。温象拴回家后,即积极布置动员全自然村组织生产,不顾大雪纷飞,道路泥泞,连续数日中,走遍十三个自然村,会同干部开会,研究全行政村今年生产的初步计划。他们对穷苦农民都特别关心照顾,无论平时或锄草中,只要穷人没办法,他有的话,都能帮助。温象拴说:"咱是从穷人里来的,咱知道穷人的苦,咱现在好了,就得帮助穷人也和咱现在一样。"

工业生产也有很大的发展,民间纺织业经过几年来政府的帮助,如奖励私人投资、负担不计母金、妇女纺织不征税、私人小型纺织工厂免支抗战勤务等办法,因此纺织业也飞快地发展起来。目前全边区已有纺车五万架,纺妇六万人,土机九千多台,快机一千三百多台,工人四万二千七百余人,每年可产布五十万六千余匹,加上出产的毛布,能达到全晋西北军民的衣服自给。

其他工业:造纸业,一九四一年的产量达到了战前十分之九,四二年已超过了战前的产量。其他手工业作坊、矿业、油房、粉房等,亦有大发展。公营工业占工业中的重要部分。一九四〇年以来,建立了修械、制铁、纺织、化学、火柴、造纸、工具、被服、印刷、制药等工厂。这些工厂产品的质和量,都在不断地提高当中。

四三年五月展开的张秋凤运动,更发扬了工人生产的热忱。军区炸弹厂倒炸弹,每天平均产量增加百分之二十,一般学徒,亦能增产百分之十七。张秋凤领导的小组,发明了制炮弹新法。西北化学厂,四月份生产量比过去提高百分之二十五,五月份又比四月份增加生产百分之十三。

工人的创造性也大大地发挥了,如油墨、颜料、木绽床、铁轮织布机、手摇纺纱机、油墨滚子等,都一一试制成功。

部队生产方面,一九四一年军区部队开荒六万亩。三分区某旅自己开油房、豆腐房、粉房,进行造纸、织布、挖炭等生产。前年该旅已做到每八个人喂猪一口,每一伙食单位喂羊二十只,蔬菜做到全部自给。据统计,四二年,一二〇师部队生产总数达二千万元。

素称贫瘠的晋绥边区人民,逐渐走向丰衣足食的境地。

民主政治

自从新政权建立以来,即遵照实行民主政治的方针,积极筹备村选。第一次行政会议上,确定了村、区长民选的原则;第二次行政会议上,通过了村选暂行条例与村政权组织暂行条例。经过一九四一、四二年的努力,大部分地区,村选都收到了很大的成绩。四二年,又试办区选,后来在这种基础上,筹备了晋西北临参会的选举。

经过了一年的筹备,一九四二年十月,晋西北临参会召开了大会,参议员一百四十五人,其中有共产党员、国民党员,各党各派,无党无派以及抗日军人、工、农、商、学、文化界等人士,也有满、回、国际友人、朝鲜民族的代表。一百四十五位参议员中,共产党员只有四十七人,未及三分之一。

在临参会召开的时候,敌人曾发动了对边缘区的"扫荡",企图破坏大会的开幕及阻止各地参议员赴会,可是各地参议员仍冒着一切的危险赶来,如朔县参议员红帮领袖×老先生,已经是七十高龄,还日夜跋涉,走了七百里路,冲出平鲁、朔县敌两重包围,到会出席;岢岚六十一岁女参议员张兰女,虽已老态龙钟,还骑着毛驴,爬山越岭,走了七八天路程赶到。

经过十八天的讨论，大会通过了《巩固和建设晋西北施政纲领》《保障人权条例》《减租交租条例》《减息交息条例》《扩大民兵，加强地方武装，以增强对敌斗争》等一百一十二件，选举了续范亭、武新宇为行署正副主任，贺龙、刘佑卿、张文昂、白如冰、杜心源、王达成、张韶芳、张嵩轩、刘菊初、樊泚如、刘饱德、孙良臣、王缮、常耀五、武进卿、王法文、汤平、郭顺道、梁选众等十九人为政府委员，林枫、刘少白为正副议长。大会选举后，士绅参议员樊泚如说："我们的参议会很隆重，富有民主精神，大会的选举非常郑重，没有任何包办的地方。选举的结果，共产党员也没有超过三分之一。"大同参议员张登荣说："开了这次大会，听了林枫先生的报告，我相信共产党是真诚坦白的，我对中国共产党的怀疑没有了。"

  敌占区的民众听说临参会开幕，更欣喜若狂，某县代表林子茂在来会途中，被敌人发觉了，敌人几次追踪包围了他，可是他还是冲出了敌人几次包围，绕道前来，沿途转折了半月。敌占区参议员赵贵庵登台说："我来自敌占区，目睹敌人烧杀劫掠，今日看到民主选出的政府，人民亲献鲜花，心中悲喜交集，不禁落泪。"阳曲沦陷区民众在给临参会送的布幛上写着："我们身在敌伪压迫下，我们的心向着临参会"。

（《晋察冀日报》1944年8月22、8月23日连载）

敌后抗日根据地介绍之三

新山东的成长

新华社

【新华社延安八月四日电】山东地少人多，是中国会门的发源之地，会门在六十种以上，多数是农民的带反抗性的组织，有些甚至是半武装组织。许多沿海的人民，更有抗倭的斗争传统，胶东的海滨，现在还可找到防卫倭寇的寨堡的遗迹。民国以来，山东人与日本人结仇日深，东北沦陷，国内创痛最深切的是山东人（迄今最困难条件下，胶东每年收入东北汇款尚以万万计）。山东又是历年南北军阀混战的场所，长期处于张宗昌、韩复榘军黑暗统治之下。深刻的民族仇恨、军阀的残暴、山大王（地主、恶霸）的淫威……这一切灾难及其反抗，武装了山东人民（民间存枪三十万，决不是最高估计），丰富了他们武装斗争的经验，他们无时无刻不想从这些束缚的罗网中解脱出来。

抗战爆发了，日本鬼子以前所未有的武力向山东压来了。九月底，德州失守；十月中旬，国军退出黄河北岸；十二月二十四日，济南失守……三路军望风南逃，县长们纷纷开小差，汉奸乘机活跃，抗战无人领导。山东这时，正如一只遇到飓风大浪、快要沉没的航船。山东的共产党员，义不容辞地出来领航了。

徂徕山起义

远在抗战以前，从延安开会回去的山东共产党的负责人，就筹划着日寇进攻时，如何开展游击战争。敌人还没有进入山东境内，全山东各个地方党的组织，便进入具体布置的阶段。敌人攻占黄河北岸时候,省委书记黎玉同志来到泰安,和有三四十个党员的泰安县委一起布置鲁中山区的游击战争。所有的武器,是一支有毛病的盒子枪、两支"汉阳造"。除开从山西来的一位红军青年干部外,全部人员连黎同志在内,对打仗都一无所知。一九三七年的最后一天晚上(第二天敌人占领泰安),他们和一群平津流亡同学,按照计划往徂徕山下的山阳村集合。这支三杆枪的队伍,便叫作山东人民抗日自卫队第四支队第一纵队。这个村子,有一个本地同志,他早就集合了四五十个农民,有二十多条土造和三支钢枪,在等待着,叫作第二纵队。他们一会合便上山,住在徂徕山上的一个大庙里。当时大家所有的还只是满腔热血和金石不移的决心,至于仗怎么个打法,前途到底如何等等,还是有些茫然。因为力量不足,名义还不敢公开,然而周围的老百姓却传开了,说"红军、八路军来了,有好几千""咱们得救了"。于是几天之内,附近一百多农民,都扛起土枪、大刀、红缨枪上山来了,他们要参加八路军打日本保家乡。一个礼拜以后,他们往东走了几十里,和同时发动的新泰、莱芜、泗水的三个纵队相会合,四支队就成为四五百人和一半有枪的不小的队伍了。随着试探性地在宫里、良庄等地打了几次小仗,这样名气就更闹大了。为了便于对敌斗争和动员人民,将分成南北两个纵队分散行动。一月底,北支队打开了莱芜城,打垮了维持会,他们请专员秦启荣派人来当县长,并帮助成立保安队。一个多月以后,以反共为业的秦启荣便"过河拆桥",驱逐北纵队出莱芜。这支好说话的、没有经验的山东本地农民和知识分子组织起来的抗日军,忍气吞声地退往博山一带。南纵队在新台公路的四槐树打了个埋伏,炸毁敌人三辆汽车,鬼子死伤四五十。这个胜仗,兴奋了鲁南各阶层的人民。老百姓从没有见过这样好的队伍,他们情愿挨饿吃红煎饼,不收老乡送来的馒头。下雪天,"官长"的鞋子都给战士穿,学生们打赤脚、吃地瓜也不叫苦……又真能和日本打硬仗，农民对他们实在高兴，都固执地要求参加。五月间，南北纵队又在莱芜集中近一千人了，都已经穿起新做的军装。秦启荣这家伙仍占据县城，作威作福，准备打他们，说他们是"乱党"。他们再一次忍让着，退到泰安、莱芜的边境，主观地想"以诚动人"。对秦启荣深恶痛绝的本地老百姓，可不满意这种退让，他们都要求这支好队伍，对秦启荣的无理进攻进行必要的自卫，他们说："你们越让，他就越欺负，和这种混蛋，没有道理可讲！"有的气愤愤地说："你们打，硬馒头、肉什么都有，不打，连煎饼都不送！"

四支队后来进入鲁南配合徐州战役，今天就是山东人民的子弟兵——八路军山东纵队的第四旅。

能战斗、能胜利

济南失守前后，韩复榘政权、军委会别动队、地方民团，以及各种会门搞起来的武装组织，名称复杂，为数不下二百六十股，大多数是借口要钱、要粮，或奉命限共、反共的。在共产党领导的队伍没有开始打仗以前，全山东的各种武装组织，是找不出任何民族胜利信心的。山东的共产党员和进步人士，尽管绝大多数没有作战经验，却有一个坚定不移的方针：团结人民和敌人坚决战斗，才能取得经验和办法。三七年底到三八年初一个多月以来，共产党的地方组织，领导人民发动的抗日武装起义，不下二三十次。

十二月二十四日的深夜，胶东的地委书记李琪同志，集合了十七个人、两支枪，在文登天佛山的小庙里组织了一支军队，不到两个月，便发展成为六百多条枪和一千多人的队伍。三八年的二月十三日，他们以十分之一的力量，晚上九十里急行军，于第二天雪后拂晓，进攻牟平城，当即召开群众大会，将伪县长宋健吾枪毙了。下午两点钟，他们在离城不远的雷神庙歇下，敌人很快增援反攻，五辆汽车、二架飞机，共六百余人。因敌人来得太猛，有二十五个主要干部来不及撤往山中，他们就以庙内的房屋做阵地，跟凶骄的敌人顽强战斗，一直打到天黑。他们之中，有好几个是过去农民暴动时的神枪手，于是每一窗口、每一房顶，都发生激烈的争夺战。外面进入山区的部队，用步枪打下了一架忘形低飞的飞机，击毁了三辆汽车，有力地援助他们。他们最后冲出重围时，李琪同志牺牲了，有十来个负伤的。敌人伤亡了五十多人，也不敢久战，仓促撤退了。这是第一次振奋胶东人心的大胜利，不但老百姓，就是在徘徊观望的国民党地方军队，也发觉敌人并不可怕。这支英雄的队伍，三月七日又攻占了福山城，汉奸武装三百多被缴械，伪县长陈昭被俘。之后不久，他们与清河来的起义队伍（后来的八支队）会合，恰遇敌人在龙口登陆，他们就抢先占领岸上阵地，和敌人打了一天，并用古老的土炮，打沉了敌人一具小型装甲兵船，终使敌人这次未能在龙口登陆。其他地方共产党领导的起义队，在最初也都是这样战斗着壮大起来。

山东的人民是纯朴而英勇的，他们根据自身的经验，选择了共产党所领导的从本地生长的八路军，作为他们战斗和生存的依靠。到三八年秋，八路军山东纵队已略具规模，成立了九个支队，共达三万人左右，攻入和收复过十几个县城，在胶东蓬莱、黄县、掖县建立了最初的抗日政权。鲁西北党的组织，更帮助了"抗战老人"范筑先，开辟了鲁西北三十多县，和由一个营发展到三十六个支队的抗日局面。

夹攻中奋斗

山东人民就这样蜂拥地武装起来了，山东在历史上第一次以全民的姿态站立起来了。航船冲破风浪前进着，然而她还得时时防备无数的海中暗礁。

三八年秋，沈鸿烈来到鲁北，奉命与河北的鹿钟麟建立反共的"冀鲁联防"。从此，山东风波横生，环境日艰。山东的人民和共产党、八路军，就长期过着两面夹击的生活，其中曲折隐痛、艰困忍辱，实难一一描述。沈鸿烈首先公布对抗战团结无限危害的三条：共产党领导的军队不准扩大，要接受改编，要划定防线防区。随后又进到鲁西北，挟其地位，对范筑先将军的坚决抗战和进步设施，用各种卑鄙手段加以破坏。最后，于三八年十一月的聊城之役，并使范筑先孤军守城，断其后援，这位民族老英雄便做了不必要的可以避免的壮烈牺牲。鲁西北的破烂局面，直到一一五师主力于三九年春进入鲁西后，才转变过来。

三九年和四〇年，是山东摩擦最频繁的时期，这时山东反共军内流行着三个口号："宁匪化，勿赤化""宁亡于日，勿亡于共""日可以不抗，共不可不打"。另外，还传布三种对待抗日人民的办法："见人就捉，见枪就下，见干部就杀。"这一套做法，国民党反共派的将军们，都忠实执行了。向八路军大小规模的进攻、活埋、暗杀事件，几无时无地无之。如三九年四月博山的太和事件，秦启荣部残杀八路军山东纵队三支队指战员三百多人，内有政治主任、营长及连排长以下干部七十多人；同年八月，在莱芜的雪野，乘四支队在泰莱公路出击敌人的时候，秦启荣亲率所部向该支队雪野后方合击，使军民遭受严重损失。这里有一个山东纵队三九年六月到十二月，在敌顽夹击形势下的统计数字：与敌人战斗二百〇九次，毙伤敌四千五百四十五名、伪二百五十三名，俘敌伪五百三十二名，缴枪一千〇三十七支。我伤亡一千二百四十三名。

国民党反共军进攻九十次，杀人一千三百五十名，扣人（大半无下落）八百一十二名，烧房子仅寿光一村达一百家。

四〇年，山东国民党反共军完全停止了一切抗日行动，专门对付共产党、八路军和人民。这一年,八路军因此所受的损失,超过对敌人反"扫荡"的损失。这种"亲痛仇快"的行动,是敌后斗争环境所决不允许的,这种不幸的局面,更促起人民的觉醒,非壮大自己的力量,建立自己的政权,便无法生存,无法对敌进行斗争。到四〇年底,山东已有七十多县建立起新民主主义政权的雏形;八路军比三八年秋扩大了两倍;群众组织已达到百万;成立了各级参议会,选举了山东最高政权机关——战时工作推行委员会(后改战时行政委员会)。尽管夹攻的形势没有改变,然而山东的面貌却焕然一新了。

转变工作的关键

此一年的局面更艰难,国民党反共军公开投敌事件日益增多,敌人增加了三个独立旅团,配合十二万伪军,"扫荡"空前频繁与残酷起来,特别是十一月开始对沂蒙区两个月的大"扫荡",和接着第二年春天对各地延时几月轮番"扫荡",使山东根据地的形势发生逆转,基本区缩小了,敌人占去我千百村庄,战略区被割成几块,军队和干部遭受相当的损失,特别严重的是许多群众组织遭受摧残。在残酷的战争面前,形式主义、太平观念、骄傲、麻木、粗枝大叶……都露出原形。党的各级领导机关做了严格的自我批评,以求进一步改善工作。转变的关键是群众工作———一切工作的基础——的深入和巩固,必须从解决群众的切身困难,来动员和组织他们。

经过了深广的思想动员,有一千多干部被派下去帮助农救会,开展减租减息、增资运动,鼓舞和团结各阶层人民抗日,建立新民主主义的农村生产关系。

四二年的秋天和冬天,给农民们带来无限的兴奋和喜悦,到处都在开群众大会,讨论减租减息的问题。佃户们在农救会领导下编成小组,自己算好账,集体带上口袋去地主家退租。费南县的张李庄,租

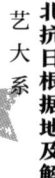

佃关系很多应改造的，农救会长团结了全体佃户，大家一致宣誓："一定要退回租子，谁都不要溜沟子。"六十多个佃户到了最顽固的地主王希富家里，有三十多个说了话，王希富理屈词穷，只好答应退租。这一天，有九家地主都自动答应退租。

莒南县四二年十一月十五日到十二月底四十五天中，彻底完成减租的有一百六十二村（包括退租、订约、取消一切额外剥削、进行教育等），减租的地主五百八十三户，佃户一千四百零四户，共进行了反贪污、反恶霸、反官僚主义等斗争一百多次，农会会员扩大四千七百七十一人。斗争进行最激烈时，攻克了黑家岭据点，农民都携带最好的白米和鸡、肉，前去劳军。滨海其他地区退租后，农民们每天站岗放哨更为积极，对于冬学中所讲的吴满有、郑信等劳动英雄感到很大兴趣。有的村子还大家集资为民兵购买枪支、子弹，做新衣裤。

除开对极少数最顽固地主进行了必要的斗争外，农救会进行减租减息工作，一般都采取说服、调解方式。为了照顾各阶层利益，富农收入，除农本按八折算负担；不能回家的地主，政府用各种方法通知其前来领地租。各地又普遍召开了主雇座谈会，雇工提出在战时要切实帮助雇主藏粮、藏草，帮助人口转移；雇主则认为自改为粮食工资后，雇工生产积极性大大提高了。

减租、减息、增资运动，鲁中与滨海区，在四二年到四三年上半年，已经基本完成；胶东、渤海、鲁南，去年都次第展开和积极完成中。山东原有的和重新动员组织起来的群众（民兵、自卫队在内），去年已占基本区人口的半数，民兵总数已达五十万。贫农、中农的经济地位改善了。滨海区去年春天，收容敌占区逃来难民六万多；清河垦区收容难民十一万以上。中上阶层对新的民主政权，也有了信赖，许多外逃地主回家了，开明地主、士绅则参加了各级三三制政权，与其他阶级一起，为抗战事业奋斗。

新的英雄主义

山东八路军的武器，有一半以上是从敌人手中夺来的，他们对敌作战最感困难的是子弹缺乏，他们不得不拣子弹壳，自己设法做手工弹头，装土药，翻造使用。此外，用土法造手榴弹和地雷（这些还要供给民兵一部分）。但是落后的装备，并不能妨碍八路军和民兵打漂亮仗，他们是以新的英雄主义武装了的，这就是不可战胜的力量。

四二年一月的郯城歼灭战，采用了集中火力、突破一处、急行奔袭的战术，在整个的攻城战中，八路军仅伤亡了七个人。然而所获的战果呢？攻下据点十余处，俘敌官兵七名，俘伪军六百余名，缴步枪八百余支，其他重要军需物品数不胜数。

同年十一月十日，泰山区的反"扫荡"中，三四千敌寇紧紧包围了博山东部一座极其险要的马鞍山岗，在百米外的山头上，敌人配置了两门平射炮，对准马鞍山的寨门，不断轰击，飞机更轮番轰炸，火光、烟雾、爆炸声笼罩了整个山岗。山上二十八个守卫者，镇静而坚定地掌握着自造步枪和土炮，抵抗攻山的敌人。从黑夜到天明，他们一息不停地坚持了两天，打死了一百多敌人。直到弹药用尽了，山顶的碎石投完了，他们只得进行白刃战，用枪托打敌人。领导战斗的王排长，将最后一粒子弹打入自己的胸膛，战士们也先后携枪坠崖殉国。这种英勇牺牲的精神，感动了在山上避难的冯老先生，他向全家人说："我们不要让鬼子活捉了去。"便和他的女儿、儿媳、两个孩子，都随着八路军的英雄，跳入深崖。

更令人惊心动魄的是去年十一月南北岱崮的保卫战，这次保卫战，对粉碎敌人的"扫荡"起了决定作用。距滋阳四百二十米和二百四十米的两个崮顶，敌人用三个步兵大队、一个炮兵中队、一个空军中队和一个骑兵大队，一直疯狂进攻了十八天，炸弹、炮弹花费了四十万磅以上，还用了烧夷弹和瓦斯弹。而它们的抗击者和坚持者——八路军的指战员九十三个人，面对着四十倍之敌，在伤亡上却造成了十五与一之比。最后，全部人员安全突围。其中最壮烈的是南崮南门的保卫，八架飞机整日轮番轰炸，八个骡子拖的重炮，昼夜集中轰击，交通壕被炸平了，掩体被炸烂了，蓄水洞里的水缸开始震裂了，个别防空洞门口塌陷了，战士们被炸得抛离地面，身体较弱的震得口鼻流血，一切都沸腾起来。但是战士们谁都不离开岗位，他们只有一个决心："门是我们的，至死没有退缩，等敌人上来，一刺刀戳下去。"受了伤的拒绝休息。每天紧张战斗的十九个钟头内，吃不到饭，后来几乎喝不到一滴水。最后决定突围时，战士们都用惊诧与怀疑去听干部们的解释。

四〇年的孙祖、五井歼灭战；四一年大崮山保卫战；四二年对崮峪、南墙峪的保卫战；以及清口十八勇士的壮烈牺牲……这些大无畏的精神——新的英雄主义，为全山东人民永远向往，永远歌唱。

七年来，山东八路军伤亡是很严重的，总数在六万人以上，其中百分之五十七为干部，百分之四十五为共产党员（百分数是去年的统计）。如以步兵连计，七年来，连、排干部因伤亡而大批调换者不下十余次。山东现有兵员共七万人，几乎百分之百是山东人，干部百分之九十以上是山东人。

山东伪军哪里来的

一方面，可歌可泣的战斗；另一方面，则有遗臭万年的勾当。四二年是山东国民党反共军变化最大的一年，"暗中"投敌自保、借刀杀人的办法，越用越普遍，结果这些"兼挑部队"打起抗日招牌，实际公开或半公开接受敌人番号进行反共，都被敌人改编成正式伪军。太平洋战争初期，一度速胜论受到打击后，失败论空前增长，反共军公开投敌者接踵而至，荦荦大者，有鲁中吴化文、滨海厉文礼、张步云、胶东秦玉堂、鲁南荣子恒、清河周胜芳、冀鲁边曹振东、湖西孙良诚等反共军的投敌，使山东几年来伪军与国民党军队的增减比例，成为令人极其痛心的数字，请看这个统计：

伪军数——四〇年八万，四一年十二万二千，四二年十五万七千，四三年十八万。

国民党军数——四〇年十六万六千，四一年十二万，四二年八万，四三年三万（连鲁西区五万），现在山东是华北伪军最多的地区。

去年三月，李仙洲部入鲁了。三月十日，李部一天夜晚便包围了滕峄边黄子口的村民，从深夜到天亮，用崭新的新式机枪和步枪"痛剿"民兵，并把全村的粮食抢得干干净净。十五日，该部又由南北两面，大"围剿"滕峄边号哭着的逃难的老百姓。这时，白咸的敌人和汉奸队，也由此向南配合着进行"扫荡"。不管春荒怎样严重，李仙洲的副官们，到村子里就挥动着木棒，吆喝着："没吃的也得给，就是这么回事！"老百姓偷吃一点高粱和树叶的"糊糊"，也成了"犯罪"行为。有些地主，原盼望着中央大军进山东来，现在他们伤心地唱着："想中央，盼中央，中央来了一扫光！"

由于和人民如此尖锐对立结果，粮食不继，穿不上衣服。又因进攻八路军而捉去的俘虏，被好好放回了，连伤兵都医治了，这使得在兵士们面前，一切对八路军的造谣诬蔑都破产了。于是，李仙洲部士兵逃亡的现象，严重地发展着。一个开小差的连长说，他那个连逃得只剩两个兵。李部入鲁时，共二万五千人，去年八月离鲁时，仅余五千人。在敌后的艰苦环境中，既不抗战，又和人民作对，这不仅对国家民族不利，即对于执行反共政策的人，也会"自食其果"。

进入新时期

四二年以来,山东敌伪据点增至二千五百个以上,封锁墙、沟达八千四百多里,公路一万三千多里;敌人抽出一万以上的兵力,经常以机动炮火,增强兵种,加多对山东各战略地区实行了前所未有的、频繁普遍的分区"扫荡"。计四二年度大"扫荡"十九次,小"扫荡"七十九次;四三年度(第七周年)千人以上兵力的"扫荡"五十次,其中九月下旬开始的二万五千兵力的三个月轮回"扫荡",敌人自称为要一举消灭山东八路军。经过了这四二年的苦斗,山东八路军终于在去年秋季,将军事主动权夺取过来,配合着政治的绝对优势,在一元化的领导与广大人民结合之下,各战略分区有计划、有组织地对敌伪展开攻势战。鲁中歼灭了山东伪军主力吴化文的大部,完全控制了沂鲁山区,使鲁中根据地连成一片。鲁南经过打死刘桂棠、刘国忻,击溃荣子恒等战役,将敌人从其所控制之我中心地区完全驱走,收复了滕峄边,并打开了邹东、滕东,郯北、郯西边联区,收复了周口山区。滨海攻克赣榆城,活捉李亚藩,彻底粉碎敌人沿沭河的封锁线,南部保持了原来形势,北部有新的开展。渤海恢复了大清河以南地区,摧毁了利(津)博(兴)边封锁线,改善冀鲁边区残酷的斗争局面。胶东一般保持原状,南海方面较有开展。统计抗战第七周年,山东八路军共攻克据点八百余处,解放村庄八千余个、人民二百五十余万,收复地区三万平方里以上。在军事和行政上,山东目前分为五个独立区域:鲁中、滨海、鲁南、胶东、渤海(冀鲁边与清河合称)。共设有十七个专署(据最近材料,滨海又新设二专署),管辖九十五个县政权(包括新县治,海阳一城尚在我手)和一千三百五十万人民(全区总人口二千九百万)。我们现在所指的山东根据地,其范围是津浦路以东,北迄天津,与冀东衔接,南至陇海路,与华中根据地交界。除渤海区为辽阔的平原外，其余各区均为群山起伏，间有小块平地掺杂其间，其中沂蒙山区则成为坚持山东抗战的中心区，可协助鲁南、滨海，东北可支援渤海、胶东。在滨海、胶东、渤海三区，尚有为八路军所控制的七百多里海岸线，其中有某些小港口，可停船舶。

一年来的胜利攻势，山东根据地形势已大为改观，大部已恢复四〇年状况，均有新的开展，掌握了某些战略据点，部分改善了过去被严重分割封锁的局面，相当缩小了敌人占领地区。但敌人的兵力仍甚强大，敌伪兵力在二十万以上，战略强弱的基本形势并未改变。敌人的机动兵力目前更有增加，因此优势兵力"扫荡"的突然性必然会增大，其手段也将更加残酷，某些地区也仍有被"分割""蚕食"的可能。困难尚未过去，还有一段更加艰难的路程。今天山东的任务，是巩固已得胜利，生息自己力量，不失每一打击敌人的时机，粉碎敌人更疯狂的进攻，渡过最后难关，准备迎接最后反攻的新的斗争局面。

(《晋察冀日报》1944年8月24、8月25日连载)

游击小队长康福山

——记一个模范荣军的故事

辛毅

一

福山的故事，成了神话，在行唐沟线外传说着。敌人叫他"快腿子土八路"，老百姓都说福山是个英雄。他是个三十三岁彪身大汉的庄户人，长胳膊大手，脚像两只船，两□粗眉一靠拢，上刀山下油锅，只要是打鬼子，他都干。

说起福山的身世，苦得不能提，家里穷得像水冲了一样，什么也没有，自小死了爹，死了娘，给地主扛了十几年长工，连条裤子都捞不上穿。

抗战开头那年，八路军一过来，福山不言语放下地主的锄头，参加了队伍，一年的工夫，当了机枪班长，队伍到村子来了，总夸奖福山是个呱呱叫的机枪射手。一九四〇年，福山带着光荣的枪伤回来了，走进村一看，鬼子把"炮楼"修到灶火门上了，肥田变成了一条大沟，房子烧得焦头烂额，人们脸上，变了颜色，他走进东家东家叹气，到了西家西家叹气。福山用他在八路军所受的教养，开导着人们：

"发愁顶什么用？打不走鬼子别想过光景，大家得要想法子。"

福山把青年人鼓动起来了，二十几个青年小伙跟着他，把长矛、土来复枪弄出来打游击。开头没经验，三个队员出去侦察，和鬼子打了遭遇战，抵抗了半天跑回来了一个，两个给鬼子捉去砍了头。人们害怕了，老年人把儿子关在家里不许出门，怨福山瞎闹，惹了祸。福山呢,心里流着泪,只是恨鬼子,咽不下这口气,他以八路军战士的英雄气魄,拍拍胸膛:"谁不干是怂包,没骨头!"白天一个人跑到汽路上等鬼子报仇,晚上东家进西家出,踢断了门槛,跑断了腿,又把这群青年人叫在一股堆,苦口婆心地对大家说:

"……杀咱一个,咱们要他一百个来还,躲在家里只是等死,割了脑袋,值什么?咱们得空子弄他狗日的一个够本,弄两个就赚一个……"

福山又点着了这把抗日的烈火,他的游击小队又活起来了。

二

前年鬼子闹蚕食,炮楼子更多了,人们几天看不见队伍,就愁得死去活来:

"咱们队伍怎么还不下来呢?"

"队伍也不能每天光在咱们村子打仗,招架炮楼子是咱们游击小队的事。"

福山向大家解说着。晚上他带着游击小队到炮楼根儿,"轰轰!"扔上几个手榴弹,厉声地喊:"……听见没有,你们再向老百姓要东西,糟蹋人,就端了你这王八窝。"

伪军们缩着头不敢动。第二天早晨,福山不睡觉,背上土来复在村头上走来走去,村里送"情报"的上去说:

"昨晚上八路军可说不上来了有多少,周围村子住满了,你看我们村头上不是八路军的哨兵吗?"

伪军们都挤在枪眼里看,小队长说:

"昨晚人家教训了我们一顿,没打还算客气,以后咱们什么事商量着办,一点小事可别向八路军报告……"

汉奸蔡兴天的老婆给福山捉来了,天一黑,福山带着她到炮楼底下，她拉起了尖嗓子说：

"蔡兴天你出来，我是你的老婆，你做了坏事，八路军把我抓来了，从今个日起，你要是能改邪归正，人家放我回去……"

不久蔡兴天跟着老婆回了家，炮楼上向村子要东西就少了，人们都夸奖地说：

"咱们福山就是比别人多个心眼。"

三

福山学会了一手能摔两个手榴弹，两条腿比自行车还跑得快，人们都说他是一只长翅的野鹰。

去年反"蚕食"，为了配合正面斗争，福山和他的队员，黑夜里抱着巨型地雷炸过城门、炸毁过火车头、炸毁过桥梁、割电线、拔铁道、烧鹿砦、平沟破路、夜袭城关，成了家常便饭。区干部们在泉子头开大会，城里敌人知道了，几百轻装敌人出来奔袭。在大沟沿，福山几个手榴弹打乱了敌人的阵容，他像一阵旋风样跑回来报告了干部，等敌人来到，他们已经转移了。

有一次大白天，福山和他的组员们，在汽路上转悠，远远地来了一辆大车，他们就蹲在高粱地里，车越来越近，车上伸开腿摆拉着两个伪军，一个是小队长。

"下手吧，福山哥。"

"好，要快！"动作比说话还要快，福山□的跳上了车，抓起伪小队长一条腿扔了好远，接着开了枪，两个伪军的脑瓜壳子开了花，等后边的三四十个伪军赶上来，福山扛着洋毡、文件包早没影子了。

在这条汽路上福山和三个伪军摔过筋斗，他像抓小鸡一样擒住了他们，路过南件时，炮楼上打枪，福山吆喝着：

"你们别发凶，让老子安生点过去！要不，小心你们的狗头。"

今年清明节，福山和他的队员去封锁东玉亭的"炮楼"，敌人送粮车过来了，福山抉枪堵住了伪军的心口说：

"走，车要跟我走，不走我就开枪！"

一大车小米成了抗日的战斗粮。

在六十二庄的伪村公所里，福山的枪口对着一个汉奸说：

"不许动，举起手来！光知道害老百姓，今天老子给你脑袋上开个天窗。"他除了这个害虫。

在行唐西关，打散了敌人的集市，他的队员骑着警察的自行车，福山的抉枪头，顶在警察的后脊梁上，像猫拉耗子似的拖着跑了，城墙上的伪军干瞪着眼也不敢下来。

福山抓住一个最坏的汉奸，走到××村，敌人已经把村子包围了，他把汉奸关在山药窖里，敌人搜了半天，没找到，第二天福山把汉奸交到了政府。敌人跺着脚说：

"快腿子土八路，莫非上了天、入了地不成？！"

敌人整天闹福山慌，到处要捉他，闹腾了几个月，除了得到福山的冷枪和双头手榴弹外，白费了心血。敌人情报室主任发火了：

"豁着几个脑袋不要，也得捉住他。"

福山听到这个话，给敌人情报室捎了个信说：

"你们这群狗腿子们，哪个想捉福山挣功劳，先割了自己的脑袋再来。"

一天，鳌鸡刚打□，枪声把福山从睡梦中惊醒，□起大□刀冲出大门，村里的人们都给他操着心，急地说：

"福山快快，枪声是北边，向南跑。"福山的眼睛比天上的星星还多，敌人又扑了个空回去。圪垯头情报室主任李健说：

"喝点凉水冷冷吧，别妄想了，割上十颗脑袋，恐怕连快腿子福山一根毛也找不到。"

四

福山的游击小队如今更气势大了，放下了老毛斯，都拿起了快枪，三五十敌人就不敢沾他的村边，今年春天他们围困了×××"炮楼"九天九夜，敌人连泔水都喝得光光的，终究给他们迫退了。

村里选福山当了拨工组长，干得真起劲。他提出的口号是"一手拿锄头，一手拿枪杆"，在保卫麦收当中，福山游击小队闹得更红火，有侦察组、警戒组、收割组，黑天白日地掩护人们收割。他们帮助穷人和抗属割了不少的麦子，离炮楼近的地方都由他们去割，在反抢粮斗争中，配合主力作战，贾木战斗福山一枪撂倒了敌人的哨兵。

每次区县干部到村子，福山就整夜都不合眼，自己挂上手榴弹，提上抉枪，在村外转悠警戒。

说起福山的战绩来，去年的不算，光今年几个月，他捉回来的汉奸和伪军有二十多个了，替老百姓们夺回的财物粮食和缴获的军用品，就更多了。

今年七月节，县里开大会，选他为战斗模范，人们都说：

"福山不光打仗好，做事也最正确，他穷到只有一条破裤子，洗的时候，用被子包着光屁股，不能出门。几年来，他从敌人手里不知道夺回来多少财物和粮食，他没有动过一针一线，应该选他是英雄。"

说得对，福山保持与发扬了八路军战士的品质，爱护群众的利益过于自己，从来不骄傲，也不满足于自己的功绩，他常常对队员们说：

"咱们是人民的子弟，游击小队是保护老百姓的，得了敌人的东西，是老百姓的还老百姓，是敌人的交上级，谁也不能洋财主义！"

他爱人民，人民更爱他。人们帮助他娶上了个媳妇，粮食不够吃由政府帮助。他对得起八路军的栽培，也对得起人民的热爱。他是荣誉军人的好榜样。

一九四四年八月五日于行唐线外

（《晋察冀日报》1944年8月25日）

八路军拯救了他们

仓夷

伸展到平绥路张家口附近活动的八路军游击队，在七月底，曾冒了很大的难险，营救了三十三个被日寇俘虏去的国民党军队的下级官兵。

这三十三名国民党军队的下级官兵，是在一九四一年五月，晋南中条山战役时，被日寇俘虏去的。同一战役被俘去的，不只他们三十三人，而是成千成万人。他们被俘以后，用火车载到石家庄，就看见有数不清的同一战役中被俘的士兵，到北平俘虏收容所和天津北站两处，他们看见同一战役被俘的中央军官兵，就有八千人以上。

这样庞大的俘虏群，很快地就被敌人押运到北"满"去了。到苏"满"边境的荒山里去修工事、做苦工。皮鞭、饥寒、劳累，不知日月地给敌人当牛马。筑路、修堡、运煤，天天得受罪。日子长了，痛苦煎熬着，他们的神经渐渐地麻木了。因为敌寇在伪满实行并村，在这边境上七八百里地没有一点人烟，只是一片森林、一片草原、一片荒山，白天敌人用枪棒押着他们修路，晚上睡在席篷里，篷外就有铁丝网、大洋狗和日本兵在监视。这是他们当俘虏的惨痛的生涯。他们有的后悔为什么不在前线上战死，为国家壮烈牺牲，落个光荣。如今身体虽然活着，精神上却已经是早就死去的人了。在冰雪封冻着的北"满"的冬季，他们更想念着自己的家，想着什么时候才可免掉这日寇的压迫。他们说，苦痛达到极点的时候，就梦想着有朝一日，中央军会去拯救他们。在寒冷的冬夜里，他们常常凄厉地唱着自编的小调："……八月里来月儿圆，西瓜月饼敬老天，年时月圆在营盘，今年月圆东宁县。"（东宁县在北"满"）有些弟兄因为焦虑、劳累、饥寒而致病，病了，死了，完了。日本人不得已时才发几块薄薄的木板，让他们自己去钉成盒子收殓了。这一庞大俘虏群，在北

"满"边境上，就这样牺牲了许多性命。

一年多的日子过去了，这一俘虏群，被日寇从关外运到关内。有些编成伪军，去帮日寇屠杀华北人民，有些仍旧替日寇当牛马，在天津、石家庄、大同，挖掘埋藏汽油的深沟（为防备盟国飞机轰炸）。据他们讲，在今年七月底的一个傍晚，平绥路上一列火车从大同出发，载着大批马匹，还有他们九十多个人，据说要把他们运到天津去。九时三十分，火车驶过张家口，他们把十个日本兵杀死。而他们都是赤手空拳的人，怕到了车站会挣不脱车站敌人的血手，就从车上跳下来。敌人发觉了这一变乱，就派来大队敌兵搜索追赶。他们跑散了，躲藏在高粱地里，他们三十三个，陷在"不知何往"和盼望救星的苦境里。这时，突然来了八路军的便衣队，引导他们突出敌人的包围圈，渡过暴涨的桑干河，安全来到八路军保卫着的平西根据地里。

只有在受尽了苦难、危急的人，才会更亲切地体会到救星是怎样的可贵。这三十三个国民党军队的下级官兵，对八路军有说不尽的感激。他们感到共产党领导的根据地，与敌寇统治地区，真有天堂地狱之别。他们尝了两年多的牛马不如的悲惨生涯，白天挨打，晚上睡着做噩梦。来到边区，沿途得到八路军、抗日民主政府、乡村里老百姓的热烈欢迎与招待。跳车受伤的，都送到八路军医院里治疗；有的因受敌寇鞭打，身体孱弱有病的，都给以营养很好的食品。衣服、棉被子、鞋、袜，都送给他们穿。这几天有些秋凉，怕他们身体单薄经不起风寒，连冬装都送给他们了，并准备送他们回原部队去。他们受了很大的感动，像回到自己家里一样，感到八路军的首长和战士们，对他们实在太亲切了。几年来他们没有真正地笑过，现在却笑得合不拢嘴了。几年来没有想说的话，或没有想到的话，现在也想到了，而且愉快地倾诉着。

他们一想起这两年来的牛马的生涯，就忘不了晋南中条山战役时中央军惨败的情况。这次惨败的原因，是由于国民党执行着反共、反民主、反人民的错误政策。《解放日报》在论及《晋南战役的教训》时说："晋南方面由于国民党存在着种种内在的弱点，故使敌人暂时占了上风，这些弱点最主要的一个，就是反共。反共的结果，使得内部不团结，将士无信心，所以吃了大亏。"从事实上我们也可以看到：当晋南中条山战役最紧张的时候，"重庆政府与日本和平之谣言又散布于上海"（海通电），晋南中条山八九个军的兵力，陷在敌人的猛击下，而封锁陕甘宁边区的胡宗南部队几十万，却坐视不救，他们仍把反共放在第一，而对把刀子放在他们脖子上的日寇，却不去抵抗，结果遭受了大惨败。至今这三十三个国民党军队的下级官兵，谈到那次失败时，还愤愤不平。第五集团军总部中尉副官杨杰说："汉奸太多了，团长、师长都有不少和敌人勾结的，敌人一来，就出卖阵地。有些团长投降了敌人，连长带兵冲出来了，团长还下令叫连长带兵回去投降敌人的。"九十八军战士白云祥说："军队经不起打仗，平时兵是抓来的壮丁，连长团长随便克扣军饷。官长士兵矛盾很大，班长的任务是监视士兵不要逃跑，放哨主要不是警戒敌人，而是防止战士开小差，这样的军队自然一打就垮了。"九十八军六连四班长赵秀山说："上级官长脑筋太笨，每次都吃了敌人打屁股抄后路的亏，却老是不改，平时军队对待老百姓太坏，随便打骂抓人，砍老百姓的树，瞧不起老百姓，一打起仗，一个老百姓也看不见，没有粮食，没有人带路，怎么会不失败！"因为国民党的这种反共、反民主、反人民和受不了艰苦锻炼的结果，使他在华北华中敌后不下一百万的军队（华北八十万，华中二十万），从中条山战役以后，大部分被敌寇消灭或自动投敌，到今天留在山东和山西敌后的只不过二万至三万人了。

但是八路军对抗日的友军始终是积极援助的。在中条山战役中，敌后八路军是尽了很大的力量。华北八路军，在白晋、正太、同蒲、平汉、平绥各线，展开破击战，先后在五月份中作战四百八十一次，毙伤敌伪三千五百余，并在外线打击扫荡中条山之敌，才使中条山一部分苦战的中央军,得以脱险。当时敌人极力挑拨离间,说八路军没有配合作战,重庆当局也同日寇一唱一和地说:"八路军拒绝配合作战命令。"可是卫立煌司令长官却答某记者称:重庆军委会谈话与事实不符,"此次八路军自动配合友军作战,自堪欣慰"。

  现在,这三十三名国民党军队的下级官兵,在边区受到八路军和抗日民主政府的保护和优待后,更觉得八路军真是全国最忠诚于民族解放事业的军队,觉得抗日民主根据地是全国最光明的地区。他们都表示情愿参加八路军,不肯离开边区,他们从十一分区来到军区,一路上看见庄稼长得很好,军队上下级团结一致,军队和老百姓一起在地里生产,老百姓组织很严密,抗日很坚决,一切蓬蓬勃勃,都是力量。他们看到这些民主政治的成果,坚信"我们国家一切都有希望"。赵秀山虽然身体有病,躺在炕上,却依然很慷慨地对我说:"谁得到民心,谁就有办法,谁失去民心,谁就非失败不可。八路军得到民心,一定会胜利的。我来到这里,才听到国民党不断要消灭八路军,这很无道理。我们不懂什么国家大事,但照我眼光看,这么大的中国,几年来给国民党丢得差不多了,要没有八路军的坚持抗战,不知中国早就在什么时候亡了,那我们也永无翻身之日。我虽在中央军当了几年兵,可是对抗战还没有怎么认清。这次被敌人俘去,做了这两年多的苦工,脑子就想得开了,觉得中国只有打败日本才有出路,投降妥协,只有当牛马、奴隶。来到边区,又觉得八路军和边区是苦难的中国人民的真正的救星,八路军要是不嫌我们,我们都情愿参加八路军,坚决抗日,报仇雪恨!"他说到这里,全屋子里坐着和站着的中央军弟兄,都同声附和起来,恳求着,笑谈着,他们在不知不觉间,都恢复了早已失去的青年人的纯真和活泼了。

一九四四年八月二十三日晨

(《晋察冀日报》1944 年 8 月 27 日)

血战外长城
——"长城中队"的杰作

王炜

四月九号的半夜里，猴儿山上飘着大雪。就在这雪夜里，传来了情报：葛峪堡西边十五里地的西王山增加了一百多伪军，在张家口通崇礼中间的场上地，也增加了三百多。

这个突然发生的情况震动了这里的每个人员，因为龙崇宣所有的县区干部都已经赶到这里要开会了，而这里的部队只有××中队，计算起来，一个带枪的战士要保护一个非战斗员，万一有了差错，整个龙崇宣的工作势必遭受很大的损失。

但是，中队长却非常镇定，他一面继续派人去侦察，一面叫大家很好地休息，直到三点钟时，才开始向霍家洼转移。

拂晓的时候，到了霍家洼，叫第七班去四五里外的猴儿山上放警戒，那里蜿蜒着古老的万里长城，第七班就守卫在上边。

部队刚端起早饭来吃，就听说有一百五六十个伪骑兵，已经到了离这里只十五里路的韩家沟，人们放下饭碗向猴儿山上靠，离山头还有一二里地的时候，第七班已经和打算抢占山头的伪骑兵打开了。

数量占绝对优势的伪骑兵，不断地向山上冲锋，开始是十分凶猛的，可是，随着他们伤亡很大，也就越来越畏怯了。

十二点左右，由张家口出来一个少将，领着二百多鬼子和七八十个特务队，替换了伪骑兵，叫他们由黑土沟到谷咀子，去包抄猴儿山上的东北坡。

同时，西王山一百多伪军，在霍家洼和鬼子先接了头，就回到了常峪口附近埋伏起来。谷咀子的伪军也分四路来进攻大山北边的四个小山头。显然敌人已经统一了指挥，每当边墙上那杆旗子一摆，各地敌人的小旗全都摆动起来，大声呐喊着冲锋。

正打得最激烈的时候，我们机枪发生故障不能用了，而敌人的小马炮、掷弹筒和轻重机枪，却组成一个强烈的火网，疯狂地向这个小战壕里猛射，掩护着一部鬼子顺边墙向上冲锋，狡猾的鬼子还不断指挥着几个凶恶的警犬，□上战壕来狂叫。

可是，成群冲上来的鬼子，每次都被小战壕里抛出的一阵手榴弹打退，拉着被打倒的鬼子的一只脚，不管死活地从雪坡上往下拼命地飞拖。每次打退下去，都要逡巡好久才又被逼迫着再冲，一个害怕得动摇的指导官，当场就被那个指挥战斗的少将打死了。

守卫在小战壕里的七个勇士，一个人对抗着三十多个敌人，他们是这样的坚定和勇敢。

七班长的左胳膊上，被一个臭炮弹打青了茶杯大小一块，下半截胳膊全冰冷麻木了，当时他还被打跌了一个筋斗，可是他翻起来，一点也不管自己的伤势，却高声鼓动着大家：

"没有命令我们决不退却，要坚决地守……"

李铃的帽子被打穿了，背上的棉袄也被打开了花；可是他愤怒起来了，像忘记了一切，只是专心地摔手榴弹，突然他在火网中立起来，把一个手榴弹照准冲锋的敌人打去，第二个还没有摔出去，就被敌人的机枪打倒了，这个为民族牺牲了的战士，两手挂满了手榴弹的拉火线。

七班长马上跳过去，继续向下摔手榴弹；当他摔到第十六个时，他的左额上被炮弹皮削去了一块，他倒在地下了，也不能再讲话，可是，他还用手比画着，叫人们勇敢地守卫这个小战壕。他知道一个布尔什维克应该在火线上怎样勇敢地来坚守自己的阵地，一丝动摇和紊乱都要遭到失败的灾祸。

在他的坚强领导下，每一个战士都在稠密的火网下沉着射击！

从小战壕到山头上，虽然只有二十多米，可是山坡陡得和墙一样，又被开化的雪水弄得非常泥滑，而敌人的机枪子弹像一窝没王蜂一般死盯着这个地点。我们徒手的新战士张福元，竟然在这个地点上往来了五次，运下来了四十多颗手榴弹。

另外一个青年党员，和一个新战士趴在一块，尽心地向敌人射击，他们无论谁打倒了一个鬼子，都要告诉他身边的战友，共同尝味着胜利的欢愉。

这个青年党员的三八枪打完了子弹，他就把李铃的七九枪拿过来继续射击，最后大家把子弹和手榴弹全打光了，而且也只有他们两个人没挂花，他们就掩护着大家退却，在小战壕里又打倒了五个敌人，才跟着撤到山上来。

他们七个人，从上午八点钟一直打到下午两点，打退了这三百多敌人十几次的冲锋，打死了四十七个鬼子，他们创造了守卫长城的光辉的范例。

在战事万分紧张时机，中队长下定决心：

"坚决地守！到黄昏突围。"

他选拔了十多个特等射手，沉着地瞄准射击，不让敌人前进一步。

他自己也拿起步枪来，一开始就和九班副打倒了两个冲锋的鬼子，再一枪结束了剩下来的一个，在一个地方，他打倒了八个鬼子。

敌人由于伤亡的严重，士气非常沮丧畏怯了，卷成蛋子冲上来的敌人，常常被一排枪打卷回去；而山北面的伪军还不断有人偷跑到小沟岔里，抛弃了枪，惊慌地爬进柴林里逃去。

敌人的炮火始终暴风雪般笼罩着他们，可是他们却一直抗击到五点多钟，望着太阳衔山了，才掩护着地方工作人员，向西安全地撤出了敌人包围。

（《晋察冀日报》1944 年 8 月 30 日）

光荣的报复

洛灏

七月里,是平山两河区勇敢的人民复仇的日子!

几年以来,两河区人民遇到了太多的灾难,记起以往的日子,仇恨烧上了心头,三十里地周围的平原,有十六个堡垒,敌人曾经好苦地害了我们。

谁能够忘记过去的那些日子?树上见不到绿叶,就是连猪和牲口都不吃的"纺车令子"也拿来当饭,活人吃了拉不下屎,那个时候,每家厕所里都有血。你走过街上,你分不清哪家没有啼哭的声音?敌人每天要香油、鸡子,河渠一个月出了十多万,不出要你命。人们含着眼泪说:"这是骨里熬油,脓里挤血呀!"

谁能够忘记过去的那些日子?敌人光着屁股或者提着裤子在街上死追媳妇闺女,李家坡几乎没有谁逃出过这种残暴的兽行,很多姊妹因为受不了这种摧残侮辱而自尽。敌人在胡村一次杀害了三十多人。大合击的时候,在枣凹东岭上包围过一万多人,一百多个青壮年捉去了,有的永远就不能回来了。

七月开始,两河区人民复仇的日子到来了!记起过去的仇恨,谁不想报复?

每一个堡垒跟前,听见这样的声音:"我们不支应你们了,不相信你们下来试试。"从此,守卫堡垒的伪保安队们再也得不到一桶水,一滴油,或者一片菜叶,就是连一根茅草也断绝了。

刘杨堡垒上的伪保安队们,整天呐喊;"老大伯,抬□水吧。"

岳村堡垒上的伪军班长说:"你们叫俺们怎么,俺们就怎么。"

牛山堡垒的敌人,不管雨多大,水多深,连夜夹着尾巴跑了。

康街堡垒伪军们交出了武器，我们请他们吃了顿饭就过河回了家。

十六个堡垒，一个比一个恐慌，一个比一个跑得狼狈……

李家坡堡垒，是伪三中队栾大傻的班长王金吉所卫的，开始他还嘴硬地说："随你们的便。"好吧，看看这个顽强的敌人是怎样软弱的？

民兵们扭身□的昼夜不断围住了堡垒，敌人歪着脑袋不敢露头，动一动就挨我们的枪弹，伪军王连山在枪眼里撒尿给我们打死了，伪保安队们马上堵住了枪眼，拉屎撒尿也只好在堡垒里头。

满地的尿屎出了蛆，死尸也无法埋葬，加上汗，加上紧紧盖在头上的屋顶，再加上……堡垒里的夏天，除了敌人，没有人能够体味。

这时候，王金吉没有开头那样嘴硬了。

我们的民兵，用十几张浸湿的被子，绑在木床上，挡住敌人的枪弹，他们挖地道向堡垒进攻！

一天就挖到了道沟，砍了铁丝网，连王金吉也吓躁急了，他们怕黄色炸药会炸烂他的脑袋。

伪保安队们再也不哼气了，趁着我们警戒的疏忽，偷偷地跑了。

走进李家坡的堡垒真是臭气冲天，那个死去的王连山，脑袋胀得好大好大，亏得他们住了好多天。

当十六个堡垒，一个接着一个毁灭的时候，两河区的人民依然不能满足，因为，敌人在这里造下这一笔又深又重的血债，我们还不能捉到更多的俘虏和缴获到更多的枪炮。

一九四四年七月三十一日在两河区

（《晋察冀日报》1944年9月14日）

拿 小 章

谁也知道，拿小章与孤立邢邑敌人有不可分割的关系。小章离邢邑十二里（在邢邑北），是定南敌人最大的据点。小章好像伸出来的一只胳膊，守卫着横架在沙河南北的大桥，联络敌人自邢邑□□□□交通线。拿下小章□□□□□胳膊，我们可以随时卡住它的咽喉，致邢邑敌人以死命。

部队从远方向这里开过来，各村的民兵们擦了自己的枪，到指定的地方去集中，没有被征集的，也自动地赶上来。上千的民夫从四处集拢来，带着平沟的铁锹。

月光底下，无数黑黝黝的影子，在青纱帐里窜来窜去，这就是奔赴战□的人们。

老乡们把最大的希望寄托在冲锋突击队身上。

突击队指挥的□□里，一天就没有断人。院落并不大，十三个人占□□□□□儿本来就不多了，来了一大□子老乡，有的还想□老远地来看看这些打炮楼的先锋战士，大伙儿有站着的，有蹲着的，也有坐着的，男的女的老的少的都有，挤了满满一院子。也分不清是谁在说话，谁在回答：

"同志们，咱们可全指望着你们呀！"

"大娘，你放心吧，今儿个不拿下炮楼，你朝着俺们几个说吧。"

一个老太太从人群里挤了进来，双手掸掸衣襟上的灰土，朝着一个同志郑重地说：

"同志，没事儿。我给你们到街口上那小庙里烧了香哩，我祷告哩，保佑俺们同志们打下炮楼来，都平平安安的。"

人群里有人说话了，让同志们好好地睡一会儿觉，□上好"干稼儿",这样,人们才断断地散了。房东一家子忙着为同志们做饭,院子里除了风的声响以外,没有什么旁的声音。

窗前大方桌上,堆满了西瓜、沙果、烧饼、麻糖,都是今天的慰劳品。

月光通过浓密的树林,洒在人们身上,一切都很安静。

在这样安静的环境里,战士们等得不耐烦了,看样子上级首长还要来讲一讲话,鼓动一番。不用鼓动了,战士们早憋足劲儿啦,进攻命令终于下来了。三班的突击队从东南角上上去了,六班在他们的东边。一班和十班担任西南头的突击任务。

王英杰,拿着一把大镐,走在头里,一个劲往前进,后边跟着王石海。

正东、正西、西南,咱们的枪机叫嚣着,掩护突击队前进。

董国贤爬着爬着,觉得不得劲,满地的蒺藜扎得他好痛,他火了,站起来大踏步奔了上去。

"注意,杨班长,打东南角上过来了。"

"砰!"一颗子弹打头上擦过去了,董国贤立刻趴倒地上。

突击队奔过沟去,接近了第二道封锁沟,牛国环一纵身,吱扭一下,打断了一根木桩子,左右两旁的人们,七手八脚地立时拔掉了六七根。

董国贤已经不知道自己两肘和两膝盖全叫蒺藜扎破了,再也不觉痛,直往前爬,爬到了铁丝网跟前,抡起那柄大斧,一斧子砍了个正对付,人们刚好能钻了过去。

炮楼就在跟前啦,那里是死角,谁也把手里的工具扔了。一只手两个手榴弹,扣住拉火线,准备往上扔。

高副连长吩咐身边通信员,忙催着运柴火,开始用火攻。

正在这紧急关要时候，突然北面发生情况，长□的敌人增援来了。高副连长，当机立断为避免意外损失下令部队撤退。

第二天，下着雨，道路很滑，为了坚决拿下小章据点来，部队又继续进攻。在进攻以前，丁道□□□他的帮狗东西，竟挖个洞子乘机逃走了。

就这样，小章炮楼和横架在沙河两岸的大桥，现在由子弟兵掩护着成千的群众放火烧掉了。

(《晋察冀日报》1944 年 9 月 29 日)

再克武强城

萧竹

八月三十号，离第一次攻克武强城（六月十号），整整是八十天的工夫。为了不让敌人运走在城关附近掠夺的七十万斤麦子，并摧毁敌人的老窝和保卫秋收，分区子弟兵又强袭攻克了武强城。

一、大战东门

后半夜一点半，敌人岗楼里响了两枪，我们就开始向东门强攻了。

东城门一开，我们三路纵队向城里涌。先是刚从分区群英大会上受奖归来的战斗模范刘大路，带着突击组从东门南边，爬上城墙，接着我们的机枪也架到东门里路南的房子上了。

我们还没有打枪就先争取东门上的岗楼，可是里面的家伙挺顽固，不但一声不响，并且立即开枪和扔起手榴弹来。他们妄想封锁着城门不让我们进去。可是我们谁都不害怕，照样地向城里涌。就从手榴弹底下，我们全部冲到城里去了。

敌人增援东门的部队被我们打回去以后，我们开始强攻东门这个岗楼。

刘大路扔了二十多个手榴弹，都扔到岗楼顶上去了。三发枪榴弹两发打到岗楼顶上，一发打到门上了。一排长张星五本来长着疥疮，这一次他也跟来了，并且一气扔了有二十个手榴弹，配合着手榴弹我们的机枪也响了。围着这个岗楼，除了火星，就是"轰轰"的响声，再有就是一阵一阵的烟和尘土。

敌人还不缴枪，并且手榴弹扔得更厉害了。于是我们开始冒着手榴弹烧岗楼。可是好几次烧不着，敌人还不住地扔手榴弹。二班长耿泽民他们五六个人冒着手榴弹，朝城门洞里送柴火。因为洋火划不着，刘文虎把灯端来了，我们也就把城门点着了。轰轰的火，烧塌了城门洞的顶子，一会儿伪军们脚下也冒起烟来，敌人没法就缴了枪。当六个伪军刚下岗楼缴了枪，"轰隆"一声，岗楼塌通了天了。于是我们克复了东城门上的岗楼。

二、连克九碉

和强攻东门的同时，我们另一个突击组，在一中队二班长李得胜带领下，开始从东北城角的岗楼南边爬城墙。他们跳到城外的沟里，要爬两丈多高的城墙，可是没有梯子，他们五个人全是在城墙上刨几个土坑，扒着草爬上去的。李得胜一上城墙就喊："伪军官兵们！我们来接你们了。到了你们解放的时候啦！咱们都是中国人，缴枪的绝对不杀，请你们不要打枪。"

岗楼里没答话，"吱！"一个子弹飞来打穿了李得胜脑顶的右后方，但还不要紧。

李得胜喊："机枪朝岗楼里射击，弟兄们打！"在我们机枪的压制下，突击组往上一冲，这岗楼里五个伪军就缴枪了。

突击组继续往西攻克了一个岗楼，就和攻克北门岗楼的二排会合了。人们继续往西扩大战果。

卫生员赶上来给李得胜上药，队副叫他回去，但是他坚决不下火线，他说一直要战到完全克复武强城。换完了药他就去追队伍，可是因为进展太快了，他一直追到西门上才找到自己那一个班。

西门岗楼和再南边的一个岗楼的伪军，全吓得跑到西南角的岗楼上去了，在我们火力的威胁下又完全缴了枪。从东北角到西南角，一中队一共克了九个岗楼。

三、完全胜利

攻克北门岗楼以后，二连就进入伪县政府了。没怎么费劲把县公

署解决了个精光，连伪县府秘书也活捉了。

杨廷湘带着突击组进攻警备大队部。他们冒着敌人的枪弹把梯子靠到大队部西门北边的墙头上，杨廷湘刚一上墙头，"嗖——"从东面来了一个手榴弹，在院里炸了。杨廷湘一连串朝院里投了几个手榴弹，院里三个伪军缴枪了。有一个去开了大门，我们的队伍冲进了院子。这时候，一连的战斗英雄李月心带的突击组也从东南角上上了房。

我们的机枪手榴弹和敌人的手榴弹大枪响成了一片，但我们占据了制高点、房顶，火力压得敌人抬不起头来。同时我们冲到院里的人太强了，接二连三地把三个伪警备中队都解决了。

当王邦柱他们搜索的时候，在茅房（厕所）里找到了两个日本子。王邦柱问："铁炮的有没有？"一个小个的说："没有。"王邦柱说："过来！"扭身一看，他带着一个花口撸子，王邦柱夺下来。另一个高个的带着新二把盒子，向外一跑被我们两个战士逼着下了枪。（原来带盒子的是顾问石仓，带撸子的是专门收买麦子的大丸百货商店的指导官小岛。）他两个都被我们活捉了。

解决了大队部，二连又到西大街去解决工作队。刚到门外，院里扔出来了两个手榴弹。我们立刻就靠梯子上了房，打了一阵下了院子，可是除了捉到两个伙夫以外什么人也没有了。工作队的一切都成了我们的胜利品。

四点钟，武强城全克复了。一百多辆大车开始拉麦子，千八百人开始背麦子。

天明的时候，我们带着二百五十个伪军伪人员，拉着十大车胜利品，兴奋地归来。

(《晋察冀日报》1944年10月5日)

对国事的呼吁

——邹韬奋最后遗作

【新华社延安十日电】我正处在长期惨苦的病痛中。环境的压迫和重病的折磨，都可用我坚强的意志与之抗争，还能泰然处之；但每一念及祖国的前途，则忧心如焚，难安缄默！

抗战到了第七个年头，国际形势是民主阵线一天天的胜利，法西斯一天天的崩溃，对中国抗战很为有利。敌伪在沦陷区虽然实行欺骗怀柔政策，但人心必然向着祖国，向着抗战的胜利，足见我们的前途充满了光明。然而当这民族的苦难快到尽头，光明的胜利临到面前的时候，国民党内反动派却变本加厉，策动对日妥协，调回大军围攻陕甘宁边区及其他抗日民主根据地的阴谋，内战危机，系于一发！我们知道，以国共合作为中心的全国各抗日党派的团结，是发动抗战、坚持抗战、争取最后胜利的最基本条件之一，也是抗战胜利以后建设新中国的最基本条件之一。而且团结与抗战二者是不可分离的，能团结才能抗战，破坏团结必然就走上妥协的道路。七年多来，国民党内反动派始终企图中途停止抗战，施尽一切阴谋诡计，破坏团结。靠着全国人民的力量，克服时时发生的阴谋危机，才使团结抗战坚持到今天。于今我国能废除不平等条约，位于四大强国之列，乃是由于全国人民坚持团结抗战的结果。国民党内反动派这次对敌妥协，进攻共产党的策动，实是危害国家、荼毒人民的滔天罪行，我们必须以全国人民的力量、全国舆论的力量、全国各抗日党派的力量，以及海外数千万华侨的力量，共同揭露国民党内反动派这种阴谋，坚持团结，坚持抗战到底。

其次，民主政治是中山先生三民主义的最宝贵的遗产，也是全国人民所最热烈希望实现的目标，民主政治同时是坚持抗战、精诚团结的最基本条件之一。当我在敌后抗日民主根据地亲眼看到民主政治鼓舞人民向上精神、发挥抗战力量、坚持最残酷的敌后斗争，并团结各阶层以解决一切困难的情形，我的精神极度兴奋，我变得年轻了，我对于伟大祖国更看出了前途光明。但是国民党内反动派，却仍用一切办法来反对中山先生最宝贵遗产的民主政治，他们有的公开宣扬法西斯主义，认为民主与抗战不相容；或者反复因循，用延宕政策，一再自食其言，拖延民主政治的实现；最近国民党十一中全会又宣布须在抗战结束一年之后方召开国民会议实行宪政，便是延宕欺骗政策的一再重演，再不然就实行挂羊头卖狗肉的民主。我所亲自经历过的国民参政会，演变至于今日，已成为国民党 C. C. 派所操纵的御用工具。国民党内反动派所以反对民主政治，其目的无非为实行法西斯的一党专政而已。为了争取抗战胜利、祖国解放、民主自由，我们必须坚决反对这种拖延的政策，坚决反对这种伪装的民主政治，而主张以全国人民为本位的民主政治，并且要求立即实行。要办到此点，国民党必须诚意取消一党专政，诚意接受各抗日党派共同抗日、共同建国原则，否则一切都是空话。

最后，我们知道，文化教育是近代国家最基本最重要的工作之一，在建设时期应该更加发扬和提高文化教育的活动，然而国民党内反动派害怕人民知识的启发、进步思想的普及，不惜用种种的方法来摧残文化教育。近数年来，不依标准审查书刊，任意停止书刊出版，把持新闻出版事业，违法封闭书店报馆，包办学校教育，停聘有正义感的教授教员，学校管理特务化与摧残文化教育、戕害青年的罪行，罄竹难书，而于今尤烈。我认为人民应有思想研究的自由、言论出版的自由，必须立即取消不合理的图书审查制度，必须立即取消将青年当囚犯的特务教育，必须立即取消残害进步文化人士和青年知识分子的罪行。我自愧能力薄弱，贡献微小，二十年来，追随诸先进、努力民族解放、民主政治和进步文化事业，竭尽愚钝，全力以赴，虽颠沛流离，艰苦危难，甘之如饴。此次在敌后视察研究，目睹人民的伟大斗争，使我更看到新中国光明的未来。我正增加百倍的勇气和信心，奋勇自励，为我伟大祖国与伟大人民继续奋斗。但三四年来，由于环境的压迫，我的行动不能自由，最近更不幸卧病，经年呻吟床褥，不得不暂时停止我二十余年来几乎日不停挥、用笔管为民族解放及人民自由进步文化事业呼喊倡导的工作。我个人的安危，早置度外，但我心怀祖国，眷念同胞，苦思焦虑，中夜彷徨，心所谓危，不敢不告，故强支病体，以最沉痛迫切的心情，提出几个当前最严重的问题，对海内外同胞做最诚挚急切的呼吁。希望共同奋起，各尽所能，挽此危机，保卫祖国！

民国三十二年十月二十三日写于上海病榻

（《晋察冀日报》1944年10月13日）

今天和辛亥

——《解放日报》双十节社论

鲁迅先生劝要读古书的人读史，因为可以"知道我们现在的情形和那时的何其神似，而现在的昏妄举动糊涂思想，那时也早都闹糟了"。辛亥是一九一一，离一九四四不过三十三年，算不得古，但有许多人却似乎已经忘记了，或者装作忘记了。因此拿来和今天比一比，使人们记起今天国民党当局的许多昏妄举动糊涂思想和那时的何其神似，或者比那时的犹有过之，是有益的。这个比较对全国人民固然有益，对于国民党人尤其有益，因为这可以清醒一下他们的头脑，并使他们正视自己的责任。

清朝末年的中国人民究竟为什么对当时的统治者那样恨得要死，至于不惜"予及汝偕亡"呢？这有几个原因，而对于人民，最直接的原因是他们压迫人民太凶。最早和最激烈反对满清的孙中山先生，在一九〇四年写过一篇文章，叫作《中国问题的真解决》，那里面列举了满清政府的十条罪状。

一、那满洲人的政府，一切举动只顾他们自己的利益，不顾被治的人的利益。

二、他们阻碍我们在知识和物质上的发展。

三、他们看我们是一个下等的民族，不许我们享同等的权利。

四、他们剥夺我们的天赋人权自由和财产。

五、他们常常施行官场的贿赂行为，和纵容受贿赂的人。

六、他们禁止言论自由。

七、他们不征求我们的许可，便征收很繁重和不法的捐税。

八、他们审讯一个可以申辩的罪犯时，常常施以各种很野蛮的暴刑，逼迫他供出本身确是犯罪。

九、他们往往不经过法律的手续，就来剥夺我们的权利。

十、他们对于保护人民的生命财产失职的时候，可以不受法律的惩戒。

但是这些罪状，国民党统治者哪一条没有犯过？而且哪一条没有加十倍地犯过呢？譬如清朝末年的农民负担，约合收获量百分之五十八，今天的国民党统治下的农民，就必须负担收获量百分之五十至百分之百。至于官吏的贪污、人权的蹂躏，满清和今天比起来，更是平淡得很。国民党也许占一个便宜，就是不是满洲人，和汉人没有民族的仇恨，但是且不说国民党的大汉族主义对国内少数民族同样引起民族仇恨，单是国民党的统治集团，在人民心目中早就是一个异民族，而且这个异民族比当时的满洲人厉害得多。第一是势力更大，第二是方法更辣。满洲人手里没有拿着这样多的枪，没有这样严密的经济垄断，没有这样普遍的保甲、党部和特务组织。因此应该完全公平地承认，今天人民所受的痛苦比辛亥时更悲惨。

不过，在清朝末年的一切志士仁人看来，更重要的乃是满清统治者对于国家的危害。满清从一八四〇年以后，不断地丧权辱国，丧岛失地，使中国有亡国的危险，在日本投海的烈士陈天华的通俗作品《猛回头》里有一段话，生动地代表了这种思想：

痛只痛甲午年打下败阵；痛只痛庚子岁惨遭杀伤；

痛只痛割去地万古不返；痛只痛所赔款永世难偿……

怕只怕做印度广土不保；怕只怕做安南中兴无望；

怕只怕做波兰漂零异域；怕只怕做犹太没有家乡……

左一思，右一想，真正危险，说起来不由人胆战心惶。

俺同胞除非是死中求活，再无有好妙计堪做保障。

满清政府的投降主义、失败主义，当然是应该用"死中求活"的决心来坚决反对的，但是拿来和今天比较，也不免有小巫大巫之别。从一八四〇到一九一一的七十年间，满清丧失了中国四百万方里的土地，而国民党统治的十三年间，却丧失了三倍多，现在还在继续丧失。在满清的时候，日本灭亡中国还只是一种可能，而国民党的统治，却使两万万以上的中国人民实际遭受亡国奴的境遇。国民党当局在抗战的八年中，除了第一年比较有所贡献外，其余六年多实际上做的都是破坏抗战的工作，以至直到今天还不能团结全国的力量，阻止敌人的进攻。此外，国民党还直接分出了一个汪精卫党，并派遣了大量的军队去担任伪军。因此，国民党当局危害国家的责任也比满清政府更严重，这也是应该公平地指明的。

满清末年的中国爱国人民，为什么不采取改良的方法而采取革命的方法呢？这是因为满清政府不愿自己改良而宁愿人民革命，满清政府的顽固派拒绝任何认真的改革，一八九八年的戊戌政变是一个最显著的例证。一九〇一年以后，慈禧和载沣也相继做了一些改良的姿态，关于这些，孙中山先生在上面引用过的那篇文章里说："在庚子事变后，有人相信满清政府也许在这个时候把它的国家改良一下，起初他们也偶然发出改良的文告，但这不过是他们拿来做缓和民众激烈运动的具文罢了，改良国家这件事，在他们手里是绝对不可能的。为什么呢？因为改良是对他们有害的，改良以后，他们便失去现在所享的许多权利和特殊的利益。"正是如此，一九〇一年一月，慈禧下了一道诏书，说是"世有万祀不易之常经，无一成不变之治法，……盖不易者三纲五常，昭然如日星之照世，而可变者令甲令乙，不妥如琴瑟之改弦"。一九〇六年，考察外国政治的五大臣回国，奏请仿行宪政，说是"时处今日，惟有及时详晰甄核，仿行宪政，大权统于朝廷，庶政公诸舆论，以立国家万年有道之基"。这以后就预备立宪呀，颁布宪法大纲呀，九年后立宪呀，五年后立宪呀，中央成立资政院、各省成立咨议局呀，责任内阁呀，表面上很是热闹了一番；但是有一点是以不变应万变的，就是"万祀不易"的君君臣臣，就是"大权统于朝廷"的军令政令统一。正因为满清政府在这一点上的顽固到底，它和人民的矛盾就不能以改良的方法来解决。但是今天的国民党当局，不也是一样地预备立宪，颁布"五五宪草"吗？不也在"决定民国二十三年十月十日为宪政开始日期""民国二十四年四月开国民大会开始宪政""民国二十五年十一月十二日开国民大会""限于民国二十九年召集国民大会""抗战结束后一年实行宪政"云云吗？不也在一样地中央成立参政会，各省成立参议会吗？国民党的立宪诺言比慈禧、载沣给得更多，而国民党的参政会、参议会的产生方法与实际权力，竟至今还不如满清的资政院、咨议局。因此，说国民党当局比满清政府更顽固，不也是够公平的吗？

　　因此，人民应该知道，今天的国民党当局和辛亥时的满清政府，在其压迫人民、危害国家和顽固不化的程度上，即不说是超过，至少也是"何其神似"。国民党当局和全体国民党人，也应该知道这些，从而觉悟到今天中国人民对待国民党当局并没有采取辛亥的手段，而只要求它结束一党专政，成立联合政府和联合统帅部，这又是何其仁至义尽委曲求全？

　　自然，国民党当局今天虽然实行着有叛卖性的失败主义，总算还在与国内人民和国外盟邦共同抗日，虽然实行着有法西斯性的专制主义，总算没有与中国共产党和其他抗日党派最后破裂，这或者是国民党当局唯一可以自解的地方。但是从另一方面说，国民党当局既然与满清政府处于如此极不相同的国际国内环境——政治上是全世界的反法西斯的民主怒潮，中国也有如此强大的民主势力；军事上是全太平洋的抗日战争的胜利反攻，中国也有如此强大的抗日友军（中国解放区八路军、新四军及其他还有抗日积极性的中国军队），则国民党当局仍然继续压迫人民，继续危害国家，继续顽固不化，也就比满清政府愈加不可原谅了。国民党当局既然自诩为抗日民主阵线的一分子，却又从中作梗，阻碍抗日的胜利和民主的实现，也就愈加不可容忍了。满清政府的一套办法终于没有能挽救自己二百四十年的统治，没有能阻止辛亥革命的爆发；今天国民党当局既然许多事情办得更坏，则如何学习辛亥的这个教训，而不装作若无其事，就在于国民党人的好自为之了。

（《晋察冀日报》1944年10月15日）

人间地狱

——上饶集中营

东流

按：国民党反动派的"政令"，揆其底蕴就是法西斯的特务统治，而"集中营"则为特务政治之一端。这篇通讯，暴露了集中营的内幕，也告诉了我们国民党与蒋介石氏口中的"政令"是怎样一回事。这个通讯，是十个月以前写的，现在由于日寇进攻，国民党军队溃退，第三战区长官都已由上饶移到福建某地。

【新华社延安四日电】在国民党统治地区，东南各省的千万青年和革命民众最憎恶的地方是上饶。这里是国民党第三战区司令长官部所在地，同时也是万恶的东南各省特务大本营。指挥东南各省特务的最高反动机关，是三战区的情报专员室。情报专员是戴笠的重要杀人凶手张超。

上饶集中营对外的名称是"中国青年训练团"东南分团，和国民党在西安的另一集中营"中国青年训练团"西北分团遥遥相对，西北分团归蒋介石最亲信的干部胡宗南管理。

上饶集中营主要的分为下列几个部分：第一是七峰岩，第二是周田村，第三是毛家岭，第四是李村，还有一部分在石地，其性质与周田村大致相同。这些地方都在上饶城的附近。

七峰岩

七峰岩可以说是政治软化所，周田村是苦工营，毛家岭是活地狱，李村是高等软化所。被捕入集中营的大致先经过七峰岩，然后周田村，最后便是毛家岭，就算不死也弄得你酷刑余生、奄奄一息了。

这个集中营在一九四二年六七月，浙赣路战争以前，里面关着许多有名人物，除叶挺军长外，还有冯雪峰、林植夫、黄诚、李子芳等。新闻记者有三个，一个是国新社的计严英，一个是创办豫东《大众报》的徐师梁，一个是浙江《民族日报》的编辑。华侨青年有暹罗的陈治国，安南的阮鄄飞。皖南事变后，新四军有几百干部被囚禁在这里，还有一部分是浙赣路一带教育文化机关中被国民党特务认为思想上有问题的人物，如玉山县某中学的教员，上饶民众教育馆的艺术主任等。也有不少是由国民党部队机关捉来的思想犯，这其中有一些是国民党军队里服务团的团员，有一些是国民党的政工人员，这一点和四川綦江县的集中营不同，那里是专门囚禁重庆国民党高级党政军机关中被称为思想犯的。

上饶集中营的主要部分周田村，其中分为"军官队"与"特别训练班"。"军官队"分为六个队，其中一队为女生队（特训班），为文化程度比较高的分子，由张超的亲信干部王寿山负责。此人阴险狠毒，新四军在皖南时，他就在新四军的周围不断进行奸细破坏工作，他们想把"特训班"的人训练成为革命叛徒，作为特工的后备军。在七峰岩中，囚犯一律戴脚镣，不许相互谈话，不许看书报。他们经常派所谓"情报员"的特工干部，进行个别谈话，实行欺骗。如德苏战争爆发后他们就说莫斯科已经失守了，太平洋战争爆发后他们就说抗战胜利已没有问题了。他们可以全力对内镇压他们所谓"反动劳力"。他们自己捏造的小册子如《新四军江南战绩》及《延安印象》《抗大归来》等，强迫每人都要看，而且强迫大家要相信。有一个"情报员"为了夸赞他们（特工）的"伟大"，又把《延安印象》《抗大归来》的来路说了出来，原来是宪兵第八团一个班长派到延安去做奸细回重庆写成的；《新四军江南战绩》完全是张超这般家伙的伪造。

管理七峰岩的三个系统：担任卫兵的是三战区特务团，监督"囚犯"行动的是宪兵，做思想欺骗的是特务情报员。为了争统治权，三方中时常斗争。曾经为了想强奸女犯，特务团和宪兵几乎打起来；而"特工"一致骂他们是"吃冤枉"的东西。

经过七峰岩的软化手段结果，还不能达到被囚人"自首"目的，就过到周田村的苦役阶段。

周田村

住在周田村集中营，不管是"军官队"或者"特别训练班"，脚镣一律不要了。这里的人都关在铁丝网的大围墙中，每天都是繁重的苦工，抬木料、打土砖修房子、开马路、平操场、挑水煮饭等，凡是能想得出的苦工，总让你一天到晚不能丝毫休息，饭也不让你吃饱，饭里苍蝇屎不知多少，弄得大家生病，又不给你医药，使你疲惫不堪，日渐病弱。冯雪峰肚上生一个大疮，愈烂愈深，每日流脓不止，他们也不许他医治，一定要"自首"了才可以请医生，所以他的病闹得非常危险。

对于"军官队"的统治，办法比较更横蛮，经常实行毒打。在"军官队"中常发生哀号。而对"特训班"则苦工之外，仍然继续政治软化，不断派些所谓"教官"——特工分别进行谈话，同时暗中布置内线，侦察"囚犯"思想行动，往往最后还由张超亲自谈话一次。但仍不能达"自首"之目的时，他们最后的手段是送上"活地狱"毛家岭。

被他们判定为"顽固不化"的分子，他们就拖至荒山中施行最残酷的杖刑，由几个彪形大汉对手无寸铁的青年疯狂地毒打，打得半死或者昏死后，然后用粪熏或者由几个人挟到荒山古庙的毛家岭。

毛家岭

到了毛家岭，又上脚镣。二三十人关在一间屋子里，完全成了待决之囚，再出的希望就很少了。但是他们也不把这些人枪决，只让他们长期受罪。有些人被站铁笼，铁笼内四面有刺，能站不能坐。受过毒打的人，站到二十四小时就不能维持了；好人也熬不过三天的。有些人被刺穿肚皮，弄得全身是孔，叫苦连天；有些人被坐"老虎凳"；有的在冬天剥光衣服去吹风，夏天跪在太阳地里硬晒；有的经常拖出来毒打。至于日常生活的痛苦就不待说了。有些特务团士兵，也看不过，他们说："你们如果有罪就应该枪决，如果无罪，又何必弄得半死半活呢？"

李村

李村是囚叶军长的地方。叶军长最初表面上比较受优待些，没有上脚镣。顾祝同要他写一个文件，说明新四军行动完全由项英负责。他拒绝了。他说："新四军一切责任我完全负，与他人无关，应将其他被捕的人释放。"他在李村墙上写了许多诗，都被特务涂去。还看得出的两句"坐牢三个月，胜读十年书"。这是一九四一年夏天写的，后来特务要把他迁到另外的地方去，他不肯去，双方争执，被宪兵捆起来弄走了。

国民党特务所希望的"自首"并没有收到什么效果；而答复他们的，除了不得已的忍耐而外，就是逃跑与暴动。周田村集中营经常发生逃跑事件，而毛家岭在一九四二年夏天，来了一次大暴动，全部"犯人"夺了守卫武装，冲出了地狱。

为了防止逃跑与暴动，三战区"情报专员室"以上饶为中心，三十里以内，划为内层警戒线，密布军警队伍，保甲长一律负责捕拿逃犯。三十里以外之皖南太平、浙江金华、福建崇安，则为外层警戒线。这里派人于要路口把守，因此有一部分逃出来的革命青年被他们捉回去打死了，也有不少逃脱了。

一九四二年夏季，敌军攻占上饶。这个集中营一度搬至福建，也有不少人暴动出来。但是全国这样的集中营，还有十几个。成千成万的青年与革命民众，还在水深火热中期待着解放。

(《晋察冀日报》1944 年 10 月 17 日)

西南暴风雨

《云南日报》记者 淮冰

新华社按：这个通讯载在八月三十日《云南日报》，记载始自长沙战起，终于衡阳作战的西南动态，其中所报道的事实告诉了我们，国民党政府及统帅部在日寇严重的进攻面前，究竟是怎样想的，它的"军令"以至于国民党的整个统治之"各方面的真相"又是怎样的，特为转播，以飨敌后各地读者。

一、战争是个最好的考验

湘战爆发，似一阵暴风雨，无情地袭击着我们的前方、后方、大后方，它使战局相持下安定了五年的西南整个动荡起来。

还在三月底，军委会刚公布长江敌人军运频繁的消息之时，长沙、衡阳和曲江的美国侨民即奉到领事馆的命令，要他们在秋季以前撤离上述地区。据说他们获得确实情报，敌人要打通粤汉路。

我们一向是把外国人当为消息灵通人士的，但这次美国首先传出敌人要打通粤汉路的消息，显然对中国人心毫无影响，他们反认为外国人神经过敏，虽然若干写文章的朋友们也在预测着敌人今后攻势动向地位，但人们（按：当然是国民党当局那些人们）却把罪过完全加于他们，说："现在快要到总反攻的时候了，什么时局严重，完全是这些文化人造出来的。"

确实的，大后方已早就恢复战前"繁荣"景象，嗅不到战时气氛。论抗战我们的时间最长，我们是盟国中的"老大哥"，人家天天反攻，我们当然也要"未雨绸缪"，畅谈战后问题（按：去年九月国民党十一中全会的宣言、决议，就完全表现了寡头统治者的这种畅谈与梦想了)。南岳会议后,人们对反攻的信念更为坚强,有些人预测我们今年可以在武汉过中秋,到南京过新年。反攻既然转眼就要到来,人们都忙于战后打算,憧憬战后美景,有谁愿意相信敌人会向我们发动攻势的消息?

长沙敌军的调动被军事家(按:即国民党统帅部)解释为:敌人怕我们反攻,故意以船只开来开去,做出增兵的幌子来欺骗我们,使我们不敢发动反攻。他们说外国人太不相信中国的军队,其实我们有着三次长沙会战胜利的经验(按:这所谓"胜利",是在敌军"活塞"作战下得到的,原因是敌军开回去了,因此国民党军队就"胜利"了)。再加以美国空军的配合作战,就是来犯,我们也可以造成第四次"大捷",把敌人打退。四月十七日,中原之战爆发了,他们认为敌人攻势既施于中原,湖南是可平安无事了。他们的话代表着官方意见,是为老百姓所相信的。

在中原炮火连天一片喊杀声中,湖南在忙着建设南岳,以数千万预算建筑中正医院肺病疗养院、忠爱社、体育馆、游泳池……供阔人们消夏避暑,并以建设南岳表现出建设湖南的成绩。那被人们斥为暴发户的衡阳市,也在拼命建设马路,铺了沙子还不够,一定要浇柏油;有一个舞场还不够,一定要赶工再修一个。郊外盖起了一座座住宅,市区建起了一座座洋房,衡阳确乎摩登起来了。有些工业家更着手卖厂,打算购外汇到美国办新机器,派人到武汉去买地皮。中原的战火虽猛,并没使人从憧憬战后的美梦中惊醒。

可是从五月份起,在衡阳的美国空军出街时,奉命须带手枪,他们随时表示着准备作战的姿态。

二、长沙突失,信心"动摇"

河南战事还未平息,谁都没有想到敌人会于五月二十七日夜展开进攻湘北之战。直到敌人突破第一道防线新墙河进至第二道防线汨罗江时，还有人相信（按：正是国民党统帅部这样相信），这不是一个大规模攻势，敌人目的不过是骚扰骚扰而已，到了汨罗江就会退却的。

长沙离前线虽不过两百多华里，但长沙二十多万市民，却本着长沙三捷经验，安静地度过战事展开的最初两日。可是仅仅两日，从五月三十日开始，长沙开始了骚动，因为有信心的突然变为非常没有信心，他们发现敌人兵力相当庞大，而且离长沙已经不远了。

当局的命令是限三天疏散完竣，长沙的公路和铁路早在二十八年（1939年）即已破坏，凭着一条湘江和几条小路，要使二十多万市民和物资在三天内疏散完竣，实在是件不可能做到的事。但不可能的事也要可能做到，这是军事当局的命令（按：这就是"军令"），而且敌人确已经杀过来了。

一切交通工具都在军事当局统治下，当然军事机关可以得优先权，其他机关也可以得到便利，一般民众的有没有疏散工具，是没有人去问的。有钱可以利用钞票大显神通，一千元过一次江，五万元包一只民船到湘潭，也在所不惜。有力的也可施展本领，虽头破血流，也要拼命抢上去。苦的是无钱又无力的人，留在江边，哭哭啼啼，目送着一船船的向南驶去，他们有的发×，不愿走了；但执行命令的警察逼着他们拖着苦命的身子，丢去视为生命的行李，踏上小路向四乡走去。

四年来因物价高涨，人们都竞相囤货不存钱，所以疏散令突下，人们纷纷抛货。然而到这时，哪个还要货？故富翁巨贾也竟有无钱逃难者，即以最易携带的金子说，曾由二万元跌到七千元，还是没人要。逃难的钱既没有，哪有钱运货？长沙到处可以看到货弃于地的现象，不知多少人宣告破产，多少人的美梦遭受毁灭……

长沙人并不因敌人杀到长沙而对薛岳将军有何不相信。他们相信薛氏定可本其三"捷"经验,而第四次把敌人打退的,所以有三分之二的市民是仅逃到湘潭湘乡一带,距长沙不到二百华里以内的地方,准备随时回到长沙。逃到衡阳的都已经是认为胆小的人了,但是他们遭遇的结果是怎样呢?长沙还没沦陷,敌人已先迂回至湘潭湘乡,一条风景秀丽的湘水上,竟成为敌人宰杀无辜难民的屠场!(按:这个惨局完全应当由国民党统帅部来负责。)

三、应战前前后后

长沙疏散完毕后,长沙就成为有名的"铁军"的长沙。这个部队先后经过张发奎、薛岳两将军率领,是抗战有力部队之一。长沙是抗战名城,铁军的将士们深以当局能把保卫长沙的任务交予他们引以为荣,他们均愿与长沙共存亡,以血肉来保卫这楚人的故都,不料偏在第四次被攻入,被敌人所沾污。

长沙四周均为丘陵,中横湘江,江西岸为岳麓山,可以居高临下,控制全市。第三次长沙会战,敌人以优势火力三面围攻,所以凡三日而不得入长沙,就是因为岳麓山我们炮兵发挥了最大威力。这次岳麓山仍旧被作为炮兵阵地,而且用的是由美国接济的新炮,同时长沙市郊的工事经过两年多的经营,当然也更坚强了。故从薛岳将军到守城士兵,大家对确保长沙都具有信心。

第三次会战是薛岳将军亲自在岳麓山指挥,这次薛氏是交由他的参谋长赵子立将军负责,铁军张德能部和特由后方赶来的新式炮兵均归赵氏指挥。

敌人虽由新墙河进到离长沙仅八里的捞刀河,但却没有向长沙猛攻,他的先头部队,转向湘潭、株洲窜犯,先把长沙东、北、南三面包围起来,然后再分兵强渡湘江,会合由宁乡南下的部队进攻岳麓山。炮兵到了与敌人短兵相接的境地，炮虽好，兵虽勇，也无能发挥威力了。（按：因为国民党统帅部的战略只是应战呵！）

长沙还未与敌人正式接触，而保卫长沙所依仗的岳麓山最主要部分已不守，长沙的守将们因责任重大，不能不做必要的打算了。

岳麓山炮兵既不能发挥威力，停滞在长沙外围的敌人才开始放肆地进攻。经过三十三小时的激烈战斗，张德能将军接到上峰命令，改变与敌在长沙决战的计划，率领部队突围撤退。（按：执行统帅部"军令"而撤出长沙的张德能，以后在"贻误戎机"的罪名下又被统帅部枪决了。）

抱定决心以殉名城的将士们，听到这个消息，他们并没有因可以逃生而喜，他们以长沙如此沦陷而悲，然而军令只有绝对服从。（按：就这样在服从国民党统帅部之失败主义的"军令"下，张德能被枪决了——长沙终于第二次陷于敌手了。三十年十一月敌第一次进攻，曾在长沙停留五日。）

据传汉奸唐生明，率领着伪军参加进攻长沙，唐逆曾做过长沙警备司令，对长沙地形是颇为熟悉的。

四、盲目的乐观主义

直到长沙失守，这个早把抗战忘到九霄云外的衡阳，才开始嗅到些战时气味，虽警报每天照例由早晨天一亮至夜十一时始解除，然金素琴仍不减其号召力，座无虚席。照例商人的感觉是很灵敏的，为什么前方打得这样紧，位距前线已不远了的衡阳竟如此安定呢？

原来衡阳的人是有他们的看法的，他们认为敌人前三次进攻都被我们打退了，这次进攻虽说兵力多些，我们不一定能把他们打退，但敌人顶多不过到了长沙、株洲就会停止，是不会到衡阳来的。同时欧洲第二战场开辟后，英美必以苏联在远东开辟第二战场为交换条件，华莱士访华时，经过苏联停留这样久，正是因此。所以他们相信苏日战争最近必会爆发，犯湘敌军就会北调，中国就可从此平安收获胜利的果实了。由于他们立下这种信心，故衡阳杂货堆积如山，没有因敌人快要杀来货价下跌，反之，不少控有游资的商人，尚跑到前线去抢运货物，预备利用战争发一笔大财。

七月九日，衡阳青年会不知在哪里获得消息，说日苏战争已经爆发，他们热心地在通衢要道大贴壁报，使一般相信日苏战争必然爆发的人，一时获得振振有词的根据，并骂报纸不灵通，连这样重要消息都不知道。可是报纸消息再不灵通，隔一日的国际大事总会有的，所以他们虽骂报纸，却等待第二日的报纸来证实。然而第二日报纸所证实的，不是日苏战争爆发，而是将使他们幻想破产的敌人攻势又获深入的消息。

市民们所以如此乐观的另一理由，是自湘北战争爆发以来，他们的市长赵君迈是非常乐观的市长，在公开的宴会上，不是说敌人已被我们打退几十里，就是说有最新装备的盟军已经开往前线，战局即可乐观；或是说国际局势马上要有大变化，日本即会退兵。市长是在美国学过陆军的，他每日与美国空军接触，与湘战指挥者薛长官通电话，市民们都相信他的话是可靠的。市长辛苦经营的建筑新衡阳计划，并未因湘战而停止，为"联络中美感情"费三百万元而建筑的舞场，即在战火浓烈中落成。市长把他在美国学得的外国 Boy 招待顾客的一套，亲自教给我们的茶房。美国空军们一日数次飞往前线作战，已无暇去舞场寻乐，舞场中尽是中国顾客，市长也出入其间，狂欢达旦，举行同乐。谁说他们忘记了抗战？他们不也有时高兴举酒杯为预祝前方胜利而欢呼吗？

（《晋察冀日报》1944 年 10 月 17 日）

海上的游击队

曹秉衡

【新华社鲁中九月二十二日电】无论在东海、渤海或黄海,敌巡回海面,企图封锁中国的领海,经常是一艘巡洋舰、一艘小型炮舰、七八艘汽艇巡逻,以后就选择一个海口登陆,大烧大杀,把商店里的店物、渔船都抢去。日本海军自夸很有教养,其实他们最熟悉的技术倒不在战斗,而在抢夺。

敌人一方面海盗似的掠夺,一方面还用欺骗手段,大嚷"海口开放",他想以他占领的海港贸易来压倒控制我们的海上贸易。可是我们的商人、盐民大家一条心,冒着惊涛骇浪,繁荣自己的海口,反过来封锁敌人,其中最优秀的人民,组织起武装,战斗在海岸线上,争夺恢复祖国的领海。

以帆船来对付敌人的军舰和海上飞机,该是件多么艰苦的事啊!

八路军新四军的海上游击队,在坚持斗争中成长壮大着。

组织是大小不一,有海上保安团、海防警备团、海口游击队、海防队等等,有大致近千人的,也有小至二三十人的,成员绝大部分是海口渔盐工会的会员,有一些却是以海为家的老水手,有被海洋熏陶过的标记和本性——褐色的皮肤,爽直冒险的性格,不怕任何艰难的斗争顽强性。有一些是对敌人怀着血海深仇的渔民,他们亲眼看见自己的渔船和渔网被日本强盗击沉,亲耳听见自己的妻子儿女的哭声消沉在茫茫的水中,今天拿起了枪,煽起了复仇的火焰;有一部分是八路军新四军的主力,他们决心驻防海上,保卫祖国的海岸,即使自己的热血洒在滩上,自己的身体投入海洋的怀抱。

游击队的船只是轻便而飞快的,有的是装甲的,有的把从敌人那儿夺来的橡皮船做成船上的各种掩体，大船有五桅，顺风时帆张得满满，旗帆飘扬着，水兵会员喜欢在这样的情况打击迎面来的敌人——"可以速打速决"。

我们能够巧妙地化装渔船，避开敌人的巡洋舰，在淡水海口躲开敌人汽艇的包围；而常常伪装商船，乘敌人强迫检查，我们突然以出其不意的手段开火，用大批手榴弹投入敌汽艇中去，用大刀长矛短枪解决战斗，以这样果敢的动作捕捉着敌人汽艇已经不少了。有一次，我们船上装了不少沙袋，敌人以为是满载大米的航船，开足汽艇的马力驶过来。我们也装着愿被他检查的样子，等汽艇靠近我们时，我们的特等射手首先射倒拿旗子的敌人；敌人的火力未展开，我们的机枪使敌人不得窜到舱中去；我们钩住汽艇向舱里扔手榴弹，用短刀歼灭了所有的日本强盗。

对付敌人的运输船比较容易，因为每艘船上只有一个日本兵，其余差不多是朝鲜人和东北人。我们常常用水陆夹击的办法，以火力压迫他们到我预定地点，配上陆上预伏部队予以消灭。有一次，我们的海上水兵和陆上骑兵互相配合得这样巧妙，把九只敌人运输船解决了，把坚决抵抗且不投降的日本兵抛到海洋中去，俘虏了三个日本兵，解放了十二个朝鲜人，满满一船的苹果及其他八船的粮食和日用品，运输到根据地，作为游击队胜利品去展览。日本海盗被我们水兵打击后，常常以海陆空军配合"扫荡"，但海阔天空的海洋，高过人头的蒿草地带，村庄稠密的河床港口，成群结队的渔船，都是我们转移和"反扫荡"的好地方。我们不但能坚持在海岸线上，我军还能展开麻雀战，打击敌人的"清剿"。在反"扫荡"中，我们曾去袭击敌人的灯塔，我们曾在海港入口处去布置水雷，曾在暗里掩护主力登陆，以五分钟的埋伏战斗，歼灭了敌伪两个中队。我们曾出人意料的，三番五次在敌人有军港设备的岛上歼灭敌人。假若我们有更多的装备和接济的话，海上游击队的战果将更是惊人的。

水兵虽有不少的射击的能手，但他们还是虚心地研究海上射击，他们知道，在海上因海浪的起伏波动，命中比陆地困难，因此他们步枪的开火标尺，时常是一百五十余米。他们都下决心把自己训练成特等射手，他们专打敌人的指挥官和舵手。有一个水兵，他能够在一百五十米以外很准确地打中桅顶或打断张帆的绳索。

我们水兵都知道为谁战斗，他们团结组织渔盐民，不少海口的渔盐民救国会组织起来了。

对商人我们也极力照顾，因此，海上游击队的旗帜飘到哪里，哪里的渔盐民就欢笑起来，商业贸易也活跃起来，连沿海的土匪海盗也慢慢地归正了。

（《晋察冀日报》1944年10月20日）

葛存村的一日

——敌后新民主主义社会农村生活剪影

葛存村生活、宣教委员会讨论　蔡迪 执笔

天还没有大亮,在蒙漠的气色里,隐隐看得出隔不远,一大捆、一大捆粗实的蒿岗在守卫着街道,整个村子,静悄悄的,没有一点声音。

那扇小门推开了,葛存习惯地走到当街去打起床钟。

小忠儿第一个听见了钟声,一骨碌地爬起来,推了黑丫头一把:"快!快!今个咱们值日。"跳下了炕,拿起那把快有他那么高的扫帚,去扫街了。村子都醒了;碾子咯吱咯吱地响起来,井上的辘轳骨碌骨碌地转起来,每家的灶火膛里的火都呼呼地烧起来,铡刀也咔嚓咔嚓地响起来……

小忠儿一直扫到村边那个大蒿坑边,张献这个黑巴巴的年轻汉子,正跟他那傻哥在割蒿哩。粗实的蒿捆,堆在一边,他一边下刀,一边眯着眼睛笑嘻嘻地自己跟自己说:"多喜人呀!这老大的满捆,嘿!嘿!真喜人!"停了一下又自己念道:

"嘿!葛存哟!要不是拨工组集体帮我打一天卖蒿,就有吃?就有劲?打这老些蒿啦!明年一亩地保证一百二十驮。葛存哟!贫民冲你也非翻身不行!"

躲在一边的小忠儿"噗嗤"一声笑了:"看看!跟蒿说话哩!"张献不好意思了,要吓唬他,小忠儿抱上扫帚就跑,他刚要追,当当的钟声又响了。"收拾家伙吧!吃饭了。"

吃了饭不大一会儿,生产钟又响了,背背架子的,牵着牲口的,一个个都拿着一把镰刀一捆绳。整个街道又满实又热闹。葛存大声地吆喝:"齐了吗?""齐了!""今个驮蒿分队上小峰沟,背蒿分队上南泉,走吧!"这个热闹的队伍就出发了。

驮蒿分队骑上小驴,走了八里地,才到了小峰沟的坡根底下。大家跳下驴安置停当,就坐下吸一口烟,×园村的刘××带着他的两个小子正在割蒿,看见这一伙人,愣了。大家挺快地抽完,说一声"干!"一下子就都上去了,这个喊着:"快呀!"那个喊着:"看谁当葛存呀!"手头慢的真怕叫大家落下,尽往上赶,一会工夫一面坡就一马净了。刘××认真地瞧着一边点头:"是这么着!是这么着!打蒿是得这么着!"逗得大家伙都笑了。

像往常一样,葛存指挥着各个小组,把沉的蒿捆扎在壮实的牲口上,弱巴点的就扎得轻些。那六个身子骨弱专门赶驴的,就分别压着快驴组、慢驴组往回送,剩下的人打了一阵子蒿,就按着小组,一股□一股□分散在沟里,学习小组长就当了主席:"咱们今天把这几天的生字练巴练巴,明天又要考了。"葛存挺小心地掏出那个小折子,比拿镰刀还用劲地拿着铅笔写起来,村长在一边帮助他。写的人不是小麻纸本,就是在地上用树枝画:"锄三遍,打蒿,刨菜地……"歪歪扭扭的,真比打蒿还用劲干着。

太阳走到正当中了,除了驮蒿分队的人们在山里吃饭,别的人都回村吃了。郝作书,摸了摸嘴,就往张国九那儿跑:"国九!快走。"他们几个找齐了,聚在荫凉底下,郝作书一面抓头一面流汗:"这个非编出来不行,大黑报第六期该出了。人家葛存挺能编,咱们别落后呀!"那边小学生们也翻腾得挺起劲;小忠儿、淘气、云小……一边跳一边喊:"我是一个好主任,名字就叫大葛存……"越唱越乱,正在编报的郝作书急了,站起直跺脚:"人家葛存可没有你们这么七喳叭,上学去吧!"孩子们一溜烟跑了。坐在一边搓麻绳的张老奶奶自言自语地说:"人家葛存说话少,可是说一句顶一句。"

第二次生产钟又响了,大街上尽是扁担、筐和排了队的妇女,队长张连阁正在跟大家伙说着话检查着学习小本。作书和国九就带着背蒿分队出发,坐在大门口上看着勾凤鸣的小伍儿的张连阁的老娘,正跟老奶奶说:"今年妇女们可顶上个长活了……"作书就大声地吆喝起来:"真是抱娃娃模范,大妈,上报了……"张国九就背起大黑报来:"咱村有个老模范,她抱孩子最能干……咸菜切得小小的,豆儿弄得好好的!……"人们笑着过去了,张大妈心里实在的欢喜,认真地拉着老奶奶:"真的?娘儿们也能当葛存吗?""行是!玉连她们说当什么韩凤龄呢!"妇女打蒿队正唱着:"韩凤龄生产作模范……"出了村子。

天快黑了,妇女们挺有"架势"地挑着蒿担子,排着一长队,回来了。有病的中队副就在当街上拿着公粮大秤,帮她们过起秤来。妇女们在一边,排好横队,唱了个《没有共产党就没有中国》,最后"杀"的一声解散了,大家争着跑过去打听"唐淑芬、张连阁"最模范,立时传遍了,勾凤鸣带着这个好消息去找张大妈,一进门,小伍儿正在炕上玩得挺起劲,看见了娘,伸出小手来笑了,勾凤鸣也笑了。张大妈更笑着说:"快亲热亲热吧!"

娘儿俩回来的时候,当街上一个人都没有了,各家的屋顶上都冒出一股股的炊烟来。

回来的道上,驮蒿分队的牲口组早前面去了,剩下的人们都背上两捆蒿,边走边笑,大家都议论着葛存说的"发愁爱睡觉"这回事,老农会长最会发挥了:"真对!真对!抗战前成天愁租子,成天没精神,你们看现在大生产、开会、上班,一点也不困,尽笑了。"正巧碰上了背蒿分队也回来了,年轻的中队长一看见他们就喊:"云洲!今年怎么样?"立时就有人答言了:"下不了七百斤,模范哟!""真行了!"人们都在夸奖着,葛存是在刘云洲跟前,恳切地说:"要小心身子,咱们工人身子更要紧。"

进了××庙,他们村也正热热闹闹在过着秤,他们的村副看见了这个大队笑着迎来:"嘿!还是你们!"出了村葛存微笑着说:"先头咱村又驮柴又锄地的那个队过他们村,他们不是笑话咱们疯了吗?你们瞧,现在他们也组织起来了。""是哟!全区都得组织起来呢!县里送你的那个大旗不是写着组织起来耕一余一吗!"郝作书乘这个机会又露头了，"你们说说，'组织起来'是谁说的？""区里吧！"国九笑了。"不，咱们的毛主席。"人们都重复了一下："嗯！毛主席！"

天上的星星一个跟着一个亮了，人们的大撒鞋踩着石子，发出坚硬的声音来，不知是谁用粗厚的嗓门唱着：

"天上有个北斗星，地上有个毛泽东……"

到了村口，刘占迎就喊着："张旭！快过秤了，可别叫你老婆子比你更模范了。"人们又笑了，小忠儿、刘锁正迎着喊来："快吧！葛福老叔连驮带背一千八十斤。"大家的脚步都加紧了。

晚饭钟一响，各家的铡刀都不响了。张国九的一家大大小小都围着那张小矮桌子吃饭，在明亮的月光底下，每个人的脸都挺欢喜，吃着半截，张玉连问他哥："该给我张嫂买袜子吧？我们一人一千五百斤蒿老早就超过多了。"小忠儿也喊着："我拾了一千三百多斤粪了。""咱们别急呀！明天咱们就开第二次家庭会议。"老奶奶可是同意了："家庭会议太好，葛存是有主意，你们瞧小忠儿天天不用叫，大老早爬起来就拾粪，开吧！"小忠儿看见妈妈、姐姐、嫂嫂都在笑，小心眼真叫痛快。吃了饭，国九催着大家伙："快上班去！今个念报，葛存上报了！"

上民校钟有劲地响了。"作书这小子真有劲。"国九一边说一边就往当街走，正碰上邢云生的老爹拄上双拐杖来了，心口长大疮的张忠，更早早地坐好了。"哈哈！真模范！怨不得上了大黑报呢！"老头子坐在张忠的一边："听上瘾了，我年轻时候要碰上这年月……"

鼓和镲都敲起来了，热闹得要把村子都翻过来，人越来越多，鼓一停，不知是谁唱着："月亮是天灯，胡同是学堂。"大家又笑了，中队长又跳起来："欢迎妇女唱个歌！"男子们都啦啦起来。"对！咱们唱韩凤龄。"人们静静地听着。"韩凤龄当了劳动女英雄，边区的妇女也都光荣。政府奖给她一条大黑牛……"妇女们从心里笑着，嘴张得更圆了。徐月英在月光里轻轻地摇着身子，好像那垫得满满的一圈蒿就在眼前一样。坐在一边的崔学玉也想着："老汉子做买卖回来赚了钱，他哪知道我打卖蒿也赚钱哪！"欢喜得把唱歌也忘了。

点了名，小学教员就念着《开展葛存运动》的日报，人们用劲地听着，又要求再把挑战书念念……一直连那个短评都讲了，人们松了一下劲，觉得一股子说不出的劲头来。葛存就用他那朴实的声音说了："上级太关心咱们，加油吧！耕一余一，过好日子，报上说得清楚，回头小组会把战斗准备也讨论一下，妇女们得埋地雷，还得加油，区妇女部会议，叫你们去表演呢！这就开会吧！"一个小组，一个小组都分散去开碰头会。

睡觉钟当当地响了，人们在钟声里，各自往家里走，不知是谁又低声地唱着："今天工作又完了，我们回去睡大觉……"这朴素的歌声在巷尾消失了，整个村子也睡了。

半夜里，两个人沉着地走过当街，那是中队长和指导员去查岗哨。

一九四四年九月一日

（《晋察冀日报》1944年10月20日）

毁灭禅房据点

刘亚生

五月二十日夜里，有五十个黑影子，悄悄地向着禅房据点移动着。禅房据点是藁无六区三大据点之一，敌人为了便于抢掠六区沿滹沱河一带村庄的财物与抓捕青壮年，远在一九四一年就把这把尖刀插在这儿了。

敌人住在南街一座森严的大庄院中，庄院的南北修筑了两个大炮楼，围着院子还挖了一眼难见底的大深沟，沟底遍插着尖锐的木棒子。沟的里岸，堆积着一人高的树枝荆棘之类的障碍物，上边还有一颗一颗的拉开弦的手榴弹倒挂着。

这是一座杀人不见血的监狱，里面的凶残，活人是不得而知的，因为从那里能出来的没有一个活人。他们在狱门上写着"人进鬼出，三天净狱"。因此，在这三年的光景不知道被它残害了多少条中国人民的生命。

五十个黑影子，一个复一个的蹬着肩膀从墙头上越过，悄悄地在一所预定的院落里住下了。

"同志们！敌人的规律是早晨要跑步，我们明天乘机冲过去，杀他个措手不及……"贺政委小声地告诉大家。

天亮了，可是没听到起床号响，也没听到跑步的声音。

"莫非那小子们都睡死了？那样也省事。"

"大家别吵哄，咱们住的隔壁就是伪大乡公所，错对门就是敌人住的院子，走漏了消息可不是玩哩，早晨不得下手，到下午他们游戏时间也是一样……"贺政委警告了大家。

五十个人紧紧地挤在这一间屋子里，有的猴抱头搂着枪睡觉，有的"剪子石头"猜拳，也有指"鼻子、眼、嘴"地游戏着，但声音都很小，你如果站在门子外面不会知道屋里藏着有五十个英勇的好汉。

"报告班长，我要解个小手。"

"小声着，在那个尿盆里放上一块木板，顺着木板尿下去，别让盆响。"

屋子里尿满了三大盆尿，空气被五十个人使用的一些新鲜味都没有了，污浊得要人呕吐，有的头昏起来。

"同志们！要忍耐点，把窗子上边撕开一个孔，轮流着到那地方去呼吸几口就要好些。"

第一天早晚两个机会都错过去了，只有再等第二天。

五十个黑影子，在这天深夜又移动了一下，住在和据点正对门路北的一家，但第二天早操的机会又没有了。五十个勇士，积压得满身暴力，静待着猛扑的时机。

"保险叫我的刺刀吃肉带血回来。"

"同志们！不要急，老母鸡孵小鸡还得孵二十一天哩，今天下午吹吃饭号的时间我们一定下手。"

"政委，那么咱们也得啄开蛋皮看看是个坏鸡蛋不是。"大家都笑了，但笑声都在嗓子里没有出声。

"不是坏鸡蛋，大家尽放心。"

嗒嗒的吃饭号吹了。

贺政委一看表和昨天下午正是同一个时间。

"准备！我们就冲了！"

一个线索情报员在前头走，后边紧跟着两个伪装的特务，走到据点门岗上，那两个倒霉的家伙还认为是石门来的高等特务呢。

"哼！"一个立正礼，假特务一个箭步跳过去，一把抓住了那个倒霉鬼的枪，"啪"一个耳光。

"怎么你们使这种枪？"盒子炮一堵，逼住了他。

"别动，动，揍死你！"

第二道门岗一看，撒腿就往里跑。

"有事！有事！……"大声喊起来。

"没有事老子们来这里干什么！"二班长石受春像只猛虎，随着便追进去，一看都在外边集体吃饭，说时迟那时快，"轰！"一个日本手榴弹掷过去，立刻倒了六个，饭、饼子、碗、随着弹片飞满了院子，五十个勇士像决口的洪水汹涌奔来，满院子伪军像驱散了的羊群，分窜到两厢房和炮楼里。

枪声弹声立时响成了一片，不到十分钟，第二节院子完全昏暗得看不见什么了。

"伪军弟兄们！缴枪吧！中国人不打中国人！"

"好吧！八大哥们，我们缴枪了。"一个个都跑出来把枪顺着递过来。房顶上的伪军马班长仗着一长一短两件好家伙，不住地往下打，六班长阎占秋眼红了，跳上房去，把枪一瞄，"啪"一枪结果了那个执迷不悟的狗东西。

"向北炮楼上冲啊！北炮楼弟兄们快缴枪！"阎占秋眼珠子快凸出来大声地喊，他一气打了三十多个手榴弹，北炮楼上的伪军们也缴枪了。

在战斗静下来的时候，代之而起的是嘈杂的人声，和着紧张搬运东西的脚步声，混乱地杂成一片。

"同志们！你看，跑了一个。"

女老乡拉着阎占秋指向那边。阎占秋瞪着眼向那个跨院追去。

被锁在屋子里的民夫们，正从屋子里一长串地往外走，那家伙一扭身就混进去。

"嗨！别一块臭肉坏满锅汤。"一只粗大的手捏着一只耳朵，从队列中提出他来。

枪声由稀疏而静止下来了，禅房和四周的邻村老百姓们来了，来了，人的海口加扩大起来，无数的群众高举着手，呼喊起来了：

"八路军真是神兵，救命的恩人们哪！我们翻身了。"

在战斗进行中，从张家庄出来了增援的敌人，也被我们打了回去，并俘五人。

这一次强袭，作战时间一共五个钟头，我们缴获了步枪五十七支、掷弹筒一个、手枪两支、抉枪三支、子弹七八百发、战马三匹、刺刀二十五把、车子二十辆、伪钞一千二百元、粮食一千八百斤，俘伪军中队长以下五十四人，伤六亡四人，并解救民夫二百余人，我亡一班长，伤二人。

一九四四年九月二十五日

（《晋察冀日报》1944 年 10 月 21 日）

荣誉军人
——康福山的前后

辛毅

一、康福山遭过大难

他记得自离开娘的奶头，就没吃过一顿饱饭，那时节他十岁光着屁股跟娘到地主家当小工混饭，娘给人家转锅台，把不满半岁的妹妹奶子卡断，怀里喂着地主的儿子；爹是个老长工头，受了一辈子苦，劳累得圈腰背骨，呼噜气喘，成了废人。眼巴巴盼着福山长到十七岁，爹娘乐地说："福山骨头碰磅了，可以挣钱养活老的。"谁想到那年天红地旱，遭了年景，有钱的"善"人们把他们一脚踢出了黑漆大门。娘领着他们冒着冰霜，回到那打不开转身的草房，冷森森的，没锅灶，无柴米，爹饿得像一堆干柴火，躺在草堆里，眼皮都抬不起来。福山每天出去寻活做。碰运气给人家做上一天短工，挣上一个人的半顿米回来，养活六七口人，每顿饭娘吊着泪，把稠的捞到福山的碗里，剩下些汤汤水水，掺上谷皮，一家人塞进肚子里去，有时几天还揭不开锅！饿啊！大的哭，小的嚎，饿得肠子在肚里拧绳，一个一个的饿成了皮包骨头，娘呆望着大的抱起了小的。福山身子虚胖的黄的像蜡打了样，躺在炕上和娘默默对看着。

邻家的年老人劝说着："唉！可别把孩子们废了命，把闺女早早抱给人家（卖）饿不死捞个活命！"娘听了这话心惊肉跳得不敢说个是，或者不，卖儿女比割身上的肉还疼，谁肯，天啦！不肯饿死连个活命也捞不上，遭罪，娘想着……

眼看着要饿死人了，没法儿；第二天，二斗谷子把大妹子卖了，端起了卖儿女的米，谁也咽不下去。

爹快饿死了。这是在旧年三十晚上，娘，这饿成半死的女人，再没眼泪为她的儿女流了，她狠着心，从自己骨头上割下这第二块肉，只有五串麻麻钱，把二妹子卖掉了。在那漆黑漆黑的旧年三十晚上她把身上割下来的这块肉送出大门，雪落着，她披毛大散地跌跌撞撞爬回来，放声大哭了。

大年初一，爹说："把福山也卖了，省得跟着这不成器的老子娘做个饿死鬼。"娘说："不，不能卖，小子长大能沾光。"福山听了娘这句话心酸了，为了这，他在滴水成冰的日子里，跑进了行唐当兵，为了这他忍受着那些军官们的皮鞋底子、拳头和军棍。

他能给老子娘沾光吗？！他已经知道自己走错了门径。

娘捎来个信，说爹死了！福山跑回家，却给爹找不到领芦席睡，找不到一块地埋，他抱着头在屋子地下蹲半夜，天不亮就又走了。

爹死了，娘呢？娘变成一个疯子，披头散发地狂叫着跑出去找她的儿女。娘到底死在什么地方，福山都不知道。

二、康福山为首罢工

他早不干那种队伍了，回了家，拼着一身气力扛短工，三天饱，两天饿，总是垫不饱肚子，富人们使唤不着他，说句话得捏着鼻，嫌他气道。福山记死了这点，他是个生就的穷硬汉子，穷，要穷得钢巴硬正，饿死是命，不为非作歹，不向人低声下气，这是他的主张。于是，几天揭不开锅，饿得撑不住，紧紧裤带，跑到没人的地方睡上半天，爬起来身子软绵绵的，支不起腰，抬起眼皮，天地都在打旋转，硬汉子呛不住三天不吃饭。福山打定了主意要走，他和村里两个顶穷的朋友，一个叫百岁儿，一个叫迎春，凑在一股堆盘算着出口外，村里人们嚷嚷着"百岁儿、迎春、乱割脑（福山的外号），一心想上秦皇道"。第二年春天,这三个穷人背起铺盖卷子走了。

到山西大同,福山算走一步时运,当了一名铁路工人,开头工头对他们说:"小伙子,干吧!七块钱一天,比甚不好?""干就干!"他们就干了半年,打石头子,扛道木,每天两头见着星星地干。可是,他们干了半年,没有拿到一个铜板,吃饭像喂牲口,两顿杂粮还吃不饱。十冬腊月,滴水成冰的天气,他们还穿着破单衣,光着脚板子在干。工人们受不住,要求领工资,工头抽了他们一顿鞭子。福山咽不下这口气,咬着嘴唇一天没言语。晚上他对工人们说:"咱们受了苦,不给工钱!打!这些臭婊子,吃了咱们工人肉还想咽骨头,不给钱,明天不上工,谁向后缩是闺女养活的。饿不死,活路多着呢。""对!老康说得对,谁怕是闺女养的。"工人们像油烧了似的,闹腾了一宿。第二天福山为首领着工人向工头要工钱,那个大烟鬼的工头,白眼一翻露着牙根子说:"钱钱!你们要甚钱,你们得了想钱痨!"福山领着工人喊:"不给工钱,我们不上工!"工头两只手拍着屁股跳得多高:"不上工,你们谁敢!敢!"福山肚子的火一股一股往上冒,拍拍胸膛:"我敢!姓康的。""你!你吃了枪药了吗?这么□!"工头伸出个大拇指说:"叫警察,你能硬过我!"福山扛起铁锹向人们说:"走!跟我走!没有饿死的路。"

走!他们走了半里路,工头赶上来,嬉皮笑脸地说:"伙计们,工钱领不下,怪公家不给,给我生气顶甚!回去商量,别穷汉子拉硬屎,饭碗子打了会饿死人的。"福山被一套甜言蜜语欺骗了。

复了工一个月,还是领不到一个铜板,这次福山的火气压不住了,他领导工人包围了票房,要见站长,站长溜走了,工头装模作样地由票房出来说:"姓康的,你闹甚,警察马上就要抓你,你还要不要脑袋!"福山眼前直冒火星子:"我就没打算着要这颗脑袋,我先得收拾了你狗操的。"福山狠狠地打了工头两铁锹,工人们嚷着:

"打！打死这狗婊养的。"乒乒乓乓地打起来，把票房也给砸了稀烂，工头像条落了水的疯狗，从人们腿当间，挤挤爬爬的，钻出去喊警察，护路警吹着警哨，福山并不怕，他对工人们说："闹吧，不怕！要脑袋，我去挡！"大闹了一天。

晚上工人们围着福山，有的掉着泪说："走吧！你走，老康哥，三十六计走为上策，落在这些黑狗（警察）手里，可造孽。"当天晚上福山怀里揣着工友们给他的十几个莜麦团团离开大同了。

"手中无钱到处难"，那年福山回来又给人扛长工，那时节，背地里传说着江西闹红军、打土豪，福山也暗地祷告着盼望红军早一天来……

三、康福山荣归故里

那年，福山这个土庄稼把子，扛着一挺机枪去参加百团大战，这时他已经成了八路军一个顶呱呱叫的机枪射手，攻占娘子关头，他的机枪打得最漂亮，当那面鲜红的国旗插在娘子关头的时候，他也微笑着高举起他的机枪站在国旗下面。

"大傻"，因为他忠实、勇敢、大胆、不怕死，连长和同志们都是喜欢这样叫他！他是连里头号大肚子，吃不饱饭，同志们都说："咱们少吃点让'大傻'吃饱。"连长有好的吃，总是说："给'大傻'留点吃！"最初他不喜欢认字，提起上文化课就头痛，后来升了班长，连长批评他："大傻你当了班长，不学习文化，不行的。"从此福山只要一得空，就找个没人的地方，用一根木头铅笔，在指导员送给他的小笔记本上，画着歪歪扭扭的字，连长或指导员碰见了说："大傻我看看你写得什么名堂。"福山脸红了，害臊不给看，赶快用手掩起来。

在连里福山向来是个遵守纪律的模范！可是在盂平县一次大战斗

中，他和一个日本兵扔筋斗，那个日本兵扔不过他，咬了他一口，他火儿了，夺过日本兵的刺刀要刺，教导员喊："福山，杀俘虏是犯纪律的！"福山放下了刺刀，他永远记着这一次的错误。

四一年反"扫荡"中，一天早晨，还在万子里村东，被大他们十倍以上兵力的敌人包围了，二十几挺机枪围着他们叫起来，子弹比雨点子还稠。日本人的大炮、掷弹筒、飞机，这一阵凶猛的投弹，阵地上弹片人肉横飞，烟气冲天，眼睛眯得看不见什么，耳朵震成半聋。连长命令突围，十几次都没有突出去！直打到黄昏连里四挺机枪被敌人夺去三挺，只剩下福山的一挺在抵抗，这时他们班里只剩下他一个了，他趴在死人堆里转着圈子打，最后他用肩膀扛着机枪边跑边打，冲出了日本刺刀围成层层的环圈。

当他脱出敌人重机枪的射程时，他看见自己两个鞋窝里灌满了鲜血，才知道自己左腿上受了两处伤，右腿上一处伤，他仍然不知道疼，跑到天黑，找不到一个自己的同志，跌跌撞撞地爬进了石洞，拉开枪栓已经是没有一粒子弹。他手里紧抓着一块石头，心里想，鬼子来了砸鬼子，狼来了砸狼。他身边没有了一粒食粮，饿了爬出去吃生北瓜、生茄子、生葱，渴了喝冷水，为了保存这挺机枪没有合眼熬过了三天三夜。他盼望着能看到一个自己的同志把这挺机枪交回营部，死了也安心。

第四天的早晨，他在这里看到了自己的同志们，这些同志们是教导员派出来在这里——他们流血的地方，搜寻他们的踪迹，他看见了同志们，兴奋得流了泪，同志都紧紧地围着他，抱着他，安慰他，问他，他不说别的先问："我们连长呢？同志们呢？"同志们只好对他说："你放心，他们都回去了。"他才现出了笑容。

福山坐担架回到营部没看见别人，先看见负了重伤的连长，他放声大哭了……

因此，在全团军人大会上，政治委员号召全体指战员向福山学习，他光荣地获得了战斗模范的奖励。是年冬天福山解甲归里了。

四、康福山创下奇迹

他的家乡是处在敌人密密层层的点碉林中。"回去要领导民兵抗日……"福山回到家时时刻刻记着教导员叮咛他的这句话，他的伤没有好就组织游击组，费了很多心血，把这群土庄稼把子领导起来打游击，在这里他创下了说不清的奇迹（八月二十五日日报介绍过的不重提）。为了大家的安生，他没睡过一天明觉，总是半夜里爬起来，和他的组员转在大沟沿和"堡垒"附近，监视敌人。天一亮，敌人不出动，他先跑回去对村长说："睡吧！没事。"人们能安生地睡觉。

在反"蚕食"斗争中，一次晚上，他带领三个组员，割了城关到南□一段电线，到北间捉了一名大汉奸；走到西桥，敌人把村子围了。他肯定地说："不许乱，坚决抵抗，到时候跟我向外冲！"他们四个人和七八十个鬼子打了大半天，突围时福山打死一个鬼子，一个组员和鬼子扔筋斗，福山急得喊着："跑呀！宁死不当俘虏！"组员扔脱鬼子跑，鬼子后面追，福山扔出去一个手榴弹把鬼子打倒了，救了他的组员。

村子人们慌慌乱乱地嚷着："不行，鬼子把南桥包围了。"福山不信，亲自去侦察，他走进南桥村口，和鬼子碰了头，他很快地用破棉袄把手榴弹卷起来抱着，鬼子用刺刀堵着他："什么的干活！"福山不慌不忙地说："给皇军拣鸡蛋的干活！"鬼子放下刺刀拍拍他的肩膀说："良民的，大大的好，我的也要，快快的！"福山扭回头走了。

沙河里漂起了冰花，福山不怕冷，他不断地过河和敌人作对。在曲阳枣林、吊鱼台破坏了敌人的铁丝网，烧了鹿砦，活捉了治安军营长的父亲，破晓他们才回来。

今年春天，队伍下来保卫春耕，福山自动地带着他的游击组配合主力，烧了敌人圪坨头的大桥，使敌人几天不能通汽车；在离城三里路的汽路上捉回来三个送信的伪军，缴获了文件包和敌人"绥行搜探班"的长形图章，在一月内他捉过十三四个汉奸。

"快腿子土八路"早驰名了，敌人要捉他！一次，福山查完哨回来，和几个老年人在村头上拉闲话，没提防，鬼子端起刺刀到他跟前了。福山往起一跳哇叫了一声："呀！这不是洋鬼子吗?"吓得鬼子后退了几步，福山纵身跳上了一人多高的土坎跑掉了。最玄妙的一次，敌人包围了村子，福山没跑出去，握着手榴弹，提着大铡刀片蹲在他的小屋子等着，伪军们在房顶上跳得多高，喊："土八路！有种你出来呀！"福山心里说："狗小子你有种下来吧！"没有一个伪军敢进他门一步。

从此福山每天晚上在他的门上拴上手榴弹，屋子地下装上地雷，头底下枕着大铡刀，伴着他的手榴弹抉枪睡觉。

五、康福山舍己为群

福山生活□□，为了抗日他不说这，村里有个土财，得空子就对福山说："福山你的生活挺不强！这么下去可不沾，不如给我去扛长工，落几个钱好起家立业。"晚上福山把这些话对他的组员们说了，并且说："为了肚子饱我要去扛长工，你们另挑选个人领导你们抗日吧！"他的组员们都急了，抢着说："万不能，你万不能走，你没有吃的上我家去吃！"福山笑了："我不走！我不过试探试探大家，我这辈子就不打算升官发财。为了抗日，我两天吃一顿饭，也得和大家抗日到底！"是的，他的脑子里只有一个念头，那就是抗日、革命、为大家谋利益。他当游击组长的那天，他就向大家定了个誓约："死不当俘虏！死不投敌！死不暴露军队秘密，不报告公私坚壁财物，不向敌报告游击组，不杀俘虏，不搜俘虏腰包，不破坏群众利益⋯⋯"他把八路军这些光荣的传统，完全带到了农村，直到今天，他的组员们没有犯过这些条规。比方那年两个组员给鬼子捉去砍了头，今年一个让敌人捉去，如今还关在敌人的牢里，他们都没有一星动摇。

  为了大家的利益，什么样的冒险事，福山总是走在大家前面，他不顾虑自己的生和死，有时候为了一个任务出去侦察，两天不吃饭，饿得走不动，他都不在乎，也不抱怨，由于这他在人民心里有着很高的地位。他今天不像过去那么穷了，政府关心他，人们拥护他，村里今年给了他二亩学地，三亩庙地（官地），五月间帮他说了个媳妇。这个小娘们，也是个穷人家的姑娘，穷是穷，穷得本分，粗手大脚，会过光景。娶她的那天，福山对她说："你也别嫌我穷气，我可怜你，因为你也是个无产阶级。"从此福山不但更坚决地抗日，也着手创立他的革命家务。

六、康福山受奖以后

  七月节县里开大会，福山得了战斗模范奖励，回了家，人们都为他喝彩。他一点也不傲气，晚上，在队员大会上，向大家坦白反省。他说："我退伍回家的工夫，教导员对我说：'福山，你回家去要记着三件大事：第一要领导民兵抗日打先锋，第二要学习，第三要生产改善生活。'今天县里说我是个模范，我有点害臊。这是大家的功劳，我不模范，因为我的生产学习做得不强，对不住八路军，对不住政府。"在大会上他向大家宣了誓，今后自己每天要认三个字，自己要生产，还要领导大家生产，队员们拍手赞成。当时，他们推选康耀东为学习组长。你看吧！每天大伙围在福山的小屋子，认字讲政治，学习歌子，念群众报，红红火火的，闹上半夜才散。

福山的岗哨也更严了，每天五更星一上来，他就把队员们都叫起来，查完哨，天还不亮，就出去拾粪、割草，还开了几亩荒，现在谷子长的半人高，荞麦也开了一片白花。他们高兴说："可以解决了咱们的战斗粮，这都是福山哥领导得好。"

秋收一开始，福山把他的队员组织起来，分了三个组，一个包工组，一个拨工组，一个帮助抗属难民组，每天还有三个人专门侦察敌情，队员下地都得带着武器，一有事就集合起来打伏击。他们每两天晚上开一次检讨会，在会上福山先说："不论官兵大小，有了事都得说出来！"人们都夸奖"福山的游击小队可真像个正规军"。

是的，福山的游击小队，今天又轰轰烈烈地出现了个新鲜的面目，将会有更光辉的成果贡献给人民的。

康福山，真是荣誉军人的一面大旗。

一九四四年九月十五日于福山的家乡

（《晋察冀日报》1944年10月21日）

韬奋先生哀词

——在重庆追悼会上的讲演稿

郭沫若

韬奋先生！你是我们中国人民的一位好儿子，我们中国青年的一位好兄长，中国新文化的一位好工程师。你的一生为了人民的解放，为了青年的领导，为了文化的建设，尤其在抗日战争发动以来，为了争取反法西斯战争的胜利，你是很卓绝地、很热忱地用尽了你最后的一珠血。在目前我们正迫切需要你的时候，而你离开了我们，这在我们是一个多么大的损失呀！这是一个无可补救的损失呀！（泣声和掌声）

韬奋先生！在你自己，怕应该是没有什么遗憾的吧！你把你自己慷慨地奉献给了人民，而你自己已经成为了一个很庄严的完整的艺术品。在你自己，怕应该是没有什么遗憾的吧！（鼓掌）要说有什么遗憾，那一定是在目前反法西斯战争已经接近胜利的期间，而你没有可能亲眼看见中国人民得到解放，中国青年的无拘无束地成长，反而在弥留的时候，你所接触的是中原失利的消息，湖南失利的消息！（大鼓掌）这怕是使你流着滚热的眼泪一直把眼睛闭不下的吧！这在我们，作为你的朋友的我们，尤其是长远的一个哀痛！是我们的努力不够，没有把胜利早一天争取得来，反而在全世界四处都是胜利的声浪中，而我们有日蹙国万里的形势，增加了你临死时的哀痛。我们在今天在这儿追悼着你，至少我自己是深深地感觉着犯了很大的罪过的。

但是，韬奋先生！你是真的离开了我们吗？你是真的放下了武器倒下去了吗？没有的，永远没有的。你并没有离开我们，你还活着，你还活在我们每一个人的心里，每一个青年的心里，千千万万人民大众的心里。你是活着的，永远活着的。从中国的历史上，从我们人民的心目中，谁能够把邹韬奋的存在灭掉呢?！（鼓掌）你的武器，你的最犀利的武器，也交代在我们手里来了，我们每一个人的身上差不多都有你的武器，这就是这么一支笔。你仗靠着这支笔，为人民的解放，为反法西斯的胜利战斗了来；我们也应该仗着这支笔，为人民的解放，为反法西斯的胜利战斗下去。（大鼓掌）这是一支不折不扣的名实相符的钢笔。有了这支笔存在的地方，便是民主存在的地方；没有这支笔的地方，便是法西斯存在的地方。（鼓掌）像德国、日本那样法西斯国家，它们的笔是没有了，是变了质，变成了刷把，（鼓掌）替统治者刷浆糊，（鼓掌）刷粉墙，（鼓掌）刷断头台，（鼓掌）刷枪筒，（鼓掌）甚至刷马桶！（鼓掌）这样的刷把，迟早是要和着法西斯一道拿来抛进茅坑里去的！（鼓掌不息）

我们中国幸而还有这支笔，这是你韬奋先生替我们保持了下来，我们应该要永远地保持下去。在目前反法西斯战争接近胜利的时候，笔杆的使用是要愈见代替枪杆的地位了。枪杆只能消灭法西斯的武力，要笔杆才能消灭法西斯的生命力。邹韬奋先生！你的一生，用你的血来做了这支笔的墨，我们要继续不断地把我们的血来灌进去！邹韬奋先生！你的一生，把你的脑细胞来做了这支笔的笔尖，我们要继续不断地把我们的脑袋子安上去！（鼓掌）我们要纪念你，韬奋先生，我们就要永远地保卫这支笔杆，我们不让法西斯再有抬头的一天，不让人类的文化再有倒流的一天，这也怕就是你通过你的笔所遗留给我们的遗嘱！（鼓掌历久不息）

（《晋察冀日报》1944年10月31日）

中秋访回舍

洛灏

中秋节日虽然年年都有,但在回舍区,往年和今年的中秋,就像一个是天堂,一个是地狱。

回舍区的人民记忆起往年满含着血泪和悲愤的中秋,微笑的脸上会立刻紧皱眉头。那个时候,有糠吃的就算是好生活,碾子上推的吃的其实并不能吃,富人家一簸箕也只有半升粮食,其余的一有风就能吹得无影无踪。那个时候,河草、槐蜡冬(注一),全成了不可多得的食料。说起过去来心都会掉,那些法西斯匪徒不管在地里或者门口,他们可以乱闯乱撞地侮辱自己的姊妹和邻居,想起那个"黄皮"和后藤(注二),人们的牙齿还会恨得发出响声。孟耳庄的"老头司令"(注三),被他捉住的人,裤裆里塞炭火,膝盖上点大香都很平常。他曾经还用铁丝活活捆死过封城的王长岁。在那里,有一百多个殉难者的白骨,至今还遗留给人们最惨痛的记忆。

一个比一个惨痛的记忆,文字怎么能够写完?张荣亭全家被杀绝,只剩下趴在死尸底下血泊里的一个小小的闺女。西回舍有一口枯井,曾填下我们三十个兄弟的尸体。不要光想那些使人愤怒得不能安静的事了,让我们用匪徒们的血来清洗我们的记忆。

不要光记忆那些满含血泪和悲愤的往日!我们现在已经得到了一个自由和欢乐的中秋,我们现在已经能够在宽宽的大道上随便行走,能够四处走亲,能够敞打开大门迎接客人。我们今年不像去年那样自己饿着肚皮去给堡垒上送猪,而无耻的敌人将猪强卖给我们又继续向我们要猪!今年中秋晚上宽阔的笑声,不是已经代替了以往沉重而凄厉的看沟人的吆喝;也不像去年那样月亮刚出家家就把大门关得紧紧。

是七月里共产党解放了回舍区一百多平方里土地。在那个时候，摧毁了敌人在全区四十六个村庄建筑的十七个堡垒。当敌人在回舍开始盘踞的时候，封锁沟边都不准有一个脚印，人们只能干瞪眼地看着沟外的土地长着青草被荒芜，敌人的贪婪勒索使农民对土地都不发生任何兴趣。今春张富山送给张三喜十二亩地只说：喝壶酒办个手续就沾。但张三喜算了算这些地三个月要给敌人出一千五百元伪币，结果是没有敢接受。张佩兰送李布真四亩地还贴了三斗玉蜀黍。但几个月以后的今天，每亩水地已值一万多。丰盛的秋收和轻微的负担使家家都增加了粮食，现在吃米面窝窝的已算很贫苦，从七月以来，每家每天都能平均吃到一顿白面。过中秋节，今年街上四个地方杀羊还来不及，东回舍一村就吃了一千多斤肉，和去年相比超过百分之九十四。

回忆起过去那样非人的生活，我们的面前现在是光明和美好的日子！我们永远要像东回舍的子弟，他们在自己村里杀死那个可恶的后藤及其走狗崽儿，这是我们最光荣的一个复仇的行动！要像西回舍的民兵，他们面对面的常常和敌人保持最近的距离，四十天的刚毅苦斗，围困得堡垒里的狗也吐出了舌头。如果敌人敢于跨过冶河闯进我们的阵地，一定要消灭这些贪馋的猪猡！

注一：槐腊冬就是槐树子，味苦，经水泡后能做菜。

注二、注三：黄皮和后藤都是住在东回舍的日本兵，后藤的杀人和黄皮的奸淫妇女为回舍人民最感痛恨的。黄皮非姓名，因脸孔黄，当地群众呼他的绰号。老头司令也是杀人不眨眼的野兽，他年纪大，为驻孟耳庄的小队长，人皆呼其为老头司令。

(《晋察冀日报》1944年11月1日)

一个村子，两种炮楼，三块地区

——新解放区目击记

姚远方

两三年以前，平汉线西敌人"蚕食"的一个村子，村的周围钉着敌人的炮楼，但村的中心却始终屹立了一座坚固不破的游击小队的楼房，老百姓叫他作"咱们的炮楼儿"或"群众炮楼"。游击小队，一切作战计划、斗争的计谋都集中在这里。楼的周围，布满了拉火雷，楼房里面纵横交叉着拉火雷的绳子，屋子很黑，白昼也得点着灯，光线只能从枪眼里透露进来，没有门，没有窗，人们依靠着曲折拐弯的墙洞出入，楼顶上安放着手榴弹、滚雷，构成火力网封锁住街口。游击组的炮楼和敌人的炮楼对照着，相距不过五百米远，游击组匍匐在楼上监视着敌人，打打斗斗，斗斗打打，飞行射击敌人的哨兵，楼房里的墙上写着大字标语："打仗不要挺英雄，要听指挥。"一望便知，这是久经战斗人们的参谋部。

游击小队就凭借着这楼房，凭借血肉相关的乡亲们，来"打击敌人，保存自己"，这村里三天两头儿都有村落战在进行着。

有了这两种炮楼，这村里就有了三块地区。靠近"群众炮楼"老百姓叫它"巩固区"，干部和群众围绕着炮楼住着，敌人不敢接近到这里来。一次鬼子迫使特务来"尝试"一下，特务看见满楼房上的枪眼，吓得没命地跑走了。离"群众炮楼"远的村边，敌人常到那里抢掠，游击小队在那里和敌人打，老百姓叫它"游击区"。敌人炮楼占的那块小小地区，人们都搬出来了，坚决不和敌人见面，房子也点了，鬼子也被我们围困得不敢出来，真是到地的，连狗也不去的"无人区"！

一个村子，两种炮楼，三块地区，就是外面人也难以想象出的奇事，群众在斗争中把它创造出来了！

鬼子的炮楼儿是斗不过"群众的炮楼"，终于被迫滚蛋了。乡亲们割了肉打了酒，慰劳游击小队队员们，他们在自己的炮楼跟会餐，游击小队的小伙们筛了一杯酒，对乡亲们说："乡亲们，招呼吧！到头是咱们的炮楼儿拿下了鬼子的炮楼儿！"

(《晋察冀日报》1944 年 11 月 1 日)

"丰　收"

廖盖隆

【新华社延安十月二十六日电】每年要征粮的时候，国民党当局照例是要出来宣布一次全国大丰收的。前年、去年如此，今年亦然。要人们演说，"专家"们"统计"，总在证明着如何大熟，如何增产。换言之，总在证明着还可以多征些粮食。而照例每年的征粮额，都比上一年多得多，也不管灾荒绵延了多少省，灾民饿死了多少百万。今年就更不同了，七月初起，就宣布好些省份的粮价即在下跌，甚至"有跌到百分之五十者"（九月六日徐堪报告）。孔祥熙也在说："最近中国西部农产良好，粮价已见下跌。"（中央社七月四日纽约电）蒋介石也在说"丰收"，不但"丰收"，而且"到处丰收"（九月五日对国参会演说）。并且，据说因此经济已得到"相当稳定"了。

但是人们却看见了以下那些完全不同的事实，四川照徐堪说是最为空前大熟，一年生产两年也吃不了的。（九月九日《新蜀报》所引）然而"据可靠消息，川北一带农民的米口袋，并没有装胀，怪得很"。（同上《新蜀报》"金刚鉴"栏）。怪得很，川省临参会的议长六月间是这么呼吁的："今年全川有大多数县份，雨水失调，旱象已成，人民负担过重，十室九空……现在川北有许多县份，灾情很重，真是险象环生……"（《华西日报》六月七日）七月的官方消息亦说，有"少数"县份，因旱歉收，省府正转请减赋中（七月四日《新蜀报》）。在渠县"因旱多未插秧"（七月五日同报），在万县"久旱不雨，当局迎合群众，禁屠祈雨，八月九日午后，狂风暴雨后巨雹，禾稼受伤极重，为四十年未有"（经济新闻三卷十期），"遂宁本年旱灾，小麦歉收，插秧亦减少"（九月十二日《华西日报》），

"奉节久旱，农人歉收"（九月十八日《新蜀报》）。就照四川省政府九月二日所公布的夏收作物成数来看吧，据说"自然是努力夸大了的"，籼、稻、江苕、玉米收七成一，棉花、甘蔗收六成。就算这样吧，这就能说是"两年吃不完"的"大丰收"？真是很特别的经济学。

在陕西祝绍周在一次演说中，也是坚称"本省各地今年丰收"的。参政员张守签则说成这样："可惜今年遭逢旱灾，收成没有去年丰稔。"（九月四日《新蜀报》）其实，去年的"丰稔"，就是"陕西平均是收五六成"（八月十一日《华西日报》），今年还要"不如"，那么到底怎么样呢？七月十三日《新华日报》载，"河南蝗虫，向西飞袭商县，妇女小孩子恐慌啼哭"，而沔县则是"暴风和雹灾"。同报八月十三日又载："从五月中旬，大雨伤农后，一直就没有下过雨，现在是大旱成灾了。西安市郊，秋田尽告枯焦，而蝗虫则分五路袭来：（一）豫西南一路袭商南、蓝田等县；（二）鄂西北一路袭×河；（三）黄河东岸一路袭平民、朝邑、郃阳等县；（四）豫西一路袭潼关、渭南、华阴等县；（五）各路捕赶，又形成大会合势态，就又大肆飞掠长安、三原、泾阳、富平、咸阳、澧泉、兴平、武功等，关中膏腴县份，秋禾多成空杆。又据农业改进所方面谈称：'此次来袭蝗虫，多交尾生卵，待过月余，恐将不知有甚于夏蝗若干倍的秋蝗发生，对晚秋田禾，更属危险。'"

河南在豫西"内乡、镇平、浙川、郑县……这几县都是丘陵地带，生产杂粮，而今年大秋苦旱，五十多天没下雨，更加'少数'地方发生蝗虫，收成是全部都完了……河南真是千灾万难，在灾难中挣扎生存……这两年河南人磨炼了（？）一副胃口，一年到头吃红薯，能吃之不厌（？）"（《郭仲隗自河南来》九月十三日《大公报》）。在豫南，"据豫南来人谈，正阳、确山、潢川、商城、固始等地，很久没下雨，苦相又成，加以蝗虫未肃清，灾情很严重"（八月十三日《新华日报》），同时人所咸知的，在豫南爆发了十万人的民变。

在安徽国民党统治区，则"苦旱，已有十二县报灾"（中央社八月十八日电）。

在湖北国民党统治区，据中央社九月二十一日重庆电，"鄂北光华等二十多县，大旱兼蝗，待赈饥民，达一百三十多万，鄂省府已派各员抵渝呼吁，九月二十一日开第一次座谈会，同乡居正、何成濬等一百多人出席，决议请求中枢减免全灾区征实征购及军粮配额，并请拨二万万元急赈"。

又据中央社十月十二日电，鄂北行署估计，鄂北十八县，蝗旱灾受害田亩八百五十万市亩，灾民二百七十四万人，待赈者已达一百六十八万九千人。

江西，据中央社八月八日电，"赣东等入夏久旱，禾苗枯死甚多"。又九月十七日电，"莲花、萍乡二县，灾情异常严重，人民无以为生"。

湖南晃县等亦大旱，农民甚忧（八月十九日《新华日报》）。湘北一带，则"去年因虫灾歉收，打下几粒谷。除交公军粮外，却被田主商人囤起了，现在青黄不接，有丢开家而独自自杀的家长。张全达这个老实的农民，半月前已与他的病妻及二女吃黄药（毛茛）死去了。那天见他时，他很沉默，谁知老实农民的沉默多么沉重啊"！（《湘北来鸿》七月九日《新华日报》）。

浙江，据浙江籍参政员说，亦是"年成荒歉，请呈减征粮额"（九月十七日《商务日报》）。

绥远"伊盟一带，雨水之多，为三十年来所未有，反多成灾"（中央社九月十七日绥西电）。

最后，贵州也有虫灾，黄平县长，因不注意捕蝗，被地方政府记过一次，兹贵、筑县也发现虫害（九月三日《国民公报》）。余庆也有虫害（《经济新闻》三卷十期）。

根据以上报纸和通讯的不完全材料，受灾省份即有十个之多。自然由于国民党当局禁止报道事实（例如：七月十三日《新华日报》登的陕南灾情，《商务日报》九月十四日登的鄂北七县灾情，都被铲了报纸）的检查制度，因此这还不能说是事实真相的全部。照农林部次长雷发章九月八日在参政会上的报告，可以这样来概括："占领点和线的是日本人，占领面的是蝗虫。"（九月九日《商务日报》）

确实也还有不曾受灾的地区，然而在那里，"到处感觉到人力畜力和肥料的缺乏""收成只有往年的半数"（豫陕的例子，八月十一日《华西日报》）。在那里"田里杂草丛生……农业生产甚为衰落"（重庆市郊的例子，七月二十四日《新华日报》）。就在广西，也只是"年成平稳"（林虎谈，见九月四日《新蜀报》）而已，况且"下季收成还不知道怎么样"呢？（九月四日《广西日报》社论）丰收何在？

确实有些地方，"不受灾或受灾不大严重的地方"，粮价是下跌或者平稳的。另外的地方如湘、黔、滇，一般的物价在上涨，然而粮价下跌。在某些场合，如成都的每老斗米，由一千五百元跌到一千元，是由于：（一）秋季陈米容易生虫，故囤积者抛出粮食；（二）大小银行都在结账，银根颇紧"，收购者较少（八月一日《新华日报》）。而在大多数场合，乃是由于粮食囤积者在新谷登场时，利用农民必须立即出售粮食，而趁火打劫的结果。农民所以要出卖粮食，不是因为他有很多粮食（充裕），而是因为他很贫穷，等着钱还债纳税买些油盐等等。例如四川的情况，"在到处是喊'老火'一年来都是吃高粱把麦皮，连这样低的生活，都无法维持，有时还吃仙米（细质土），到青×林捡菌子吃。被生活所迫而疯狂的也有，病死饿死的也不少，并且他们还欠着一屁股的账"。然而正因为他们除交粮交租外，还要偿还一屁股的账等等，所以他们要出卖余下的一点粮食。"米贪子"知道……粮食这时一定要卖，所以故意"卡伐买"（《新华日报》八月三日《一个小学教师的投书》）。这样粮食下跌了，结果形成了"严重的谷贱伤农的现象"（林虎谈，九月四日《新蜀报》），把官方六月底的一个分类产价指数，它说明粮食涨价比衣料等涨价低一倍还多（《商务日报》八月十五日）！其后桂林八月底物价变动（粮食不涨，日用品均涨一倍——九月四日《新蜀报》林虎谈），及我们收到的九月十四日高×县府要求增加公务员米贴的通电（上面说麦价跌，物价涨，要求增加一倍米贴），比较一下，就可知道，大后方的现在农民，还得不到农产品实际价值的四分之一。四分之三以上是被粮食囤积者及工业品囤积者剥夺去了。同时，"谷贱伤农"的矛盾现象，今年绝不是第一次。比如去年江西夏秋旱灾虫灾，使全省收成损失四五成，去年秋间由于"地主、高利贷者、苛捐杂税，迫得他们（农民）不得不把仅剩的农产品赶快抛售"，因而粮价猛跌，此期间农民购买力即至少损失一倍（《赣省农情》今年九月二十五日《衡阳力报》），就是明显的例证。的确，这也是一种"丰收"，但这"丰收"，却仅仅是官僚资本家囤积居奇发国难财者的"丰收"啊！这不正是农民的饥荒吗？

其实国民党当局，例如蒋介石自己，又何尝相信真的丰收了呢？他是明明知道到处灾荒的，所以故意说成到处丰收者，目的是找到不准请求减免田赋的借口。你看他说："因灾减免，应依法定程序勘报核定，不得估计，（电码不明六字）并严禁虚报灾地及预提赈粮。"（九月一日《大公报》）什么叫作勘报核定呢？比方云南许多县，去年受灾程度，从五成到七成，请减田赋，到了今年七月二十七日，财政部才批下来了，说"遵照委座三十一年电令，×灾不得率报……在非常时期，凡受灾七成以下者，一律不准减免，迭经办理有案，各省事同一体（不准）"（七月二十八日《云南日报》）。原来如此，受灾不得免赋，这就不能不使人想起前年河南参政员郭仲隗的话了："河南……今年的灾荒，不会不是偌大的军粮所构成的，还说灾荒是假的。"（见三十一年十一月二日《广西日报》）为什么不是假的呢？因为政府已经宣布是"丰收"，谁敢把灾荒就说是灾荒而不说是"丰收"吗？那就是"破坏国家政令统一"！

又试统计一下吧，从民国三十年到现在止，国民党统治下的人口减少了五分之一（前去年豫、粤省大灾，饿死农民千多万；今年四月到十月止，丧失了一百〇二县共计人口四千万）。粮食产量，光因为湖南产粮区的沦陷，就要减少八分之一。加以十省受灾及各地农民被剥削的极度减产，粮食总产量还要减少许多许多。但同时期内征粮数额，却从五千万石增至一万万多石（数倍于此的浮收还不算），即增加了一倍，大后方农民负担的苛重，可以想见。一万万石粮食的大部分，是被军阀官僚们拿去囤积发财，而数百万士兵公务员，则陷于饥寒交迫，这又是公开的秘密。不顾人民的死活，不顾其灾荒饥饿是如何严重，反而比前数倍地加紧敲诈以肥私囊，这乃是残民以逞的国民党寡头统治者一群的"丰收"，也就是农民的贫穷饥饿死亡啊！

（《晋察冀日报》1944年11月4日）

获鹿顺城关伪警察所的摧毁

齐林魁　简群

获鹿城边，有一列高大瓦房，连接着东关南关，这是获鹿有名的顺城关。

顺城关里，有伪获鹿第一警察分所，住着十几个伪警察。四年来，八路军没有来"光顾"过。这里，伪警察所紧靠城根，城墙上的巡查哨，手榴弹一扔就可打到。而去顺城关就要经过南关或东关，南关挨着火车站，敌人防守更严，走东关以前只过一道东门，但敌人怕我攻城就在大街上又筑了四道栅栏，因此顺城关的伪警察以为八路军是打不进来的。

九月七日晚，一个伪警到南海山催夫，我建屏武工队正到了那里。两头一碰，伪警手拿绳子正想捆人，不料手枪晃在他眼前，他慌得把手举起，绳子掉在地上。

"你所里有多少人，多少武器，赶快说个明白！"齐指导员问他。

"我……我……我说，那里有……有十大几个人，七条大枪，你！你们去不得，那里紧靠城墙，城里会发觉……"

"不要紧，你只要把门叫开就行了，走吧！"

那家伙没办法，硬着头皮领着走了。

只十几分钟走到东关门前。

"口令！"

"第一分所催夫回来的。"

"叫什么？"

"武胜祥。"

城里再不问话，下来把门开了。

一连过了四道栅栏，模糊地看见伪警察分所了，队伍先隐蔽好，只派一个人跟伪警上去。

"谁？"

"武胜祥。"

"带了几个。"

"一个。"

门里的哼了一声，不大一会儿大门就大开了，队伍像风卷似的一拥而进。

"我们是感化院的，借你们机子打个电话。"

"打吧，机子在上房哩。"那家伙用手向里指着。队伍再不答话，直奔手指的房子，刘文茂先进房门，看见电话机子一手夺了过来，赵宝生把枪栓一推，对着房里五个伪军大喊：

"交枪，八路军来了！"

房子里的伪军正整被子要睡觉，突然地听见喊声，慌得把手举了起来，目瞪口呆地互相看着。

"枪……枪在南房锁着哩，我去拿吧！"一个伪警说，他颤抖地打开了南门，两手把枪一支一支地从里往外递着。

进去的十个队员像领武器一样地一个个领过了，一共是七支大枪、七支抉枪、一把战刀、一支驳壳枪，还有一架电话机子。

"走吧！"赵宝生喊了一声，十个人轻轻地跳到外面。

"干什么的？"城墙上伪大队长正查哨，用获鹿腔发问。

"感化院的。"一个获鹿籍战士回答。

"不要管他。"城墙上有人喊，于是我们的队伍像先前一样地走了出来，只是肩膀上和手里又增加了胜利品的分量。

第二天获鹿城四门紧闭，城墙上的岗哨也增加了。

下午"感化院"的汉奸要进获鹿城去。

"干什么的?"

"感化院的。"

"站着不许动!"墙上的伪军喊。

"感化院"的家伙气坏了,这些伪军平时见了他们都是顶害怕的,今天怎么抖起威风来了!这样,有几个胆大的硬往前去。

"站住!再动就打枪了!"城墙上的伪军把枪栓一拉,吓得下面几个家伙赶紧停止脚步,两面大骂起来。半点钟后,城里的鬼子也带着机枪到城墙上来了,看看真是"感化院"的汉奸们才打开了城门,接着城门又关起来了。

(《晋察冀日报》1944 年 11 月 5 日)

双十节在昆明

蜀山

在西南危急的时候,昆明五千群众于双十节那天举行集会,要求立即实行民主、组织和武装民众、保卫西南。但国民党当局竟派了许多特务去捣乱会场,用手枪威胁台上演讲的人。事后《新华日报》得到这篇通讯,报道当天情形,又为国民党检察机关所禁载。国民党的法西斯面目,单在这件事上,就暴露无遗了。

——编者

【新华社延安十一月三日电】大会本来定于十月十日下午一时半在绥靖路昆华女中礼堂举行。才响过正午十二时的午炮,能够容二千人的会场就已经塞满了人,而站在大门外的、正从大门拥进来的人还不知有多少。负责人又高兴、又着急,只得临时宣布改地举行,新会址是女中附小。大家为了抢得一个好地势,从街上经过的时候,都飞跑起来。行人不知究竟,以为警报来了,商店都纷纷关门。当宣布开会的时候,整个操场已被四五千人的群众填满了;每个人兴奋的脸上,汗珠亮晶晶地滚着,头上的太阳和心里的情绪,都热辣辣的。今天的讲师和题目是:

闻一多:保卫大西南与动员民众。

楚图南:言论自由与身体自由。

吴晗:中苏邦交与国共问题。

李公朴:看看士兵的生活。

罗隆基:改革政治方案。

第一讲是闻一多先生,以诗人的质朴的、真率的感情,说出了当前的西南军事危机与人民自动武装组织起来的必要。"……今天我们不能白白牺牲，敌人来的时候，也许昆明会暂时沦陷，但我们必定要组织地下军和他拼一下。"他还责备那种成为"行动的障碍"的力量。（掌声雷动）正在这听众情绪激昂的当儿，台下右前方人丛中忽然"轰"的一声爆炸起来，同时还有一支手枪对准台上讲演人做发射的动作，顿时人们骇得像潮水一般，由那个出事中心向四周涌散开来。因为本来人就挤得很紧密，会场又被一堵土墙围着，一时跑不开，许多人被挤倒了，后面的人就从身上踏过去。因为大家以为有人投了一个炸弹，逃命要紧，稍定下来，才看到有的人腿被压坏了，有的人头破血流了，地下到处散失着衣服、书籍、眼镜、最多的是鞋子（今天听众以学生和公务员为多）。只听见一片呻吟声和诅咒声，再仔细检查出事的地点，看到地上留下一个燃过的火鞭炮，一支黑亮的手枪静静地躺着。不少受伤的（都是挤伤踏伤的，并不是被炸伤的）和小孩子陆续退出了会场，但大家马上看出了这桩事的内幕，"有人想捣蛋"，大家异口同声地说。主席台上的人在高叫："大家镇静，莫中了奸人的诡计，我们的会还是要开下去的。请联大、云大两校同学自动出来组织纠察队。"人们刚刚稍集拢来，闻先生预备把以上所讲的做一个结论的时候，在那块刚出事的同地点，忽然又有两个人高叫着跑了起来。这一次大家虽不免又小惊一下，但已有了经验，随即这两个人便被群众捉住了。众人愤怒之下，不免拳足交加，一场痛殴，没有来得及上去的，也连连喊好。但主席台上的人为了顾全大局，只得要大家住手，把这两人推上台来询问，最后在他们身上，发现了一串鞭炮，和某种人员的证章。大家慢慢又聚拢来，会又继续开下去了。

第二讲的楚先生，他用眼前的事实做例子，讲出最精辟的句子。"眼前的事情可以教训我们，我们的言论自由和身体自由无法保障，已到了何种地步?!"这当儿,门外有嘈杂声,有人在向场内冲来,并且叫骂:"你们是不是要造反?给你们开会已很够了,还要打人。""他妈的,不交出人来,老子把你一个个都枪毙掉。"冲进来的,为首是两个穿西装戴小呢帽的,后面跟的是十多个光头的汉子,佩的是某部的证章。人家问他是哪个机关的,他说:"不能告诉你。""非打死你们这些狗东西不可。"气势汹汹,有人上前向他讲理,请他息怒,讲理的人又招了打。这时已来了不少本地宪兵,眼见一个戴眼镜学生模样的人被围着打得要完了,一时又解救不开,宪兵只好朝天放了一枪,才把这群凶神驱开。这时他们还在人群中叫骂。大会暂时不能开下去,但大家立刻一致要求主席继续开会,不理他们。主席也想出了一个妙法,对那堆人说:"有什么意见,请上台来发表,由公众解决。"可是,这伙人是见不得人面的,还不可戳穿了他们的把戏,台上又继续激昂地讲了下去,台下热烈的掌声不断雷动着,那伙人冷冷地被人抛弃在旁边,直到散会以前,他们心犹未死,还几次在人丛中尖叫或是掉腿飞跑,故意骇人。但听众已有经验了,无人理会这些,只是嗤之以鼻,用鄙视的眼光互相冷笑一下。

第三讲吴先生说:"中苏邦交好不好,是我国政治民主与否的试金石。""五十万大军包围,五十万大军被围。""围人家的吃得人壮马肥,坐视敌人进攻,半壁江山沦陷。"

第四讲李先生说:"士兵保护我们,但我们却把他们看成乞丐。"

第五讲罗先生说:"立即召集国是会议,结束党治,实行宪政,这是我的改革政治方案。"虽然有人存心破坏,但讲演始终圆满结束了。这时到处都掌声雷鸣。

最后,由闻一多先生诵读大会宣言,并有人提议响应重庆、成都各界民主运动促进会,同意重庆各党各派人民团体之组织联合政府的要求。这些提案当场都得到百分之九十九点九的群众赞成而通过了。

散会之前，由李公朴先生指挥合唱《义勇军进行曲》，高喊口号。

散会时，主席唯恐听众再挨打，再三地敬告那些某种人员："我们是合法的团体，有什么不满，可到法院去起诉。有名有姓，有一定住址，绝不像你们那样鬼头鬼脑、一溜了事，请不要向听众无理取闹。""各位听众也应尽力表现自治互助精神，大家顺次出场，如有旁人遭打，切不可因事不关己而袖手旁观。这也许是我们进入正式战斗前的一个训练。"大会就这样在大众热烈情绪支持下结束了。

走出会场，大家都带着一颗兴奋而沉重的心情，一致觉得：（一）民主的前途是艰难的，不付出巨大的代价，无轻易获致之理；（二）但它的前途是光明的，因为绝大多数人都喜爱它，需要它，它的力量是不可战胜的。

一九四四年十月十一日于昆明

（《晋察冀日报》1944年11月5日）

槐树庄选英雄

仓夷

过了立冬,地里的庄稼收割没啦。村里的老乡都穿上新棉袄。男女童子军排成队,敲着锣鼓,在村头的旷场上扭新秧歌。

槐树庄,东边挨着鹞子河,西头野地里,好热闹啊!男的女的,一群一排,围着"选举英雄模范大会"的会场转。主席台上,贴着红纸大标语。

庄稼汉们,背靠着地阶,坐在地上晒太阳,谈论着候选人的事。

"老安就是沾。起得早,放长。"

"耕地是养家,人家老安今年打的将够两年吃啦!"

大家满心佩服地这样念道,引得一个胡子长长的老头也很羡慕地插上一句说:"人家可精神!"

一个矮小的戴破毡帽的汉子接着说:"数他关心穷人,我一说缺牲口,地耕不了,第二早起,他就自己牵着牲口给我代耕!"

安奉勤蹲在会场的一角,被太阳照得迷糊着眼,笑眯眯的,瞧着童子军在扭秧歌。

妇女们喜欢和妇女们在一块,奶孩子、纳鞋底、拉闲话,村干部分散到她们那里去念"歌谣":"……割麦锄苗打步曲,计划样样完得成,我选妇女高喜姐!"

"老娘娘,人家念你啦!"

一群青妇用肩靠着头发斑白、稀疏的高喜姐。大家说:"老娘娘,我们向你老人家学习啦!担沍水、喂母猪、推小米、割柴火,给公家洗衣不放松!"一个脸孔白净的妇女冷冷地一笑说:"给公家洗衣赚碎布,也是自私自利。"马上妇女们接着说:"有人赚碎布还不给公家洗衣呢，那才自私自利。"高喜姐张开无牙的嘴，一直笑着，眼眶里含满了兴奋的泪水。

开始选举时，十五个候选人都上台了。高喜姐被人们鼓掌欢迎上台时，她的脚步都站不稳，不晓得往哪里站才好，她不好意思站在最前排，让男人们在前排站，她却走到台后去。台下发着亲热的笑声。中队长范海和指导员席发开始竞选的讲话，人们都伸长着脖子，注意听着，安小爱和顾黑丫头，两个女儿童，她们生产都比一个普通男子还强。"安小爱，安小爱，锄苗比她爹还快……"人们都念熟了。现在大家鼓掌要她们讲话，顾黑丫头臊得蹲在地上，黑黑的脸盘变红了。安小爱回头望了望站在她身旁的叔叔——安奉勤一眼，就走到讲台前，大家一鼓掌，她脸红得低了头："不用欢迎，我的话都给大家欢迎没啦！"会场上卷过一片兴奋的亲热的笑声。安小爱报告她的压绿肥，给抗属割草、割谷。她说："我爹不壮实，有病干不了，我割谷子、驮粪。我起了七天粪，准备种麦，送粪送到半夜，早起拔豆，白天割柴火，还和七八个孩子一起拨工，我现在还有两千斤柴火……"

投票开始了。五六个村里能认字的人，分开写票。"安奉勤，安小爱，高喜姐……""安奉勤，安小爱，高喜姐……"每个人投票时，都可以听见他们低声地严肃地告诉写票人以上的名字。十二岁的童子军二冰子，戴一顶小毡帽，脸孔清秀；他拿一张票——小白纸条，走到写票人的面前。"你写谁呢？"写票人问他。他是副村小沟沟里的孩子，平常不爱讲话，但是打霸王鞭却打得好。他没有遇到这样严肃隆重的场面，他的小脸孔发白了，嘴唇抖颤着。"你忘了名字啦，你再想想吧！"写票人把白纸条交给他，又给别人写票了。二冰子站在原来的地位，沉思着。好久了，写票人问他"想好吧"？他低声说："我选安小爱，安奉勤，高……"旁边站着等写票的妇女都笑起来，说："这孩子要向安小爱学习呢，你别看他年纪小，干活不后人，看看他背上背柴，衣服还留着绳子印和汗印呢！"

　　主席宣布开票（每人总数二百票）结果：安奉勤（一八二票）、范海（一八一票）、安小爱（一六二票）、高喜姐（一六一票）当选。童子军给他们献花、献匾。□□英雄受到全村人民的尊敬。高喜姐活了六十多岁了，受了一辈子苦，没有想到在共产党领导的新社会里，自己却受到了尊敬，童子军呼着"向英雄们学习！跟着安奉勤走"的口号，敲锣打鼓整队欢送英雄们回家。男男女女们，不知不觉地都随着这一行列的后面，像一支游行示威的队伍一样，绕着槐树庄村西头的野地里走着……

（《晋察冀日报》1944年11月12日）

邢同芳的转变

白生

邢同芳去年才参加五台县社第五办事处工作，他初参加工作的时候，满脑子的发财思想营利观点，每天不是跑到这里买粮，就是跑到那里买布，整天总是盘算着多赚一点钱，无论如何不要赔了钱，剥削思想是相当浓厚的。对于群众观点、为群众服务、走群众路线，根本不懂。因为把全副精力都放在营业上，所以对于整社工作既没有重视起来，也没有用大力去进行。从今年经济会议以后，他才晓得今天合作社的方针是民办公助，生产第一，处处要根据群众的需要为群众服务，依靠群众走群众路线，特别是游击区的合作社，一定要把群众的爱国心和他的切身利益结合起来。他参加这个会议以后，自己内心里起了一个尖锐的斗争，思想上起了一个很大的变化；当他前往东沟下乡工作的时候，就下定决心，非把这个地区的合作社搞好不可。他为了突破一点，吸取经验，推动全盘，首先整理席马掌村社。这个村社是去年冬天建立的，名义上有股金一百二十元，实际上一元也没有，只有个合作社的空架子。直到过旧历年，合作社从区办事处买回食盐一百五十斤，使得家家有盐吃，群众才感觉到了合作社的一点好处。他到了这村子以后，抓住这个机会，一面帮助群众做农户计划，一面进行扩股，计前后增加社员一百五十六人，增加股金五千八百五十元，组织变工组十组，但是组织起来不起作用。这时，他自己相当苦恼，恰好赵议长来这里检查工作，于是他就和赵议长研究改进的办法。赵议长把李家庄核心变工组的办法介绍给他以后，他内心里面非常喜欢，第二天就把原来的十组改变成三组。这三个组耕地、倒地、播种、送粪等，今年共用工一百九十八个，省工九十二个，这样一来，才真正发挥了组织起来的伟大力量，同时也影响全村的群众都组织起来。这个村子距离少车梁炮楼仅十里，每天除去在山头设瞭望哨监视敌人以外，青壮年在地里受苦的时候，都是一手锄头一手枪，如果发现敌人，就在山头和敌人打麻雀战，迷惑敌人，武装保卫生产。他把这个村子搞好以后，紧接着就进行整理其他村社。当开伏荒的时候，大家都说没饭吃，饿着肚子开不成，他就从商店借来玉茭五千斤，分借给大家，解决吃饭问题。割麦子的时候，他领导大家先割炮楼附近的和大道边上的，男人在地里割麦，女人往家里驮麦，儿童老汉收割豌豆、胡麻。过去要用十天才能割完，今年组织起来，四天工夫就全部割完了。但是把麦子割回来以后，却遇上那几天下雨不能打晒，于是阴天就去开荒割蒿子，晴天就打麦子，从收割到打完都是互相变工。同时为了不让敌人把麦子抢走，他便进行小麦扩股和合作社收买，只席马掌、堂明村、东会村三个村社，就掌握起小麦五千八百斤。割蒿子压绿肥，过去的习惯都是把蒿子背回村里在粪坑里压，他为了节省人力，便让群众就地压，地在哪里就在哪里压。东会村有一个铁匠，因为平常好卖大价钱，结果谁也不买他的农具，弄得生活没有办法。他便把这个铁匠叫来向他解释，不怕卖得便宜，只要能多卖就成。后来说的这个铁匠点头赞成，一定下决心改变办法。这样解决了五区很多农具。

东长村有四个抽洋烟的"二浪荡"，平常游手好闲不愿受苦，他首先调查清楚这四个二浪荡的出身和过去的情形，然后想出办法，决心改造他们。经过一番教育动员和批评之后，就把他们编成小组，每天在羊场子里捡羊粪和扫街，并规定日期限期戒烟。从春天到现在，这四个二浪荡共捡下羊粪和扫街土八十驮，同时把洋烟也戒除了。现在不但他们家里喜欢，就是这四个二浪荡自己也觉得非常光荣。

他又组织西窑村妇女九人成立纺织组，这九个妇女最初都不会捻线子，现在已经学会，因此影响各村的纺织业也活跃起来了。另外由于他号召开展卫生运动的结果，今年的疾疫虽然流行，但这十二村子的病人却很少，没有耽误生产。

邢同芳转变了，由于他认识到为群众服务的重要，认真抛弃剥削思想，并在实际过程中克服所遇到的一切困难，因此他能获得五台东沟人民的称道，绝不是偶然的。

(《晋察冀日报》1944年12月8日)

向渤海边挺进

常征

静静的渤海边

我们的队伍向渤海之滨挺进。越过了运河，越过了津浦铁路，越过了漫无人烟的荒原，在沼泽沙滩与芦苇的那边，便是静荡荡的渤海湾了。渤海滩曲曲折折伸展到眼力所不能及的远方，沼泽散布在海滩上面，便和渤海连成白茫茫的一片。这里村落很稀少，在海滩上生活的人们，闭塞一如在深山。

七七事变的暴风雨卷过了河北平原，渤海滩却毫无战争的气息。直到一九三八年八路军在天津以西发动了游击战争之后，这里的人们才听说到七七事变了。

这里交通不便，人烟稀少，女人拖着辫子，结着爪髻，缠着小脚，穿着花鞋……这里，读书人少，新思想不发达。地主们门上还挂着很大的"千顷牌"，依然是门口赫赫；地主的庄园布满渤海滩上；地主自己住在天津，开设着大工厂和商店。敌人在这里扶持着一切封建势力。用孔夫子、大烟、白面、"白脖子"伪警察、保甲、地主、堡垒、造谣和清乡统治着人民。

当我们渡过运河，出现于津浦沿线的时候，四外谣言便蜂起了。

"八路军来了！共产党来了！"

八路军在村子里并没有"放火"，也没有放枪。八路军走了，房子没动，鸡没动，猪还躺在圈里……

八路军又年轻，又威武，脸上和颜悦色的，未曾说话先笑，未曾说话先叫大娘、叫大伯、叫大哥，女人们过来了，连眼皮也不抬，不用的家具一动不动，屋子扫得干干净净的，晚上睡觉安安稳稳——这叫作青脸红发吗？这叫杀人放火吗？这是"共产公妻"吗？于是各村都传说起来了：

"菩萨派了军队来啦！菩萨救人们来啦！"

村边上大声吆喝着：

"回来吧！好人们来了，观世音菩萨来啦！"

这以后，村子里便乱哄哄的，做买卖的支起小摊子，牲口拴在大树上，女人们站在大门口。

队长挎着盒子炮转来转去，笑眯眯的，战士们把孩子的小手握着呢呀吗地逗着玩。

老头子们用手杖点着地说：

"□活了七十多年，这是天下第一份！"

年轻的男人们拉着手说：

"同志们！"

年轻的女人则在厨房里拉着风箱，说：

"给同志们做饭吧！"

我们带着步枪、手榴弹和成千成万的传单，跨过津浦铁路，向静海展开了进攻。

政委说：要做到，每个人都是宣传员，每班都是宣传队，见一人宣传一人，到一家宣传一家，进一村宣传一村；把宣传品撒满每个村庄、碉堡和县城，把传单带入天津。

七月七日，我们在××村召开了一千五百人的群众大会。

老百姓、乡长、小学教员、保长、学生、老秀才、女人，从二十里以外赶来，他们挤挤攘攘。

在天津市区

七月中,我们的手枪队活动到天津近郊,在×陀子、×台子、××庄、×河,召开了群众大会。

人们聚在广场上,不远就是烟雾迷蒙的天津市。

我们继续进攻,进入天津市区,进入西广开、西营门和法租界,警察提着棍子转来转去贼眉横眼,将棍子一指:

"站住,干什么的!"

"买菜的!"

"过来,有钱吗?"

我们的手枪队员说:

"有,不多。"一闪,抽出盒子堵着他的心口。

"动!毙你!"

伪警察便熟练地跪下去。

我们将警察派出所包围起来,伪警察们规规矩矩听我们的讲话,把他们的名字挨次记在小本子上,伪警们说:"八路册子上有名字了,可别干坏事啦。"而洋车夫却说:"非八路摆置不了你们,小子们老实着点吧!"

天津市耸立在烟雾之中,夜间,点点的灯火,嘈杂的人声……一个骚乱的世界。

手枪队员们在车马往来的马路上,在敌人堡垒和营房旁边,敌人的营房上垒着麻袋,围着铁丝网,围着鹿砦,哨兵不时地吆喝着:

号——威!

号——威!

但是,当太阳刚一出来的时候,墙上、电杆上、电车上耀眼的传单贴满了。

于是天津市震动了。

关于我们手枪队在天津捉住德国驻伪大使馆的三个人，军区已有公报，这里就不谈了。

活跃于渤海之滨

两年以前，这里便组织了一支游击队，他们游弋于津浦运河、子牙河沿线，出没于渤海之滨与天津市郊，敌人不止一次企图扑灭他们，在南至青县、沧州，北至天津、武清、静海，东至渤海之滨，西至子牙河举行"清剿扫荡"，在唐官屯××堆、×湾、×口驻守日本兵特务和"白脖子"，但这支游击队灵活机智，战斗却越来越强大，如今竟成了渤海滨的子弟兵了。青年们都三三五五地加入队伍，他们瞒着家庭、亲戚加入游击队，儿子病了回家，父亲派第二个儿子出去，说："反正咱家得有一个抗日的。"或是一家子男人都加入游击队。

如今，当他们听到太平洋战争形势，知道盟军进入中国大陆的方针以后，便天天向渤海瞭望，他们知道有一天渤海湾会掀起海上的战争，那时他们将配合盟军解放天津，在它的上空插上我们自己的国旗的，也将是他们自己！

一九四四年十一月五日

（《晋察冀日报》1944 年 12 月 27 日）